ENTRE 3 MUNDOS

Copyright © 2022 Lavínia Rocha

Todos os direitos reservados pela Editora Gutenberg. Nenhuma parte desta publicação poderá ser reproduzida, seja por meios mecânicos, eletrônicos, seja via cópia xerográfica, sem autorização prévia da Editora.

EDITORA RESPONSÁVEL
Flavia Lago

EDITORAS ASSISTENTES
Natália Chagas Máximo
Samira Vilela

PREPARAÇÃO DE TEXTO
Fabiane Zorn

REVISÃO
Natália Chagas Máximo

LEITURA SENSÍVEL/CONSULTORIA
Mayra Sigwalt

CAPA
Dika Araújo

DIAGRAMAÇÃO
Christiane Morais de Oliveira

Dados Internacionais de Catalogação na Publicação (CIP)
Câmara Brasileira do Livro, SP, Brasil

Rocha, Lavínia
   Entre três mundos / Lavínia Rocha. -- 1. ed. -- São Paulo : Gutenberg, 2022.

   ISBN 978-85-8235-681-4

   1. Literatura infantojuvenil I. Título. II. Série.

22-124285   CDD-B869.93

Índices para catálogo sistemático:
1. Ficção de fantasia : Literatura brasileira B869.93

Aline Graziele Benitez - Bibliotecária - CRB-1/3129

A **GUTENBERG** É UMA EDITORA DO **GRUPO AUTÊNTICA**

São Paulo
Av. Paulista, 2.073, Conjunto Nacional
Horsa I . Sala 309 . Cerqueira César
01311-940 São Paulo . SP
Tel.: (55 11) 3034 4468

Belo Horizonte
Rua Carlos Turner, 420
Silveira . 31140-520
Belo Horizonte . MG
Tel.: (55 31) 3465 4500

www.grupoautentica.com.br
SAC: atendimentoleitor@grupoautentica.com.br

LAVÍNIA ROCHA

TRILOGIA ENTRE 3 MUNDOS • VOLUME 1

Para um dos maiores exemplos de força e de determinação que tive. Sinto muito a sua falta, vovó.

PRÓLOGO

Havia três mundos: o mágico, o meio-mágico e o normal. O primeiro era um lugar oculto, ninguém sabia se ele de fato existia. Apesar de diversos livros mostrarem histórias sobre um lugar onde poderes sobrenaturais faziam parte do cotidiano, ninguém conhecia um modo de chegar até ele. Era um mundo que gerava questionamentos. O segundo era constituído por pessoas que acreditavam piamente no primeiro mundo, e consideravam-se ligadas a esses supostos seres mágicos provando isso com as habilidades especiais que recebiam a partir de certa idade. O terceiro mundo não tinha magia, e as pessoas de lá acreditavam que os povos do segundo saíam do padrão da normalidade e deveriam ser mortos. Governos do mundo normal investiam pesado em pesquisas, mas nunca conseguiram chegar a resultados conclusivos sobre a existência do mundo mágico.

Por séculos, as pessoas conviveram no mesmo ambiente. Normais e meio-mágicos frequentavam as mesmas escolas, moravam nas mesmas ruas, ocupavam os mesmos espaços. Mas, em dado momento, a situação ficou insustentável e houve a necessidade de separá-los em dois mundos: o meio-mágico e o normal. Cada país dividiu suas populações entre Sul e Norte, e uma espécie de contrato foi estabelecido: os mundos coexistiriam em paz e não se misturariam. Era fácil viver assim, cada um em seu espaço e com suas próprias regras. O Sul era meio-mágico, enquanto o Norte era normal.

Alisa vivia em uma cidade da parte Norte do Brasil que fazia fronteira com o Sul. E, apesar da proximidade, nunca havia visto qualquer sulista, exceto em filmes, séries e novelas, que faziam questão de depreciar a imagem do segundo mundo. Então, uma visita inesperada mudou tudo em sua vida. O segundo mundo e o terceiro se viram frente a frente quando a diretora do Ruit, um renomado colégio interno do Sul, visitou a casa de Alisa e informou que ela era conectada ao mundo mágico – portanto, a partir daquele momento, deveria viver no Sul do Brasil.

Foi um choque para toda a família: aquilo nunca havia acontecido com ninguém que conhecessem. Os pais da menina, a princípio, recusaram-se a deixá-la viver naquele mundo tão odiado. Mas não existia outra alternativa, pois era o que estava no contrato: pessoas ligadas à magia deveriam viver no segundo mundo. Impedir Alisa de ir poderia representar uma ameaça à ordem estabelecida.

A grande dúvida era como seria possível uma garota nascida no mundo normal pertencer ao meio-mágico...

PARTE 1

CAPÍTULO 1

— Você ainda lembra como foi esse dia? – perguntou Dan, apontando para um grupo de crianças do primeiro ano que fazia um *tour* para conhecer o colégio.

Os olhinhos delas estavam arregalados, como se não quisessem perder nenhuma informação, e os sorrisos eram cheios de orgulho por darem um passo tão importante.

— Eu tava tão assustada... – recordei. – Foi um trauma pra mim. Num dia estava tudo bem e, no outro, me arrancaram do mundo normal pra conviver com vocês do Sul, a parte do Brasil que sempre me ensinaram a temer. Sem pais, sem família e com 6 anos. Achei que iriam me matar na primeira oportunidade.

— É horrível a imagem que o terceiro mundo tem da gente, não é?

— Para o Norte, aqui só tem coisas ligadas às trevas, demônios e sei lá mais o que conseguiram inventar.

— Que bobagem! – Ele riu. – E sua família deixou você vir morar no "mundo do mal" tão fácil assim?

— Eles não tiveram opção, já que o contrato entre o Sul e o Norte me obriga a viver aqui. Se eu sou bizarra, tenho

que viver no mundo dos bizarros, né?! – respondi, e Dan riu comigo.
– Não entendo como isso pode ter acontecido, sabia? Não existem casos anteriores, já varri a literatura atrás disso e nada.
– Eu sou um caso pra você? – Coloquei a mão na cintura, fingindo estar ofendida.
– Bem que eu queria – ele respondeu com uma expressão indecifrável, e eu fiquei sem entender.
– Como assim?
– Não, é que... – Pigarreou Dan. – Queria que existissem casos parecidos com o seu pra gente ter alguma pista. São nove anos sem entender o que houve e, pelo visto, ficaremos a vida inteira com interrogações.

Encarei seu bagunçado cabelo liso e preto, seus óculos no lugar certo – que ele fez questão de arrumar mesmo assim – e seu tom de pele marrom, como o da sua família materna, que era indígena. Em seu rosto, uma expressão cansada que me fez imaginá-lo gastando horas a fio para encontrar qualquer história que pudesse se aproximar da minha. E tudo porque queria me dar respostas, encontrar as peças que faltavam sobre mim. Ele era incrível, o melhor amigo que eu poderia imaginar.

Aliás, eu era bem sortuda em relação ao meu círculo de amizades. Meus amigos eram os únicos – além da diretora e de alguns professores – que sabiam sobre a minha origem nortista e nunca me trataram com qualquer preconceito.

Desde os 6 anos, aprendi a me dividir entre os dois mundos e me via como uma espécie de intrusa em ambos. Durante a semana, era uma cidadã do mundo normal que invadia o meio-mágico e, aos fins de semana, violava o contrato para ver minha família.

No fim das contas, eu era uma mutação da Natureza – a única conhecida até hoje – que havia nascido no Norte, mas pertencia ao Sul, e ninguém sabia explicar o motivo disso. Quando a diretora Amélia foi até a minha casa nos contar, fez-se um rebuliço geral. Minha mãe não quis acreditar, meu pai passou a andar sempre cabisbaixo, e eu fui submetida a vários testes estranhos que não pareciam ter sentido algum. Quando a minha conexão com o mundo mágico foi confirmada, meus pais não quiseram permitir a minha mudança, mas foram convencidos pela minha avó, Angelina, com o argumento de que, se a diretora Amélia resolvesse avisar às autoridades, essa história se tornaria um escândalo, e eu seria obrigada, pelas regras do contrato, a ir e nunca mais voltar.

Então meus pais e a escola resolveram manter sigilo absoluto para que ninguém me denunciasse e, assim, eu pudesse ir e vir livremente, conseguindo visitá-los aos fins de semana, férias e feriados. Eu era quase uma criminosa que quebrava o contrato semanalmente, embora não tivesse escolha: era a única maneira de ver meus pais e meus irmãos.

– Tá ansioso? – perguntei, apontando para um cartaz na parede que anunciava a famosa Celebração do primeiro ano do Ensino Médio.

– Muito. E vo... – Dan parou quando algo vibrou em seu bolso. – Eu preciso ir!

Espiei, curiosa, e pude ver que ele desarmava um alarme no celular.

– Pra onde? – perguntei intrigada.

– Projeto avançado. Tenho que conferir de hora em hora e fazer anotações – ele respondeu, como quem precisa correr, apressado e titubeante, mas não quer soar rude cortando a conversa repentinamente.

– Dan, nós acabamos de voltar das férias, não deu tempo de você se enfiar em projeto nenhum! – falei, fingindo indignação.

Ele sorriu sem resposta enquanto consertava os óculos mais uma vez.

– Vai logo, nerd – desisti.

– A gente se vê no almoço, tá? – ele prometeu, e eu concordei, ainda fingindo estar brava.

– O Ensino Médio vai ser um pesadelo, você vai triplicar sua carga horária. – Cruzei os braços.

Dan riu sem levar meu drama a sério, e depois apertou minhas bochechas em um biquinho.

– Fala – pediu. Tínhamos várias bobagens, e essa talvez fosse a maior e a mais antiga delas. Não me lembro de quando havia começado, mas Dan adorava me ver falando "peixinho marrom" com as bochechas apertadas. – Alisa Febrero, fala logo.

– Só se você não parar de comer pra checar alguma bizarrice sua na hora do almoço! – negociei.

– Então fala!

– Peixinho marrom. – Me rendi, e ele beijou minha bochecha antes de sair correndo.

Continuei rindo da nossa bobice, mas fiquei séria quando olhei o anúncio de novo. A Celebração estava perto, e enfim nós receberíamos nossa magia. Estar conectado ao mundo mágico, ou primeiro mundo, significava ter a personalidade parecida com a de algum personagem de um livro de histórias e, por isso, receberíamos seus dons especiais.

Para os habitantes do Sul, todos esses livros contavam verdades sobre um mundo mágico que, apesar de nunca terem conhecido, existia. Para os do Norte, tudo isso era uma grande besteira e nossas habilidades sobrenaturais eram malignas e perigosas.

Tirei meus olhos do folheto e passeei sem destino pelos corredores para conhecer melhor aquele lado. Eu sabia que estava no mesmo lugar de sempre: o colégio que tinha aprendido a tratar como lar e que, ao contrário das pessoas do Norte, havia feito com que eu enxergasse os sulistas como seres especiais e passasse a perceber a conexão com o mundo mágico como uma honra.

Mas tudo ali era novo; entrar para o Ensino Médio nos faria trocar de prédio, cantina, dormitório e salas de aula. O colégio era enorme, havia uma área para os anos iniciais do Ensino Fundamental, uma para os anos finais e outra para o Médio, e, apesar de ser ótimo mudar de ambiente, o maior significado do primeiro ano era enfim receber os dons tão esperados. Nossos poderes não amadureciam antes disso – o que, preciso confessar, me deixava estressada. Nas aulas de Magia, era como se fôssemos obrigados a aprender a pintar um quadro sem pegar em um pincel, ou seja, só teoria. Irritante.

Por isso, cada ano mais próximo do Ensino Médio representava um grau a mais de ansiedade, já que tudo mudaria para melhor e os nossos três anos seguintes seriam para aprender a lidar com os poderes; finalmente pintar com pincel!

Depois de três anos de intensa aprendizagem, na formatura, nós juraríamos um milhão de coisas sobre sempre querer o bem e nunca usar a magia para prejudicar as pessoas e, depois, buscaríamos alguma faculdade no Sul. Jamais seria permitido nos misturarmos com o povo do Norte. Isso me animava, pois teria a certeza de estar sempre cercada de gente como eu, mas também me entristecia quando me lembrava de que a convivência com meus pais, meus irmãos e minha família seria sempre restrita.

    Apesar de já estar bem acostumada, às vezes me fazia falta passar mais tempo com eles; as férias de dezembro e janeiro nunca eram suficientes, após dois semestres inteiros vendo minha família apenas aos fins de semana e feriados.

    Vaguei por algumas salas aleatórias e acabei na biblioteca do Ensino Médio. Era a maior que eu já tinha visto em toda a minha vida. Sempre me perguntei como era possível existirem tantos personagens para tantos alunos, mas, naquele momento, minha dúvida caiu por terra. A empolgação era tanta que demorei alguns minutos para decidir o que fazer. Por qual prateleira deveria começar? Acabei tirando um livro qualquer da terceira estante e me deparei com a história de Guanzo Lóti, um homem que tinha o dom da coragem. Achei bobo e sem graça. Mentalizei mil vezes para que o meu fosse mais legal.

    Folheei algumas páginas e vi outros personagens. Uma garota conseguia transformar em realidade qualquer desenho que fizesse: achei mais interessante, mas ainda me imaginava com algo maior. Percebi que estava querendo demais, eu deveria me contentar com qualquer dom que recebesse. Afinal, minha personagem teria relação comigo, fosse qual fosse.

    – Tentando descobrir qual vai ser o seu? – uma menina mais velha perguntou com sua voz doce. Era branca, tinha longos cabelos cacheados e seu rosto apresentava uma expressão tranquila.

    – Eu jamais conseguiria. – Apontei para todas aquelas estantes.

    – É verdade, parece que são infinitos... Às vezes fico lembrando do quanto era perturbador pensar que a minha personagem poderia estar aqui em algum lugar sem saber como encontrá-la.

— Como você aguentou?! — Exagerei de brincadeira, mas, no fundo, estava aflita de verdade.

— A Celebração está próxima. — Ela me reconfortou, e senti uma onda relaxante passar por mim, ao contrário do que estava acostumada a sentir quando alguém citava o evento. — Você vai ver que tudo mudará depois que ganhar sua magia. As aulas vão ficar mais legais e a escola vai parecer ter um novo ar.

A garota falava com o olhar vago, se recordando de sua experiência passada enquanto eu ainda sentia algo bom, como se ela tivesse aquietado toda a minha ansiedade de antes.

— Qual é a sua personagem? — perguntei. Ela tirou um livro fino e branco da bolsa e me mostrou. Depois que recebíamos o livro de nosso personagem, nunca mais nos desgrudávamos dele; aquilo se tornava um pedaço de nós. Ele continha a história da vida inteira do personagem e uma magia era jogada para que aparentasse ser mais fino e pudesse ser mais fácil de transportar. Mas, quando a menina começou a folhear as páginas para me mostrar, o volume do livro foi aumentando até tomar seu tamanho real.

— Eloá Cublin. Posso reconhecer e modificar o humor das pessoas. Antes de me aproximar de você, percebi que estava tensa e com uma cor forte ao seu redor, mas te fiz ficar calma induzindo seu corpo a liberar alguns hormônios e a parar de produzir outros. — Ela piscou. — E agora vejo uma cor agradável ao seu redor.

Meu queixo caiu. Ela tinha usado seu dom em mim! E tinha sido tão bom! Eu estava leve mesmo.

— Eu sei, você tá chocada por ter sentido magia em seu corpo — ela brincou, enrolando um cacho no dedo.

— É capaz de ler mentes também? — brinquei.

— Não — ela riu —, mas a cor lilás me prova sua surpresa; e a amarela, sua animação.

A garota apontou para algo que supostamente estava ao meu redor. Mesmo sabendo que não encontraria nada, conferi no espelho do outro lado da biblioteca.

— Se você pudesse ver, esse não seria o *meu* dom especial — ela falou.

— Justo — respondi à expressão falsamente brava que ela fez.

— Eita! — A menina mudou sua feição para assustada, depois de conferir o relógio. — Olha, Alisa, preciso ir, a gente se esbarra por aí. Prazer, eu sou a Júlia.

— Tudo bem, obrigada por... Calma aí, como você descobriu meu nome? — perguntei, intrigada. Júlia disparou a rir, já a alguns passos distante de mim.

— A gente vive no mundo *meio*-mágico, Alisa, e, às vezes — ela ironizou, brincalhona —, temos que usar os sentidos normais.

Quando ela apontou para o meu pescoço, me senti uma boba ao me lembrar do colar que tinha o meu nome pendurado.

CAPÍTULO 2

— Qual? – perguntou Sol, ao mostrar dois vestidos.
— São quase iguais – comentei, já esperando a reação da minha amiga.

Sol era apaixonada por amarelo. Se algum dia nós a encontrássemos sem vestir pelo menos algum detalhe nessa cor, seria grave. Ela era baixa, gorda, tinha o cabelo ondulado e loiro escuro, uma franjinha que cobria a testa e era branca. Na verdade, seu nome era Sofia, mas foi apelidada de Sol, e a gente costumava brincar que isso aconteceu por dois motivos: primeiro porque é a maior coisa amarela que existe e segundo porque adora ser sempre o centro das atenções. Não que achasse graça do segundo motivo, porém não era como se ela tivesse argumentos.

— Foi o que eu respondi em todas as mil vezes que ela perguntou isso. – Nina revirou os olhos.

Nina também era apelido, não de Marina, como todo mundo pensava, mas de Antônia. Também não adianta me perguntar por que Nina era apelido de Antônia: ninguém sabia direito. A teoria mais aceita era a da evolução de Antoninha, quando ela era bebê, para Toninha, quando criança, até chegar em Nina. Ela era minha colega de quarto desde que entramos no colégio, o que somava nove anos de convivência. Nina era alta, magra, negra de pele escura e tinha os cabelos crespos um pouco abaixo dos ombros – os mais lindos que já havia visto.

Eu não era tão baixa quanto Sol nem tão alta quanto Nina – estava no meio das duas. Meu cabelo era cacheado e a minha pele era o que as pessoas costumavam chamar de "morena"; mas eu me identificava como negra de pele clara desde que o grupo do movimento negro da escola, do qual a Nina fazia parte, apresentou um teatro sobre como expressões do tipo "pardo", "moreno", "marrom bombom" são usadas para evitar "negro" ou "preto", como se isso fosse um xingamento, uma ofensa. E, considerando a nossa história escravocrata, fica fácil entender por que muitos pensam assim. Depois dessa apresentação, comecei a reparar como era desconfortável usar o termo "negro", enquanto chamar alguém de "branco" era supernatural. Levou mais um tempo até Nina conseguir me fazer entender melhor, mas, no fim das contas, fiquei bastante satisfeita por ter mudado a forma como eu me via.

Quero dizer, não totalmente. Como Nina gostava de dizer: "estamos sempre em transformação". Sim, ela era esse tipo de pessoa.

Nina, Sol e eu éramos muito unidas, como irmãs. Sol havia se juntado a nós fazia dois anos. No primeiro ano do Fundamental, a escola nos dividia em duplas e trios depois de um teste de afinidade, e assim ficávamos até a formatura. Só que, pelo visto, isso não funcionara com a Sol e sua ex-colega de quarto: no oitavo ano, ela, com todo o seu gênio forte, havia tido alguns problemas com a menina. Ninguém sabia o que tinha acontecido, muito menos como conseguira mudar de dupla, já que o Colégio Ruit era bem metódico. Agora, o que a menina tinha feito será para sempre um grande mistério. Até porque Sol nunca comentou mais do que "foi uma coisa boba de oitavo ano".

Apesar de a circunstância não ter sido boa, eu havia gostado de ganhar uma segunda colega de quarto e ter que me mudar para um dormitório maior. Sol podia ser a baixinha mais reclamona do mundo, mas era uma das melhores pessoas que eu conhecia. Ela tinha um coração doce por trás da pose marrenta. Enquanto isso, Nina era a cabeça madura e sensata de nós três. E um grande apoio. Eu amava as nossas diferenças porque faziam da nossa amizade um dos meus maiores tesouros.

– Esse tom de amarelo é *completamente* diferente desse! – ela disse como se fosse óbvio o que tentava mostrar. – E o modelo também!

– Sol, você vai ficar linda em qualquer um – falei, e ela abriu um sorriso.

Ao meu lado, Nina fez um coração para mim, agradecida por eu ter finalizado aquele impasse.

– Obrigada, Lisa. Você já decidiu sua roupa? – perguntou Sol.

– Claro que não, faço isso na hora. – Ri.

– Nina?

– Acho que o vestido novo que ganhei de aniversário. – Nina deu de ombros, pois ligava tanto quanto eu para aquilo.

– Aquele preto? Você já pensou em colocar esse cinto dourado?

Me desliguei das duas e fui conferir o planejamento do dia seguinte. Nós tínhamos uma agenda meio confusa. Às vezes havia um horário livre, depois duas aulas seguidas e algumas matérias à tarde, como as extras optativas. Dan se inscrevia em quase tudo que era avançado. Física Avançada, Matemática Avançada, Química Avançada. E a que ele mais gostava: Magia Avançada. Eu estava mais ligada a Biológicas. Gostava de fazer algumas extras teóricas e também práticas. Como sempre tive raiva das aulas de Magia *sem* magia, nunca me inscrevi em nenhuma que não fosse obrigatória.

Cheguei todos os dias da semana: ainda não tinha entrado em nenhuma aula extra. Talvez pensasse nisso depois. Sorri ao ver o espaço vazio do dia seguinte – eu não tinha o primeiro horário e poderia dormir até mais tarde.

Enquanto arrumava a mochila com os cadernos do próximo dia, meu celular vibrou com uma mensagem de Dan nos convidando para o almoço na cantina principal do Ensino Médio. Imagens do novo espaço vieram à minha mente e me animei. Apesar de as aulas terem recomeçado havia quase duas semanas, ainda ficava empolgada com nosso novo prédio. A cantina, os corredores, os dormitórios e as demais áreas eram maiores. Tudo tinha um ar mais sério e fazia com que me sentisse mais importante e mais madura – ainda que continuasse a mesma Alisa de sempre.

– Dan e Marco estão indo almoçar, vamos? – propus, enquanto elas ainda discutiam sobre a roupa. Os olhos de Nina saltitaram e sua boca se abriu em um sorriso. Ela e Marco eram apaixonados um pelo outro, e eu suspeitava de que já havia bastante tempo, mas nunca tinham chegado a assumir.

Marco era ruivo com algumas pontas do cabelo onduladas, tinha uma semibarba (estilo adolescente passando pela puberdade), e eu às vezes desconfiava de que ele só a deixava ali porque um dia Nina comentou o quanto gostava da barba ruiva de um ator. Ele era o mais alto de nós todos e o colega de quarto de Dan.

Em um trabalho de sala no primeiro ano do Fundamental, Nina e eu ficamos muito amigas ao formamos um grupo com os dois e, desde então, nos tornamos inseparáveis. Não sei quando foi que Nina e Marco começaram a sentir algo a mais do que amizade, mas sempre que eu tocava no assunto "Marco", ela negava ou então desviava a conversa para a minha relação com Dan. Sabia que Nina só estava usando a filosofia de que a melhor defesa era o ataque, pois a verdade é que não havia absolutamente nada entre nós dois, até porque eu tinha uma queda pelo irmão gêmeo dele, o Caio.

Ai... o Caio... Como começar a descrevê-lo?

Ele tinha hipnotizantes olhos verdes e caracóis pretos que faziam qualquer pessoa delirar. Sua pele era bem clarinha e eu achava lindo ver suas bochechas vermelhas depois de treinar com o time de futebol. Eu e uma legião de fãs apaixonados na arquibancada. Caio era, sem dúvida, o mais bonito do primeiro ano, e sabia disso. Vez ou outra, depois de fazer um gol, lançava uma piscadinha ou um coração para a torcida, criando discórdia entre um grupo de pessoas que queriam definir no grito quem tinha sido o alvo da atenção de Caio por aqueles segundos. Que essas pessoas não me ouçam, mas eu tinha plena certeza de que a maioria daqueles gols eram para mim, por mais que Nina revirasse os olhos e gritasse: "Ele olha pra qualquer lugar, Lisa, acorda!". Não era preciso ser nenhum gênio para perceber que Nina não era uma grande entusiasta do *ship* Lisaio (Lisa + Caio), mas desde o final do ano passado, quando nos beijamos em uma festa de aniversário, eu estava entregue àquele romance que eu sabia que viveria cedo ou tarde.

— Tô morrendo de fome! — Sol esfregou uma mão na outra enquanto caminhávamos até a cantina, me tirando daquela memória doce.

– Eu também! – concordou Nina.
– Tá com fome mesmo ou só com vontade de encontrar o Marco? – zombei.

Sol deu uma gargalhada gostosa e Nina levou a mão aos cabelos crespos virando o rosto para que eu não pudesse ver sua expressão. Típico.

– Torço tanto por esse *ship*. – A baixinha uniu as mãos como se fizesse uma oração.

– Eu me declaro pro Caio se você se declarar pro Marco – ofereci, em um ato de impulsividade; *onde eu estava com a cabeça?*

– Se essa é sua tentativa de me incentivar, você não poderia estar mais equivocada. Eu faria qualquer coisa pra *não* te ver com aquele traste do Caio. – Nina cruzou os braços e me repreendeu com o olhar.

– Então a Lisa *não* se declara se você se declarar. – Sol propôs por mim.

– Ei! – reclamei, empurrando minha amiga quando paramos em frente à porta da cantina.

Cada lugar do colégio tinha um sistema que reconhecia os alunos. A gente se aproximava da porta e, se tivéssemos permissão para estar ali, ela se abria. Havia áreas exclusivas que só conheceríamos nos próximos anos. Como entramos no Ensino Médio, começamos a poder frequentar a cantina principal e algumas partes do prédio, mas existiam alas em que só o segundo e o terceiro ano entravam. Era frustrante não saber o que tinha do outro lado ou por que não podíamos ir até lá, mas nossa única opção era aguardar. Aliás, deveríamos já estar bastante contentes por termos conquistado um novo prédio.

Às vezes toda essa organização metódica do Ruit parecia um videogame, como se tivéssemos que passar de fase para ter acesso a novas coisas, porém era divertido esse sentimento de dar um passo à frente. E um dos passos mais importantes era este: chegar ao primeiro ano e conhecer seu personagem. A porta nos reconheceu em poucos segundos, e pudemos nos servir. O colégio era como um condomínio fechado: tinha algumas áreas comuns, jardins, espaços para lazer e até uma praça de alimentação com restaurantes diferentes, caso enjoássemos da cantina. Mas, até aquele momento, estávamos tão empolgados com o novo ambiente que nem havíamos cogitado não fazer as refeições lá.

Apesar de toda aquela rigidez e seriedade do Ruit, eles tentavam fazer com que nos sentíssemos confortáveis em vez de presos em uma escola que não permitia saídas em dias de semana. Não podíamos dar uma escapadinha na terça à noite para o aniversário de uma tia e voltar no dia seguinte para a aula, mas, pelo menos, tínhamos uma área comum divertida. Abdicávamos de muitas reuniões de família em prol do colégio, e era por isso que sempre escutavam com carinho as sugestões dos estudantes. Uma vez dei a ideia de não sairmos dos nossos dormitórios a cada ano, porque a gente se apegava, decorava do nosso jeito e, no ano seguinte, tinha que se mudar. Desde então, os alunos só se mudavam três vezes: do prédio dos anos iniciais do Fundamental para os anos finais do Fundamental, e depois para o do Médio. Tinha ficado muito melhor assim.

– Vocês ouviram falar do cinema novo? – perguntou Sol. Havia alguns boatos de que estava sendo construído um cinema perto da galeria de roupas e acessórios.

– Não sei quem deu a ideia, mas, vamos confessar, foi excelente! Vai ser quase um shopping aqui dentro! – Ela bateu palmas. – Eu não entendo por que fazem tanto mistério... Sempre que pergunto aos funcionários, eles falam que é surpresa.

– A diretora deve estar inventando alguma celebração oficial de abertura e quer que os alunos só saibam no dia... Vocês sabem como o Ruit adora essas coisas... – falou Nina, a voz monótona.

Então, eu vi o Caio passar. Como em um passe de mágica – não literalmente, calma lá! –, meu foco se tornou apenas um: Caio. Nina balançou a cabeça um pouco indignada com o objeto da minha atenção, e a história do cinema foi a última coisa que consegui captar antes de tudo o que não fosse Caio ficar embaçado para mim.

– Por falar em celebração... – comentou Marco, enquanto me dava um chute por debaixo da mesa e apontava para Dan discretamente.

Ele e Nina insistiam todos os dias que Dan era apaixonado por mim, e eu já não tinha mais forças para convencê-los de que éramos apenas amigos. *Melhores* amigos, na verdade. Uma vez, Marco disse que observava Dan sempre que eu caía de amores pelo Caio e, segundo ele, minha "paixonite", como classificou, deixava Dan para baixo. Obviamente, isso não passava de uma fantasia e da imaginação fértil dos dois. Até porque, se Dan gostasse de mim, eu saberia. Nina e Marco só podiam estar confundindo as coisas.

Se Dan mostrava qualquer aversão pelo meu *crush* por Caio, só podia ter a ver com as desavenças que tinha com o irmão. Eles eram completamente diferentes, não só na aparência, mas também na personalidade. Dan tinha aquele estilo mais tímido, desajeitado e nerd, enquanto Caio era mais esportivo, seguro de si, popular e menos afeiçoado às regras. Muitas pessoas só acreditavam que eram gêmeos depois de olharem os documentos. Mas não há como culpá-las, nem mesmo a aparência eles suportaram compartilhar! Enquanto Dan tinha a pele marrom e os cabelos pretos e lisos, Caio tinha a pele clara e os cabelos castanhos e cacheados.

– Eu tô tão ansiosa! – Sol bateu na mesa com o garfo, alheia a todas as trocas de olhares, chutes e conversas mentais.

Chequei Caio mais uma vez e senti uma pontada de ciúme ao vê-lo cercado por três garotas. Marco me repreendeu, arregalando os olhos. Conferi Dan, que brincava com a comida em seu prato, enquanto seus pensamentos deviam vagar distantes dali. Marco apoiou o cotovelo na mesa e o rosto na mão, como se "desistisse de mim".

– Vai ser tão bom! A gente espera por isso há tanto tempo... – Sol voltou a falar.

– Do que estamos falando? – perguntei, voltando a me concentrar nos meus amigos.

– Da Celebração, ué! – Sol me encarou, julgando minha falta de atenção.

– Ah, sim, é verdade! – comentei, sentindo meu coração pulsar mais rápido.

– Acho engraçado que as pessoas do mundo normal pensam que nós somos do mal, que passamos a vida inteira sendo doutrinados pelo colégio para fazer magia das trevas e blábláblá, mas a gente só começa a ter poderes especiais depois de nove anos aqui! – disse Nina, e todos riram em concordância, exceto Dan.

– Esses nortistas são muito burros! – zombou Marco, e depois ficou sério quando olhou para mim. – Sem ofensa, Lisa.

Dei uma risada antes de tentar fazer como o de costume: defender atitudes de um mundo para o outro. Quando estava no Norte, justificava atitudes do Sul, e, quando estava no Sul, fazia o mesmo pelo Norte. Nunca adiantava.

– Vou conferir meu projeto – disse Dan antes que eu pudesse preparar meus argumentos e se levantou de repente, consertando os óculos como sempre fazia.

– Dan! – repreendi. – Você prometeu que não sairia no meio do almoço.

– Eu preciso ir. – Ele pegou o prato e saiu da mesa.

Acompanhei seus passos até o momento em que não pude mais vê-lo e, depois, olhei para meus amigos, sem entender nada.

– Não faça essa cara de boba – falou Marco, bravo.

– Você é a única pessoa dos três mundos que não enxerga como o Dan é apaixonado por você.

– Toda vez que suspira pelo Caio, olha pro Caio e fica toda boba pelo Caio, o Dan fica assim – completou Nina.

– Enquanto isso, o Caio não tá nem aí pra você.

Eu a encarei, chocada com a sinceridade.

– Desculpa, foi pesado – ela recuou.

– Se o Dan gostasse de mim, ele diria – contestei.

– Claro que não! – Nina colocou as duas mãos no rosto como se o que eu tivesse dito fosse uma bobagem enorme. – Acha que ele arriscaria deixar a amizade de vocês esquisita? Ele sabe que você só o vê como um amigo.

– Sol, o que você acha? – Apelei para a minha última esperança.

– Concordo com a Nina e com o Marco – ela respondeu, mexendo no celular.

– Você nem sabe do que estamos falando!

– Eu posso até não prestar atenção em tudo ou ser um pouco desligada, mas que o Dan gosta de você não é novidade pra ninguém – falou Sol, me encarando, e fiquei sem saber o que comentava primeiro: sua opinião sobre os sentimentos de Dan ou o eufemismo de "um pouco desligada".

Antes mesmo de me decidir, Marco e Nina me lançaram expressões que gritavam: "NÃO DISSE? ATÉ A SOL!". Cobri meu rosto com as mãos, desistindo dos meus amigos. Dan apaixonado por mim era a última coisa que eu gostaria que acontecesse.

Me desviei daqueles pensamentos quando os outros alunos começaram a se levantar. Faltava pouco para o primeiro horário da tarde e isso era a minha salvação: os três seguiriam para suas aulas avançadas e eu voltaria a ter paz.

– A gente não tá te obrigando a gostar dele, Lisa, isso não existe. – Marco tocou meu ombro antes de ir. – Mas queria que soubesse o quanto Dan fica magoado por saber que você fica se arrastando pelo Caio, logo o irmão gêmeo babaca que todo mundo compara com ele.

Concordei com a cabeça sem saber o que fazer, e eles saíram sem falar mais nada.

Eu amava o Dan. Mas era um amor de amigo. Nossa amizade tinha anos, e eu sentia como se o conhecesse melhor do que ninguém. Era muito comum passarmos horas a fio conversando, trocando segredos e pedindo conselhos. Dan não era o melhor para aconselhar, mas era um excelente ouvinte. Seu jeitinho desajeitado me divertia muito, e eu amava cada momento em que consertava os óculos sem nenhuma necessidade aparente, ou quando tirava o cabelo bagunçado da frente, que quase sempre caía nos olhos. Amava as camisetas surradas de personagens de filmes nerds ou aquelas piadas de Matemática, Física e Química que ninguém, exceto ele e o grupo avançado, era capaz de entender ou achar graça. Era de praxe eu revirar os olhos para aquela blusa branca com a fórmula de Bhaskara escrita em preto – sem NADA além disso; nem uma piadinha ou uma brincadeirinha... era a fórmula de Bhaskara e ponto-final.

Adorava também toda a timidez do Dan. Bastava um professor elogiar suas notas ou tratá-lo como um exemplo para os outros alunos que o menino se recolhia todo e tentava ocupar o menor espaço possível em sua carteira. Mas, de tudo, o que eu mais achava incrível em Dan era a inteligência; não por saber fórmulas ou solucionar problemas de Matemática, mas a capacidade que tinha para resolver situações cotidianas. Às vezes, quando havia algum momento difícil, ele sempre se mantinha calmo porque falava que o estresse só nos deixava incapacitados. Dan não era só inteligente: era esperto, perspicaz. Eu amava milhões de coisas nele, mas nunca havia pensado em algo a mais para nós dois, nem quando Nina ficava me enchendo. Só que, naquele momento, Marco, Nina e até Sol tinham esfregado a situação na minha cara. E se estivessem certos?

Olhei para Caio, que estava no mesmo lugar, ao lado de cinco meninas, e tentei pensar no que eu gostava nele. Além dos caracóis e do sorriso fofo, não consegui listar mais nada. Não o conhecia o suficiente para isso, tudo o que sabia era o que Dan e outras pessoas já haviam me dito. Ele era simpático, conversava com todo mundo, distribuía sorrisos, tinha notas péssimas, gostava de futebol, e muita gente costumava falar que ele se achava o máximo – e chegava a ser engraçado o quanto era o oposto do Dan. Eu sabia que ele já tinha ficado com todas as meninas daquela roda e também sabia que, se estivesse lá, seria só mais uma de sua extensa lista. Se fosse verdade o que os meninos haviam dito, era um pouco patético tudo aquilo: Caio me magoava, e eu magoava Dan. Me perguntei há quanto tempo isso acontecia. Será que Dan sempre esteve apaixonado por mim? Se sim, não devia ser nada bom ver sua melhor amiga, por quem era apaixonado, babando pelo seu irmão gêmeo. Marco estava certo, eu não podia fazer com que ele sofresse mais.

Mas ainda precisava ter certeza de que Dan gostava mesmo de mim, por isso me enchi de coragem e saí da lanchonete para procurá-lo. Tinha que tirar aquela história a limpo.

***

Enquanto caminhava em direção ao dormitório, tentei planejar quais palavras utilizaria. Eu precisava ter muito cuidado para não causar uma situação entre nós. A cada passo mais perto, esperava que as palavras perfeitas surgissem, porém nada parecia bom.

Bati na porta, ainda sem saber como falar, e aguardei. Como não obtive resposta, a esperança tomou conta de mim. Eu era a única do grupo que ainda não havia me inscrito em aulas extras e tinha a tarde livre, ao contrário de Dan, que estava abarrotado de compromissos.

Pude sentir o sorriso tomar conta de mim quando percebi que teria de adiar aquela conversa esquisita. Covarde. Mas, quando me virei para ir embora, a porta se abriu atrás de mim.

– Ué, você tem horário livre agora? – falei a primeira coisa que me veio à cabeça.

– Não... – respondeu Dan, fitando o chão.

– Tá matando aula? – perguntei, e ele assentiu.

Talvez Dan fosse um dos únicos alunos que não se metia em problemas por matar aula. A senhorita Guine, nossa supervisora e famosa amante das regras, deixava passar tudo o que ele fazia porque Dan era o aluno predileto do Ruit.

– Eu queria conversar com você – falei, ainda do lado de fora do quarto, e ele gesticulou para que eu entrasse.

O quarto do Dan e do Marco era impecável – e o oposto do meu e das meninas. A gente não se cansava de repetir o quanto eles eram diferentes da maioria dos alunos, que se aproveitava por não morar com os pais. O dos dois, não. Eles faziam questão de tudo bem-arrumado: tinha um espaço reservado para o material escolar, outro para objetos pessoais, e as únicas duas peças de roupa fora do armário estavam dobradas em cima da cama de Dan, que era a parte de baixo do beliche. Não tinha uma folhinha de caderno rasgada sobre a mesa ou um papel de bala que fora parar acidentalmente no chão. E eu sabia que tudo aquilo não era só por causa das manias do Dan; o Marco também era tão organizado quanto ele. Pontos para o teste de afinidade do Ruit.

Sentei no sofá que havia ali, e ele puxou a cadeira para ficar de frente para mim. Costumávamos passar horas naquela posição conversando sobre nada e tudo ao mesmo tempo.

– Eu não sei quando foi que a gente parou com as nossas sessões de terapia aqui – falei.

– Acho que tenho me preocupado tanto com os meus projetos avançados que mal tenho passado tempo com você.

Dan tinha a pele marrom claro, mas um observador atento conseguiria ver o tom levemente avermelhado que tingia seu rosto quando estava desconcertado. Como naquele momento.

– Eu discordaria de você, se não estivesse falando a verdade – respondi bem-humorada e Dan deu um sorriso brincalhão com as covinhas mais fofas do mundo.

Com aquela pequena interação, notei que não havia ressentimento algum. Aquele garoto que tinha saído do almoço repentinamente e que, segundo Marco e Nina, estava triste comigo não era o que sorria na minha frente enquanto consertava seus óculos.

– Desculpa, Lisa, acabei lotando meu horário porque tava animado demais com tudo o que o Ensino Médio tem de novo. São tantas aulas legais, você não imagina. – Dan arregalou os olhos, animado, e eu revirei os meus de brincadeira. – É sério! Andei olhando alguns planejamentos da área de Biológicas e te aconselho a conferir, tem cada coisa que você iria amar!

– Tô sentindo falta de um laboratório mesmo... – comentei, saudosa, dobrando as pernas no sofá e me acomodando.

– Então! Você não tá em nenhuma avançada esse ano? – Ele estranhou, e eu assenti. – Que preguiçosa!

– O quê? – fingi estar ofendida.

– É isso mesmo: pre-gui-ço-sa. – Dan se aproximou e fez cócegas na minha barriga.

– Para! – pedi assim que pude recuperar algum fôlego. – Talvez eu entre na de Magia e em algum projeto bacana de Biologia, seu chato!

– Faz muito bem! – Ele parou e sorri de volta para suas covinhas, que estavam à mostra. – Acho que ainda tem vaga no meu horário.

– Ótimo! Olho isso amanhã! – respondi, e ele assentiu, animado. – Depois da Celebração, as aulas de Magia avançada vão encher, você sabe.

– Ai... – reclamei por ter me lembrado. Aquele assunto estava deixando todo mundo com os nervos à flor da pele. Queria ter Júlia, aquela menina da biblioteca, por perto o tempo todo para me acalmar.

– Seus pais vêm? – ele me perguntou, e eu fiz que sim com a cabeça. A Celebração estava marcada para uma quinta-feira. Todos nós concordamos que seria mais sensato um sábado, mas a magia não ligava para o que era sensato ou não. No ano anterior, tinha acontecido em pleno domingo.

Como se isso já não tivesse sido terrível o suficiente, o horário marcado era exatamente 23h43. O nosso, pelo menos, era 19h29. Ninguém podia se atrasar e, óbvio, ninguém fazia. – Você sente alguma coisa mudando em você? – ele perguntou enquanto gesticulava com as mãos, como se a magia estivesse ao redor de nós.

– Não, você sente?

– Aham, acho que entendendo o que querem dizer com "a magia está amadurecendo em nós".

– Não em mim.

– Não deve ser uma regra.

– Ou a diretora Amélia se confundiu, e eu sou mesmo do mundo normal...

– Para com isso, Lisa! – Ele deu um empurrãozinho em meu ombro, bravo de verdade.

– É fácil pra você, que é do povo Krenak e sabe que, com certeza, vai ser dono de uma magia poderosa.

Sempre estudávamos sobre a família do Dan nas aulas de magia. Eles desenvolviam tecnologias incríveis com seus dons às margens do Rio Doce e estavam em cada livro de história sulista do Brasil.

– Enquanto nem ascendência sulista eu tenho, e não existe qualquer explicação pra ter sido enviada pra cá. Passei os últimos nove anos achando que um dia descobririam que foi um engano e me mandariam de volta pra casa. Agora, mais do que nunca, sinto medo disso acontecer.

– Eu não suportaria ver você voltar para o Norte depois de tantos anos. – Sua voz gelou meu corpo. Era a última coisa que eu gostaria de fazer.

– Eu não suportaria voltar, já me adaptei a essa vida. Não quero nem saber, o colégio vai ter que se virar. Eu tava de boa no Norte. Se foram lá falar que eu era especial, vão ter que arrumar uma personagem pra mim! – brinquei, e Dan riu, o que me fez ficar satisfeita por ter conduzido aquilo para algo mais leve.

– Fica tranquila, Lisa. Na quinta, essas mãos já estarão aptas a fazer muitas coisas.

– Espero. – Dei o meu melhor sorriso.

– Agora fala. – Dan apertou as minhas bochechas em um biquinho, como sempre fazia.

– Peixinho marrom – respondi sem resistência dessa vez.

Eu sabia por que estava ali, sabia o que precisava conversar com ele, mas a minha amizade com Dan era tão importante que tive medo de abordar o assunto e estragar tudo. Só de pensar que ele poderia estar mesmo apaixonado por mim, meu coração palpitava. No fim das contas, era claro que adiaria a conversa ao máximo, apesar de saber que, cedo ou tarde, teríamos que esclarecer algumas coisas. Por ora, ainda não estava preparada para mudar uma vírgula na nossa relação.

CAPÍTULO 3

Podia ser Elisa, Alice, Aline... mas é claro que a minha mãe tinha que inventar Alisa. Meus irmãos, os gêmeos, se chamavam Bernardo e Bianca, e a minha irmãzinha, Beatriz. Ficava bem claro o mau gosto dos meus pais ao nomear os filhos com a mesma letra e, por isso, uma vez eu perguntei por que o meu era diferente. Eles deram qualquer desculpa e nunca conseguiram me fazer entender como fui sair do padrão.

    Eu era a mais velha dos três; o Bê e a Bia tinham 10, e a Beatrizinha – como papai inventou de chamá-la –, 2 anos. Era triste pensar que nunca mais moraria com a minha família e que, provavelmente, iria para algum lugar ainda mais longe, já que as faculdades que mais me interessavam ficavam distantes da fronteira entre o Sul e o Norte. Mas acho que tive de aprender a aceitar que a minha família e eu pertencíamos a mundos diferentes. Apesar disso, naquele dia, meus pais violariam o contrato e viriam para a Celebração. Eles não tinham vivido nada parecido com aquilo, porém se esforçavam muito para entender o significado daquele evento para mim, e eu sempre os admirei muito quando se faziam presentes em momentos importantes como esse.

— Lisa, por favor! Opine! — Sol apelou para sua voz mais infantil ao me mostrar seus dois vestidos.

— Esse. — Apontei de forma aleatória.

— Você escolheu qualquer um! — Ela bateu o pé no chão.

— Nossa, quantos anos você tem? — implicou Nina.

— Sou mais velha que você — a loirinha respondeu unindo as sobrancelhas e colocando as mãos na cintura.

De fato, era, mas isso não significava nada no quesito maturidade.

— Eu perguntei quantos anos aqui. — Nina apontou para a cabeça.

Olhei para as duas, incrédula. Não era possível que estivessem discutindo aquilo. Sol balançou a cabeça, fazendo sua franjinha se mover junto, e voltou a se concentrar nos vestidos.

— Se eu usar esse, minha madrasta vai alugar meu ouvido por meia hora pra dizer que preciso perder dez quilos em nome da "minha saúde". E, se eu usar aquele, ela vai aumentar pra quinze.

— Tem sempre a opção de mandá-la pro inferno, você sabe, né? — Nina fez a piada num tom sério, o que deixou o comentário ainda melhor.

— Você já sabe de qual vestido gosta mais, não tem por que pensar na opinião da chata da sua madrasta — falei.

— E gordofóbica — completou Nina.

Sol encarou os vestidos mais uma vez e sorriu ao pegar o mais justo, seu preferido. Fiquei feliz por ter se resolvido, o que me lembrou de que faltavam duas horas para a Celebração, e eu não havia sequer olhado meu guarda-roupa e conferido minhas opções. Já era hora de planejar aquilo.

Sorri para a foto que tinha no meu armário com a Beatrizinha e depois me virei para a outra, com os gêmeos; estava morrendo de saudade dos meus irmãos. Esse talvez fosse o ponto positivo de vivermos separados: costumávamos aproveitar bem o tempo juntos, sem grandes brigas. É claro que o Bê e a Bia implicavam comigo, senão não poderiam ganhar o título de "irmãos mais novos", mas eu amava a relação que tinha com os três.

Escolhi um vestido dourado que tinha comprado nas últimas férias; era um tubinho com alguns detalhes bordados. Sol deu um gritinho, dizendo que havia amado, mas, convenhamos, seria estranho se não gostasse.

Nina foi a responsável por nos maquiar, já que sabia fazer isso como ninguém, e nós saímos às 18h40, o que era ótimo. Cogitei, por um segundo, que poderíamos utilizar o tempinho extra para ver nossas famílias, mas a diretora Amélia nos fez entrar até por uma porta diferente da dos familiares para que "os alunos não se distraíssem antes de um momento tão importante". Palavras dela.

O salão estava divino. Não que eu esperasse algo menor, até porque aquilo era a cara do Ruit. Tudo, desde os assentos até as flores pequenas que enfeitavam o ambiente, havia sido decorado com as cores oficiais: azul e amarelo.

Nos indicaram uma mesa a uns dez metros do palco, e eu me sentei com meus amigos. Cada lugar tinha uma caixa preta fechada e a instrução era não tentar abri-la de jeito nenhum.

– Tá estranho, não tá? – perguntou Sol, fazendo uma careta e colocando a mão entre o pescoço e o coração. Nina, Marco e Dan concordaram.

– O quê? – eu quis saber.

– Parece que tem uma coisa dentro de mim.

– Não tô sentindo nada – respondi, aflita.
O resto dos alunos parecia ter algo incomodando também. Meu coração disparou e meus olhos correram para Dan, que balançou a cabeça de leve e moveu os lábios, dizendo: "tá tudo bem". Suspirei quando a hipótese de sair da escola me veio à cabeça.

A diretora Amélia subiu ao palco às 19 horas e cumprimentou a todos. Ela era uma mulher negra de pele escura que tinha os seus 55 ou 56 anos, mas parecia ter uns 40. Sua produção naquela noite era impecável: estava linda num longo vestido azul e com seus cabelos crespos presos.

Primeiro, agradeceu a presença de todos, fez um curtíssimo discurso sobre a importância daquele dia para os alunos e para o colégio; agradeceu aos pais meio-mágicos por terem escolhido o Colégio Ruit, principalmente aqueles que também se formaram lá e decidiram manter a tradição; falou da ideologia do colégio sobre "magia ser utilizada somente para o bem"; e, depois, nós, alunos, juramos obedecer às regras.

Chequei o relógio e faltavam ainda alguns minutos. Sem delongas, ela explicou como tudo funcionaria: as caixas pretas se abririam às 19h29 e, dentro delas, havia um papel azul com o nome de um aluno do colégio; um amarelo com o nome de um personagem do mundo mágico ao qual o aluno era conectado; e um livro sobre a vida desse personagem. Na ordem alfabética, nós nos apresentaríamos no centro do palco, pegaríamos o livro dentro da caixa e diríamos os nomes dos dois papéis ao microfone. Depois, o livro e a caixa iriam para seus donos. Fiquei me perguntando quanto tempo isso duraria, diante daquela quantidade enorme de alunos, mas decidi não expressar meus pensamentos, visto que meus amigos já estavam nervosos o suficiente.

No exato momento em que o relógio mudou do minuto 28 para o 29, a caixa à minha frente se abriu e, no papel azul, tinha o nome de um dos meus colegas: Matheus, um menino muito engraçado da minha sala de Artes. Me virei para sua mesa e dei um tchauzinho. Matheus abriu uma expressão animada e ansiosa que me fez rir.

A diretora Amélia começou a chamar na ordem alfabética e Alice, minha colega que estava na mesa ao lado, foi a primeira. Ela se levantou e foi até o microfone com as bochechas coradas de tanta vergonha.

– Maria Contijo – ela leu. – Personagem: Quelina Candelabro.

Maria respirou duas vezes antes de se levantar. Todos os olhos do salão observavam, atentos, cada passo que ela dava. Maria foi até o palco com uma expressão bem nervosa, recebeu sua caixa, e a diretora Amélia, a professora Dália e o professor Alceu a abraçaram. Ela retornou à sua mesa e palmas explodiram de todos os lugares do salão. Fui a segunda. Segui o mesmo caminho, abri minha caixa, chamei Matheus e li o nome do seu personagem: Vino Heni.

Tudo se repetiu – monotonamente, para mim – até Débora, uma baixinha muito fofa da minha turma de Biologia, ler o nome do Dan. Seu personagem era o Guio Pocler, e me lembrei vagamente dessa história. Se não estivesse enganada, Guio era um personagem inteligentíssimo que conseguia fazer seu cérebro pensar seis vezes mais rápido do que qualquer ser humano. Toda aquela história de o personagem ter a ver com a personalidade do aluno fez ainda mais sentido para mim.

A cada pessoa chamada, mais ansiedade se criava dentro de mim. Sol recebera Anash Ruitec como personagem e Nina era conectada a Kianna Guidiar. As duas já tinham suas caixas em mãos, mas não podiam folhear os livros em respeito aos que ainda não haviam recebido. Todos nos esforçamos para lembrar quais eram os poderes das meninas, porém cada um dava um palpite diferente. Quando desistimos de adivinhar, olhei para Marco, nervosa. Só ele me entendia naquele momento.

— Quer ver que eu vou ser a última?! — Coloquei a mão no rosto.

— Ou eu — disse Marco, compartilhando meu sentimento e, no segundo seguinte, um dos nossos colegas anunciou seu nome.

Já havia se passado uma hora desde o início da Celebração. Dei uma olhada nas mesas, tentando ver quantas pessoas ainda faltavam, e notei que não muitas. Dan colocou a mão no meu joelho para fazer com que eu parasse de balançar a perna, mania que cultivava para situações tensas ou quando queria que o tempo passasse mais depressa — naquela ocasião, servia para ambos os casos.

— Relaxa — ele aconselhou, e eu respirei pelo nariz e soltei pela boca, mostrando todo o meu comprometimento em me manter calma.

Dan sorriu para mim, e isso me trouxe confiança. Nunca me cansaria de repetir o quanto ele me fazia bem.

— Agora só pode ser você — ele comentou quando chegou a vez de uma menina da mesa ao lado. — Yasmin é o último nome.

Segui cada passo que ela dava e quase reclamei de sua lentidão para chegar ao palco. Estranhei o fato de Yasmin ter ido falar algo ao ouvido da diretora, em vez de pegar o microfone. Olhei para o lado e todos cochichavam entre si.

— A caixa dela não abriu — alguém comentou atrás de mim.

— Como assim? — perguntei.

Vi a diretora Amélia forçar para abrir, depois a senhora Dália foi ajudar, e até o senhor Alceu deu sua contribuição. Não teve jeito: a caixa de Yasmin não cedia. E, então, a diretora pediu para que todos se afastassem e gesticulou para a caixa. Demoramos uns segundos para perceber que ela havia acabado de usar magia na frente de todo mundo. O salão soltou um coro surpreso quando a caixa cedeu, e eu expirei o ar que prendia no pulmão.

No entanto, o alívio que veio foi embora. A caixa de Yasmin não era como as outras. Não.

A *minha* caixa não era como as outras. Meu nome estava escrito no papel amarelo, e não havia o azul. Além disso, o livro estava em branco e rasgado.

***

— Lisa, calma, tem alguma explicação pra isso. — Dan segurou a minha mão. Encontrei seus olhos quando algo me veio à mente.

— A diretora Amélia errou, Dan, eu não pertenço ao mundo meio-mágico. Sou normal como meus pais, como meus irmãos.

— Lisa, eu prometo que vou descobrir o que aconteceu — ele falou, firme, e eu quis muito acreditar em suas palavras.

— Alisa Febrero, a senhorita me acompanha? — o senhor Alceu, professor de Magia, me chamou.

Levantei num pulo e comecei a segui-lo até a sala da diretora Amélia, onde o professor me indicou o sofá.

— Sente-se aqui só um minuto — instruiu.

Esperei mais de um. Bem mais. Na verdade, foi quase uma eternidade, para o meu grau de nervosismo. Uma dezena de hipóteses rondavam a minha mente. E todas levavam ao único fim que eu não queria: ser expulsa do Sul.

— Oi, senhorita Febrero. — A diretora entrou, acompanhada da supervisora.

Em geral, os funcionários do Ruit eram bem legais, mas eu não me dava com a senhorita Guine — Lúcia Guine —, nossa supervisora. Ela era uma fanática por regras. Sabia o manual do aluno de trás para a frente e tinha ataques quando alguma coisa saía do correto, do padrão. Assim que me viu, fez uma expressão de desdém. Ao contrário dela, eu não era muito fã de regras, o que me levava a alguns atritos com a supervisora. Além disso, suspeitava que a senhorita Guine não gostava muito da ideia de uma nortista no Ruit. Eu era como uma regra quebrada ambulante sobre a qual ela não podia fazer nada.

Bem, até agora.

— Diretora Amélia, o que aconteceu? — perguntei, aflita.

— Eu não faço ideia, querida... — Ela me olhou, realmente comovida, enquanto colocava minha caixa em cima da mesa. Corri para analisá-la melhor: dentro, havia um papel amarelo com o meu nome e um livro em péssimo estado. Era como se alguém tivesse arrancado a capa junto com suas primeiras páginas, e ali, em minhas mãos, estava o resto do livro, mas em branco.

A senhorita Guine se aproximou por trás de mim, abaixou os óculos e inspecionou a caixa. Ela era alta, magra e branca, usava o coque baixo bem preso sem deixar um único fio de seus claros cabelos lisos escapar.

— É tudo muito estranho, querida. O nome de sua personagem é que deveria estar no papel amarelo, e o seu nome deveria vir no azul, como veio para todos os alunos. Contudo, na sua caixa nem papel azul tem! Fora esse livro em branco e rasgado, que não faz sentido algum – explicou a diretora.

– Isso já aconteceu antes? – perguntei.

– Nunca. Também nunca havia acontecido de uma garota normal fazer parte do nosso mundo – respondeu a senhorita Guine, seca, contrapondo-se à pose da diretora, que parecia querer me abraçar.

– É provável que não saiba disso, mas essas caixas pertencem a vocês desde que entraram no colégio – disse a diretora Amélia, e eu a olhei, intrigada. – Venha aqui.

Ela moveu um relógio que ficava encostado na parede e a sala girou, revelando um depósito enorme e cheio de caixas pequenas. Meu queixo caiu.

– Amélia! – censurou a senhorita Guine, mas não obteve resposta.

– Quando um aluno entra no Colégio Ruit e passa pelos testes, automaticamente uma caixa preta é criada e trazida pra cá com o papel azul, o amarelo e o livro do personagem dentro. Um personagem por caixa. Uma caixa por aluno. A sua estava aqui, senhorita Febrero, assim como todas as outras, e foi criada no momento em que fizemos seus testes.

– Você tem certeza, diretora? Ninguém pode ter mexido na minha?

Olhei sem querer para a senhorita Guine e me arrependi depois de perceber quão acusador foi aquilo. Ela amava as regras, jamais faria algo assim.

– Não, querida. Ninguém, além de mim, tem acesso a esse local, e as caixas são trancadas pela magia. Só eu poderia abri-las antes do momento certo. Não compreendo como isso foi acontecer, mas tenho certeza de que esteve intacta durante todos esses nove anos.

— Diretora Amélia. — Respirei fundo antes de falar, pois não queria dar aquela opção. — Há alguma possibilidade de eu estar aqui por engano? Essa coisa de o meu livro estar em branco e só ter o papel com meu nome é estranha... Talvez eu não seja do segundo mundo.

Meu coração se partiu por dizer aquilo. Foram nove anos temendo que algo desse errado comigo e, enfim, eu tinha razões para isso.

— Nós temos mecanismos muito seguros — ela respondeu.

Quis saber o que seriam esses mecanismos, mas a diretora Amélia havia falado com tanta firmeza que não deixou brechas para que eu perguntasse.

— Foram eles que me indicaram que havia uma nortista ligada ao mundo mágico, nove anos atrás, e permitiram aplicar em você os testes que nos confirmaram isso. Não há dúvidas de que não é normal, senhorita Febrero. Resta saber o que houve de errado.

A diretora nos fez voltar para a sua sala, sentou-se e me prometeu que faria o possível e o impossível para descobrir o que havia acontecido. Tinha que haver alguma explicação para aquilo, e ela não mediria esforços para encontrá-la; pesquisaria algum relato parecido nos livros, iria se reunir com outros colégios do mundo meio-mágico e usaria as magias de alguns alunos que poderiam ser úteis.

— Você tem um dom, Alisa. Isso é indiscutível — ela afirmou.

— Só falta descobrir qual — completei, desanimada.

CAPÍTULO 4

Saí da sala da diretora Amélia mal conseguindo descrever quão chateada estava. Pensei em voltar para o salão, mas não conseguiria. Não compartilhava da mesma felicidade dos meus colegas. Conferi minha caixa mais uma vez — na esperança boba de algo ter mudado de repente — e lá estava o mesmo estúpido papel amarelo com o mesmo livro rasgado em branco. Nem ao livro inteiro eu tinha direito!

— Lisa! — alguém gritou do outro lado do corredor enquanto eu caminhava em direção ao meu quarto.

— Beatrizinha! — Abri meus braços e me agachei, esperando que ela corresse para mim.

Com toda aquela confusão, havia me esquecido da minha família. Levantei os olhos quando minha irmãzinha caiu em meus braços e sorri para os gêmeos e meus pais.

— Como está a minha florzinha? — Fiz cócegas por cima daquele florido vestidinho verde, e ela gargalhou com um som gostoso. Minha irmãzinha mais nova era a perfeita mistura dos meus pais, tinha a pele mais clara que a minha e cachinhos mais abertos que se mexiam enquanto brincávamos. Era uma das crianças mais sorridentes que já tinha visto.

Os gêmeos tinham escolhido cada um para puxar: o Bê era idêntico à minha mãe, com aqueles lábios mais grossos e o tom de pele negro claro como o dela. A Bia era branca como papai e algumas ondas caíam no final do cabelo. E eu tinha saído um pouco mais escura que a minha mãe, puxando a vovó Angelina.

— Aonde a senhorita tava pensando em ir? — Papai puxou minha orelha com um tom brincalhão e deu um beijo no alto da minha testa.

— Nós viemos aqui pra te ver, sua chata! — reclamou Bia, e eu a abracei.

Depois de ter cumprimentado toda a família, olhei para a mamãe. Ela tinha os olhos um pouco úmidos e mexia em seus cabelos longos e cacheados pra disfarçar.

— Mãe...

— Alisa, vamos embora com a gente! — Mamãe usou um tom tão suplicante que eu quase disse "sim" por impulso. — Filha, eu sempre falei que esse lugar não era pra você. Volta pra casa, volta pra sua família, pro seu mundo!

Ouvir suas palavras me deixou sem chão, e eu a abracei, fazendo com que ela soltasse as lágrimas que segurava já havia algum tempo.

— Mãe, eu pertenço ao Sul.

— Não pertence, não. Você é do Norte, é lá que deve ficar!

— Eu preciso ficar aqui pra descobrir o que é que eu sou.

— Alisa... — ela tentou.

Mamãe era uma das únicas pessoas próximas que me chamava assim, pois jamais usava apelidos. Ela defendia que nome foi feito para ser chamado por completo.

— Você ia adorar a escola dos gêmeos! É enorme, é linda, os alunos são tão bacanas... E você não ia perder o contato com o Daniel, a Antônia, a Sofia ou o Marco! Eu deixo você vir aqui sempre que desejar e... — Ela parou quando viu que suas palavras não surtiam efeito.

— Voltar seria violar ainda mais o contrato.

— Que se dane o contrato!

— Catarina! — Papai advertiu num tom baixo.

— Rodolfo! — ela retrucou. Nenhum dos dois nunca quis que eu viesse para o Sul, mas papai era o que sempre teve a cabeça no lugar. Voltar era perigoso, eles poderiam me descobrir.

— Não sei onde eu tava com a cabeça quando concordei com isso! Nunca deveria ter deixado a Alisa vir para cá fazer aqueles testes, nunca deveria ter deixado a mamãe fazer aquela bendita matrícula! — Ela aumentava o tom a cada frase e comecei a ficar preocupada com a possibilidade de alguém escutar. — Esse colégio roubou a nossa filha dizendo que era o melhor pra ela! E agora, hein?

— Mãe, ninguém me roubou de vocês! Eu continuo pertencendo à nossa família, mas aqui é o meu lugar, não tem como discutir isso. E agora, mais do que nunca, preciso entender o que sou de verdade. Por favor, compreenda.

Eu a olhei no fundo dos olhos, suplicando para que me ouvisse, e mamãe enxugou o rosto com uma expressão inconformada.

— Eu nunca vou aceitar isso — finalizou.

Não soube o que dizer. Ela sempre encontrava um jeito de pedir que eu voltasse para casa depois das férias ou de algum fim de semana, porém nunca havia sido tão eloquente.

— Mãe...

– Me ligue se precisar de alguma coisa. – Ela beijou minha bochecha, chateada, e virou o corredor.

– Dê um tempo a ela, Lisa – papai cochichou em meu ouvido, com o que concordei. – Vou levar você até o dormitório, tá? Sorri, agradecida por tê-lo comigo. Como sempre, papai era o extintor de incêndio da família.

– Vocês três, vão com a mamãe para o estacionamento, já estou indo também – disse papai para os meus irmãos, que concordaram e se despediram de mim.

– Eu nunca vi a mamãe assim... – comentei.

– Eu já. – Ele sorriu de leve. – Mas passa.

– Não sei, pai. Se em nove anos ela não se acostumou com a ideia de eu morar aqui, não vai ser agora que tudo vai mudar.

– Lisa, isso faz parte do lado sentimental da sua mãe que quer vocês quatro eternamente na barra da saia dela – ele tentou brincar.

– Eu preciso muito ficar aqui, pai. A diretora disse que vai pesquisar o meu caso – respondi sem conseguir alcançar o clima que ele tinha proposto.

– Filha, sempre te disse que você é especial. E não é que numa "escola de especiais" você ainda arrumou um jeito de se destacar? – papai tentou de novo, conseguindo arrancar um riso dessa vez.

– "A especial dos especiais" – zombei, preferindo mil vezes ser apenas uma aluna qualquer.

– Exatamente! Vai dar tudo certo, meu amor. E você sabe que pode contar sempre com o seu velho pai, não é?

– "Velho pai" – fiz graça. Papai era bem novo, tinha 38 anos e o rosto de um galã de 30. Sem exagero, papai era o maior gato! Mamãe aparentava ser ainda mais nova, e quase ninguém podia acreditar que eles tinham quatro filhos.

Abri a porta do meu quarto e joguei minha caixa em qualquer canto.

– Você vai ficar bem? – ele perguntou com uma expressão preocupada, e concordei com a cabeça. – Qualquer coisa, me liga. Qualquer coisa mesmo.

Papai esperou, certificando-se de que eu havia entendido.

– Ainda que seja só pra conversar à toa no meio da madrugada.

– Olha que eu ligo! – respondi, e ele sorriu antes de me dar um beijo. – Obrigada, pai.

– De nada, meu anjo.

Sentei na cama, me apoiando na janela. Nosso quarto não ficava na parte principal do colégio, e a vista não era da pracinha central, como na maioria dos quartos, mas não me importava. Na verdade, até me agradava ter a janela voltada para o estacionamento, que ficava nos fundos do colégio. Assim, só em dias de evento ficava movimentado; fora isso, havia muita paz ali. Vi minha família entrar no carro. O Bê brincava com a Beatrizinha e com a Bia, enquanto mamãe tinha um olhar vago. Cogitei abandonar tudo e voltar para a casa com eles. Eu amava meus irmãos e, se voltasse, conviveria com eles todos os dias. Também poderia aprender a viver na escola regular – talvez não fosse tão ruim quanto eu pensava, e provavelmente faria amizade com alguém. Tudo bem que não sou a pessoa mais amigável e simpática do planeta, mas eu seria capaz de colecionar uma ou duas amigas normais. Também conseguiria me manter calada e não deixar ninguém descobrir nada sobre mim. Além disso, eu sempre poderia visitar o Ruit, como mamãe havia dito. Voltar para casa não significaria perder contato com meus amigos. Sofreria sem dividir o meu quarto com a Nina e a Sol? Claro. Sofreria sem Dan e Marco? Claro. Porém tudo era uma questão de adaptação.

Levantei rápido antes que pudesse mudar de ideia e corri para a porta. Assim que a abri, dei de cara com Dan do outro lado.

– Mas eu nem bati! – ele brincou.

Observei aquelas covinhas, aqueles óculos no lugar, que cedo ou tarde seriam ajeitados sem necessidade, aquele cabelo, arrumado pela primeira vez em muito tempo, e aqueles olhos brincalhões. Me senti muito ingênua por pensar que, ainda que por um breve segundo, seria capaz de deixá-lo.

– Que bom que você tá aqui. – Deitei minha cabeça em seu ombro e deixei meus olhos expulsarem algumas lágrimas.

– Lisa... – Ele me envolveu com os braços e me guiou para dentro do quarto.

– Eu quase fiz uma besteira, Dan, quase desisti de tudo! – falei sem conseguir olhar em seus olhos.

Dan segurou meus ombros e me afastou para encarar meu rosto; sua expressão era de choque.

– Você não confia em mim, é isso? – ele perguntou, sério, e eu balancei a cabeça quase no mesmo segundo em que ele terminou a frase; não podia deixar que Dan acreditasse naquilo nem de brincadeira. – Eu disse que vou descobrir tudo, não disse? Então pare de pensar em desistir! Agora tenho o Guio Pocler. Você conhece essa história, sabe do que eu vou ser capaz.

Sorri. Como se ele já não fosse capaz antes!

– Eu te prometi, não foi? Por favor, acredite.

– Você é o melhor. – Puxei Dan para que ele se sentasse ao meu lado. – E agora eu percebo que nunca daria conta de te deixar, não consigo pensar em não ter você pra me acalmar assim, me fazer rir, falar bobagem...

– E eu jamais deixaria você ir. – Ele acariciou meu cabelo, e eu deixei as lágrimas caírem livremente.

Era muito difícil viver entre os mundos: de um lado, minha família; do outro, meus amigos e a promessa de entender quem eu realmente era. Que saída eu tinha?

CAPÍTULO 5

O ar do colégio estava diferente. Sorrisos escancarados transitavam pelos corredores o tempo todo e, em cada canto, eu via um livro sendo mostrado para outro colega. Todo mundo queria contar sobre seu personagem e o que era capaz de fazer. Nina, Sol, Marco e Dan evitavam falar sobre o assunto quando eu estava por perto, e, embora não tivesse pedido para que eles não falassem sobre o tema, eu me sentia mal por tirar o direito dos meus amigos de curtirem a novidade.

Em compensação, não podia negar que estava com inveja, já que os poderes deles eram bem legais. Por causa da conexão com Kianna Guidiar, Nina teria o controle da água e do fogo; o personagem do Marco era Yuki Hay, um homem capaz de ver ondas sonoras no ar e interpretá-las, mesmo que muito distantes; e Sol seria capaz de criar ilusões mexendo com a mente das pessoas, por causa de Anash Ruitec. Apenas Dan e a turma avançada de Magia haviam conseguido utilizar seus dons, pois já tinham mais conhecimento. Enquanto isso, os alunos que frequentavam as aulas regulares ainda estavam recebendo teorias do professor

Alceu. Era proibido tentar qualquer coisa com os poderes, mas a escola sabia que deveria redobrar a atenção para que essa norma fosse cumprida; ninguém queria saber de esperar até as aulas práticas começarem.

    A diretora Amélia começou a movimentar muitos funcionários para estudar meu caso. Já haviam pesquisado vários registros e histórias, também foram chamados alguns alunos com dons que pudessem ajudar, mas as respostas não apareciam, e eu sempre me sentia na estaca zero.

    Dan também não tinha blefado quando disse que faria de tudo para me ajudar. Praticamente em todo o seu tempo livre, ele ficava pesquisando personagens ao meu lado. A nossa grande esperança era encontrar alguma parecida comigo.

    De segunda a sexta, passávamos horas na biblioteca. Já havíamos olhado os livros da primeira e da segunda estantes, o que nos mantivera ocupados por bastante tempo. Mas, só de ver todas as que ainda faltavam, batia um desânimo inigualável. Em vários momentos das nossas buscas, eu me pegava analisando Dan e o que o movia tanto a me ajudar. Nina, Marco e Sol também contribuíam de vez em quando, só que ninguém era como Dan; ele simplesmente tomou a causa como sua e se empenhava de verdade para descobrir o que havia acontecido.

    – Eu acho que ele tá com medo de você desistir e querer voltar pra casa – palpitou Nina.

    – Mas eu já disse que não volto. – Cruzei os braços, sentada na minha cama.

    – Ainda assim. – Nina deu de ombros, e eu olhei Sol, buscando uma opinião. Ela fazia as unhas, como sempre, distraída.

    – Acho que ele só tá sendo um bom amigo, Nina – falei.

— Um bom amigo apaixonado, você quer dizer. Com toda essa dedicação que Dan tem a você, não é possível que não perceba.

— Por que vocês cismaram de botar isso na minha cabeça? Toda vez que olho pra ele, fico me perguntando se estão certos ou não. Isso tá me matando. E não quero colocar toda a nossa amizade a perder perguntando se ele gosta de mim ou não.

— Se essa dúvida tá *te* matando, imagina como que não deve ser pra ele te ver e ser tratado apenas como um "melhor amigo" quando, na verdade, queria que você fosse mais do que isso.

— Para, Nina, por favor! Eu não aguento mais! Não quero arriscar perder minha amizade com Dan. E, independentemente da resposta, perguntar pra ele se está apaixonado por mim vai deixar as coisas estranhas.

— Nisso você tem razão. É só que eu amo vocês dois e não queria que sofressem, por isso me senti na obrigação de te alertar.

— Obrigada. Fim da nossa conversa pra sempre? – propus. Ela deu de ombros, e eu entendi como um "sim".

— Gente, essa cor ficou boa? – perguntou Sol, tão alheia a tudo, que eu quase ri.

— Sério, Sol? – Nina a encarou, chocada.

— O quê? – me indagou a loirinha, intrigada, quando Nina foi se deitar sem lhe responder.

— Tá lindo, Sol! – falei, tocando seu cabelo.

— Não ficou muito...

— Não, tá ótimo – interrompi antes que ela tagarelasse demais.

Não fiz questão nenhuma de colocar despertador para ir à aula de Magia no dia seguinte. As anteriores foram teóricas, mas a próxima seria exclusivamente prática. Os alunos estavam eufóricos, e eu esperava do fundo do meu coração que o colégio pudesse compreender minha ausência.

***

– Eu sinto muito pelo que houve na Celebração... – disse Lucas, um colega bem gentil que se sentava ao meu lado na sala de História, quando a senhorita Drumond saiu para pegar uns exercícios.
Costumávamos fazer alguns trabalhos e provas em dupla, ele era bastante fofo, e por isso sabia que sua intenção de me apoiar era das melhores. Apesar disso, sua fala me fez refletir sobre quantos alunos não comentavam por aí sobre a "estranha" do colégio. Eu conseguia perceber os olhares de julgamento quando passava pelos corredores, e essa situação estava insuportável.
– Obrigada... – Tentei soar o mais simpática possível, mas acho que ficou óbvia a minha antipatia por aquele assunto.
Para piorar ainda mais, a senhorita Guine – claro, sempre ela – surgiu no meio da aula, me "convidando a acompanhá-la".
– Não é permitido matar aulas, senhorita Febrero – ela disse assim que entramos em sua sala.
– Eu sei, mas não tenho uma personagem pra poder frequentar as aulas práticas de Magia.
– As regras continuam as mesmas, senhorita Febrero. – Ela ergueu as sobrancelhas, e eu bufei.
Os alunos diziam que a supervisora era a típica pessoa amargurada por qualquer trauma amoroso e que, por isso, passara a se dedicar de modo integral ao trabalho. Havia

milhões de boatos sobre sua vida pessoal. Uns comentavam sobre ela ter sido abandonada pelo noivo uma semana antes do casamento; outros diziam que tinha sido traída por seus dois últimos namorados.

Nina via problema em todas essas explicações. De acordo com a minha amiga, a senhorita Guine era só chata e ponto-final, e eu achava engraçado que, por mais que ela também não gostasse da supervisora, defendia até a morte seu direito de ser chata sem precisar envolver o que Nina chamava de "justificativas machistas". Eu não entendia muito bem o que minha amiga queria dizer, mas também jamais colocaria a mão no fogo por qualquer um dos rumores.

A única coisa que eu sabia era que a supervisora se dedicava muito às regras e ao seu cumprimento. Não podíamos atrasar para as aulas, celebrações ou qualquer tipo de evento; não podíamos circular pelo colégio depois das 21h30, exceto em casos extremos, como precisar ir à enfermaria ou algo assim; meninos e meninas não podiam visitar quartos uns dos outros, entre outras coisas. Se acontecesse qualquer descumprimento, a senhorita Guine estaria lá para colocar tudo nos eixos. Juro que não conseguia entender como dava conta de controlar aquele lugar enorme cheio de alunos, mas ela parecia ter mil olhos espalhados pelos corredores.

Logo saquei que aquela conversa seria insuportável, então, para me distrair, decidi contar quantas vezes ela diria a palavra "senhorita", tratamento que a supervisora usava o tempo todo e nos obrigava a usar também, porque, de algum modo, ela se sentia bem com aquilo. Ri sozinha quando percebi que já havia repetido duas vezes.

— Eu não vou às aulas pra ver todo mundo aprendendo a lidar com seus dons, com seus livros e com seus personagens perfeitos, enquanto não faço nada.

— Regras são regras, senhorita Febrero, e você sabe o que acontece com quem as descumpre.
— Não consegue perceber que já é sofrimento suficiente não ter uma personagem?! Eu não tô matando todas as aulas, são *só* as de Magia!
— Você está passando dos limites, senhorita Febrero. Se eu souber mais uma vez que a senhorita está matando as aulas, que está infringindo as regras, haverá consequências.

Suspirei e dei meia-volta para fugir dali.
— Volte aqui, senhorita Febrero. Eu ainda não a liberei — ela disse, irritada, e se levantou da cadeira para pegar um papel na estante. — A turma das 7h30 de amanhã ainda não teve a aula que a senhorita perdeu. Fiz o favor de anotar o horário para a senhorita repor. Também tomei a liberdade de confirmar que esse período é livre em seu cronograma.

Ela me entregou o papel e eu a encarei, chocada. Era sério?
— O professor Alceu já está avisado de que a senhorita assistirá à aula dele nesse horário. Espero que não tenha mais problemas com as regras. Agora pode ir, senhorita Febrero — finalizou, brava.

Saí revirando os olhos para toda aquela situação e para o irritante vocabulário da supervisora. Naquela curta conversa, ela havia dito "senhorita" dez vezes.

De volta à sala, tive que aguentar os olhares de todo mundo. Sentei em meu lugar, abaixei a cabeça e logo levei uma bronca da senhorita Drumond, a professora mais rígida do Ruit, e imaginei que talvez ela tivesse feito um curso com a mala da supervisora.

Mais tarde, os meninos decidiram jantar comida japonesa, e nós fomos para a área dos restaurantes. Como nenhum dos meus amigos era da minha sala de História, ninguém sabia que a senhorita Guine havia me chamado. Apesar de serem meus melhores amigos, não queria começar aquele assunto ali. Para falar a verdade, queria conversar sozinha com o Dan. Como bons conhecedores, perceberam meu silêncio não habitual, mas como bons entendedores, resolveram não perguntar nada.

À noite, mandei uma mensagem para Dan falando que precisava vê-lo. De todas as regras, aquela sobre não ir para o quarto dos meninos era a mais legal de quebrar. Todo mundo sabia que a senhorita Guine se retirava para o quarto às 20 horas, e os funcionários que circulavam até o toque de recolher não eram severos como ela. Além do mais, meu dormitório tinha a janela para o estacionamento, assim como o dos meninos. Ou seja, bastava pular para fora do quarto, passar por alguns dormitórios e adentrar pela janela deles para que pudéssemos fazer a nossa famosa reuniãozinha de quinta-feira no quarto dos garotos. Sempre acontecia no quarto deles porque eram certinhos demais e morriam de medo de serem pegos no meio do caminho – e achavam que era uma infração menos grave receber meninas em seu dormitório do que escapar. Unindo isso ao fato de o nosso quarto estar *sempre* bagunçado, achávamos melhor ir para lá também.

– Vou pro quarto dos meninos – falei, indo em direção à janela depois de avisar o Dan pelo celular.

– Hoje nem é quinta! – estranhou Sol, enquanto Nina me observava.

– Aposto que ela vai pedir colo pro Dan, Sol! O que você tem, Lisa? Não adianta falar que não é nada. Dá pra ver pelo seu rosto.

– A senhorita Guine tá me forçando a ir às aulas práticas de Magia.

– Não acredito! – Sol bateu o pé no chão daquele jeitinho mimado.

– Chata demais – desaprovou Nina. – A gente deixa você ir se depois prometer que vai contar tudo pra gente também.
– Combinado.
Pulei a janela e segui até o dormitório dos meninos. Dei toquinhos na janela no ritmo que havíamos combinado, e Dan me ajudou a entrar no quarto. Olhei ao redor, à procura de Marco, mas ele não estava ali.
– Ele tá dando uma volta. – Dan piscou e puxou a cadeira enquanto eu me dirigia ao sofá. Fiquei satisfeita por ter aquele momento de que eu tanto sentia falta. Encarei sua blusa com a fórmula de Bhaskara, que era larga e o fazia parecer ainda mais magro, e ele riu, esperando alguma censura.
– A senhorita Guine me chamou pra sala dela hoje. – Fui direto ao assunto que tanto me incomodava.
– Só porque matou a aula do professor Alceu? – Ele se chocou, e eu concordei. – Isso é absurdo! Como você poderia assistir àquela aula?
– Eu sei! Mas ela foi bem insuportável e ainda me mandou repor amanhã.
– Você precisa falar com a diretora Amélia! Ela tá te ajudando tanto, pesquisando casos e mais casos pra entender o seu...
– Eu sei, mas a diretora foi pra um congresso em outro colégio do Sul, lembra? Ela até disse que iria conversar com os outros diretores sobre mim.
– Verdade... – ele falou, ajeitando os óculos. – Você vai à aula? É literalmente só a prática. Além disso, todo mundo tem que falar um pouco sobre a história do seu personagem...
Vi que Dan tentava não me chatear com suas palavras, e, ao mesmo tempo, me preparar para a aula; ele sabia o que uma surpresa assim poderia me causar.

— Eu não quero arrumar problemas com a senhorita Guine.
— Se você achar melhor, posso tentar conversar com ela.
Dan deu aquele sorrisinho fofo e tímido, mostrando suas covinhas. Ele detestava admitir, mas sabia que era o preferido da supervisora. Não havia algo no mundo que ela negasse para ele.
— Não, obrigada, a senhorita Guine tá bem decidida a esfregar na minha cara que não pertenço a esse lugar. Quem sabe ela só esteja fazendo isso pra eu desistir e voltar pra casa?
— Para, Lisa — ele pediu, realmente incomodado. Me lembrei de Nina e sua hipótese. Será que Dan estava mesmo me ajudando com tanta urgência por medo de eu querer abandonar o colégio?
— Você sabe que eu não saio daqui nunca, não é? — perguntei, levantando seu rosto e obrigando-o a me encarar.
— Mas você já cogitou...
— E desisti no momento seguinte só de pensar em te perder.
Ele sorriu daquele jeitinho mais amável e peguei sua mão.
— Você é meu melhor amigo, Dan, poucas pessoas conseguem me fazer tão bem quanto você — completei, mas Dan se tornou sério de novo, e eu fiquei sem entender.
— Eu só quero o seu bem. — Ele se levantou, desajeitado, e começou a arrumar roupas que já estavam arrumadas.
— O que foi? — Me levantei e fui até ele.
— Você não percebe? — Ele me olhou com uma expressão que eu jamais tinha visto em seu rosto.
— O quê?
— Toc, toc!
A porta se abriu e pude ver uns cachinhos invadindo o quarto. Meu coração pulou.

– E aí, Daniel? – Caio chegou esbanjando simpatia e depois seus olhos encontraram os meus. – Opa! Tá permitido trazer mulher pro quarto agora?

Sorri, tímida, e me levantei depressa.

– Não, eu já tô saindo – falei, deixando meu nervosismo escapar sem querer.

O que eu podia fazer? Ele era lindo demais, me desconcertava.

– Nada disso, não vim atrapalhar meu *indiozinho* preferido, não! Até porque... qual foi a última vez que eu te vi pegando alguém, né? – Ele deu outra piscadinha e a expressão de Dan se contorceu de raiva.

– Primeiro: eu não tô "pegando" ninguém, não sou como você, que se aproveita e joga fora como se fosse um objeto. A Lisa veio aqui para conversar; segundo: se dedurar a gente, eu te mato; e terceiro: você é patético, não é como se fosse menos indígena por ter a pele clara.

– Meu deus, quanta agressividade! Só vim aqui te informar que a minha mãe teve aí pra conversar com a senhorita Guine, mas tava apressada e pediu pra falar que você vai com ela e com o meu pai pra casa da vovó no fim de semana que vem! – Caio bateu palmas ironicamente.

– O que você aprontou, Caio? – perguntou Dan, mas seu irmão apenas deu de ombros. – Você foi castigado e não vai poder sair no fim de semana?

Caio deu de ombros outra vez e Dan fez uma expressão cansada.

– Coitada da mamãe, Caio, ela não merece você.

– Epa, epa, epa! Pode parar de se achar o certinho! Quem tá fazendo só-deus-sabe-o-quê aqui no quarto com a Elisa não sou eu!

– É Alisa o nome dela! – gritou Dan, enfurecido. – E respeita ela! Eu já disse que a gente tá só conversando.

Caio levantou as mãos em desistência e deu um sorrisinho, sem levar a sério uma única palavra do irmão. Só o Caio mesmo...

— Aproveitem, mas juízo, hein, Daniel... — Ele fechou a porta e Dan ficou uns segundos encarando o lugar de onde seu irmão tinha saído.

Ver os dois interagindo me dava mais certeza de que a única coisa que conseguiram dividir um dia tinha sido o útero da mãe, porque depois nem do mesmo espaço eles davam conta. Caio era brincalhão e fazia de tudo para irritar Dan porque sabia que ele caía na pilha. Por exemplo, chamar o irmão de Daniel era seu passatempo predileto. Todo mundo sabia que Dan gostava mais do apelido do que do nome, e raramente alguém o chamava de Daniel. Mas isso não queria dizer que meu amigo se irritava quando as pessoas o faziam; a única pessoa capaz de fazê-lo perder a tranquilidade era seu irmão.

Às vezes eu parava para pensar no contrário: Caio também devia se irritar com Dan pelo fato de ter passado a vida sendo comparado ao irmão inteligente, orgulho da família e da escola. Enquanto isso, Dan era comparado ao irmão charmoso, que conquistava todo mundo. Com certeza as comparações e as cobranças das pessoas só faziam aumentar a raiva que nutriam um pelo outro. Não devia ser fácil para nenhum deles.

— Calma, você não pode deixar o Caio te pilhar tanto assim, ele só tá brincando com você — falei, tocando seu ombro.

— Você não disse que já estava de saída?! — disse Dan, bruscamente, e tirou minha mão. — Então acho melhor ir mesmo! Não vai querer deixar o Caio pensar que nós estamos juntos e estragar qualquer chance com ele, né?

Dan cuspiu as palavras, muito bravo, e meu queixo caiu. Nunca, em toda minha vida, tinha visto ele me tratar daquele jeito. Na verdade, nunca o vira tão fora de si com ninguém. Mas, poxa, eu não tinha feito nada para merecer aquilo! Pelo contrário, só estava tentando apaziguar as coisas. Se Dan tinha problemas com o Caio e isso o deixava irritado, a culpa não era minha. Ele que fosse resolver com o irmão!

Encarei sua expressão brava por alguns segundos, ainda sem poder acreditar naquilo. Dan não se moveu; arriscaria dizer que nem respirava. Ele apenas me encarava, enfurecido. O que estava esperando? Que me desculpasse? Pelo quê? Era eu quem merecia as desculpas, afinal.

Olhei sua camisa com a fórmula de Bhaskara e nunca detestei tanto aquela coisa sem sentido. Me virei para a janela, furiosa, e saí um pouco destrambelhada.

CAPÍTULO 6

Aquela imagem do meu melhor amigo não saía da minha mente. Teria seu rosto revelado o ciúme sobre o qual Marco e Nina tentavam me alertar? Enquanto a cena ia se repetindo na minha cabeça, não consegui voltar para o meu quarto. Eu precisava ficar sozinha. Sentei em um canto do estacionamento e apoiei meu rosto nos joelhos. Desejei profundamente que pudesse voltar no tempo, para quando Dan e eu éramos apenas amigos sem nenhum outro sentimento complicado. Tudo era tão mais fácil...

– Que raiva! – gritei, sozinha.

E, no segundo que o fiz, pude perceber quão egoísta estava sendo. Se eu estava sofrendo naquele momento, Dan devia estar pior e, talvez, sofresse havia muito tempo. Tentei calcular quantas vezes ele havia presenciado minhas reações patéticas perto de Caio e me perdi em zilhões de lembranças. No balanço das coisas, Nina, Marco e Sol estavam certos: eu sofria por Caio, e isso fazia com que Dan sofresse. Era detestável ser obrigada a concordar com eles. Poxa, até Sol tinha percebido antes de mim!

Como tudo podia ruir de uma vez só? De repente, eu era a única aluna sem poderes mágicos no Ensino Médio, completamente confusa quanto à minha verdadeira identidade, e estava brigada com um dos meus melhores amigos. Quantas coisas mais poderiam dar errado na minha vida?

Fiquei mais alguns minutos no estacionamento, repassando meus problemas e a feição com que Dan tinha se dirigido a mim. Essa espiral me deixava com um misto de irritação e tristeza cada vez mais profundo, por isso me levantei decidida a não mais me martirizar. Nunca havia passado por uma situação como aquela, mas tinha a esperança de que o outro dia viria para apaziguar. Assim que fiquei em pé, as luzes que ainda restavam acesas no estacionamento foram apagadas, e eu permaneci no escuro completo.

– Era só o que me faltava! – reclamei.

Aquilo significava meia hora de atraso, depois do toque de recolher, já que as luzes eram apagadas somente às 22 horas para que os funcionários conseguissem fechar e conferir tudo.

Tentei forçar qualquer memória espacial que supunha ter e tateei algumas janelas em busca do meu quarto. As meninas e eu sabíamos quantos dormitórios havia entre o dos garotos e o nosso, mas eu estava em um lugar mais distante e não fazia ideia da distância que deveria andar. Quando pensei ter chegado ao lugar certo, forcei a janela, mas estava trancada. Tentei as duas seguintes e obtive o mesmo resultado. Decidi voltar algumas, porém parecia impossível encontrar a que eu queria. Refleti sobre os caminhos daquele lugar e pensei no melhor jeito de ir para o meu quarto. Eu teria que dar a volta, sair do estacionamento até chegar à entrada principal. Precisaria torcer muito para a porta estar aberta e eu conseguir chegar ao corredor dos dormitórios femininos. Era algo arriscado, alguém poderia me pegar, mas era o jeito. O único jeito, aliás.

– Não, Lorena, espera! – Escutei uma voz e fiquei imóvel.

– Ai, cansei, Caio. É sério, vai arrumar uma dessas menininhas que fazem seu fã-clube.

– Você sabe que não tô nem aí pra elas, bando de grudentas iludidas. Acham que, porque ficaram comigo uma vez, estamos namorando. Você é diferente, Lorena, você se valoriza. Eu gosto de meninas assim.

Meu queixo caiu quando me vi naquela frase de Caio. Era isso o que ele pensava sobre mim?

– Tá aí um ótimo aprendizado pra levar pra vida – ela disse em tom de piada. – Você desdenha de todas, mas também tem gente que desdenha de você.

Tapei a boca num ato de susto.

– Então é isso? Você tá se divertindo com tudo? Quer esfregar na minha cara que você não me quer?

– Claro que não, acorda! Nem tudo gira ao seu redor. – Ela riu. – Escuta, você é lindo, beija bem, mas é só isso. Você serviu pra me divertir. Só que eu quero mais agora, quero um homem de verdade, um namorado.

– Posso ser seu namorado – ele disse, e Lorena riu ainda mais alto.

– Você é último cara que eu namoraria. Desculpa, mas não tá escrito trouxa na minha testa.

– Eu gosto de você, Lorena.

– Gosta nada, só tá assim porque fui a primeira menina que te deu um fora. Se eu estivesse caindo aos seus pés, você é que estaria me chutando agora. Vai caçar sua turma, Caio.

Escutei seus passos vindo em minha direção e me escondi atrás de uma árvore, segurando minha respiração para que não me percebessem. Tentei me lembrar qual era o dormitório dela para saber se valia a pena segui-la, mas não sabia se era perto do meu ou não. Decidi continuar pelo caminho que havia pensado antes.

Assim que saí de trás da árvore, vi Caio sentado na escada da porta principal, brincando com um graveto qualquer. A luz do refletor central, a única que ficava acesa durante toda a noite, batia nele e fazia com que seus cachinhos reluzissem. Não era possível o tanto que aquele menino era bonito, e eu entendia completamente todas as garotas que babavam por ele, mas ter visto aquela cena me impactou de um jeito diferente.

Quando nós tínhamos ficado, Caio havia sido um príncipe! Disse para mim que eu era linda, que era diferente de todas as garotas com quem já tinha ficado e que beijava muito bem. Ele até pegou meu número no final da festa!

Eu passei o resto das férias de janeiro esperando uma mensagem dele. Depois, precisei me convencer de que Caio só estava esperando as aulas voltarem para podermos ficar juntos de verdade. Nas duas primeiras semanas, fiquei buscando as migalhas que me oferecia para alimentar as esperanças. Como tinha sido tão tola? Ele não ia me mandar mensagem, não ia namorar comigo. Definitivamente, eu *não* era diferente das outras meninas com quem ele tinha ficado. Era grudenta e iludida, igual a todas. Quero dizer, nem todas: Lorena estava ali para me provar que tinha sacado a dele.

Eu precisava aprender a desprezá-lo. Precisava repassar aquele diálogo que tinha acabado de ouvir até entender quem era o Caio. E mais: precisava me perdoar por cada segundo perdido pensando nele e o idolatrando, enquanto ele nem se lembrava do meu nome. Com toda a raiva que sentia, não pude deixar de conter o riso ao ver aquela expressão de orgulho ferido em seu rosto. Também não me senti mal ao me divertir com sua infelicidade, porque Lorena estava certa: Caio não gostava dela, só nunca tinha vivido a sensação de ser dispensado. Apesar de uma vontade incontrolável de zombar de sua cara, resolvi esperá-lo entrar para depois ir; não queria arriscar ser pega com ele, pois a infração seria maior e as consequências, mais graves, ainda mais com a senhorita Guine no controle.

Eu me sentei quando me dei conta de que o Caio não arrastaria o pé tão cedo. Só que, sem querer, pisei em uma folha seca que estava sobre a grama. Ele escutou, mas consegui me esconder a tempo. Aguardei alguns segundos para espiá-lo de novo e vi que Caio já tinha se levantado e estava no último degrau da escada. Ele entrou, e eu dei mais um minuto para ir também. Com muita cautela, subi e abri a porta. Fiquei surpresa com minha agilidade e competência, e comemorei em silêncio quando vi o corredor da ala feminina iluminado pelas luzes mais fracas da madrugada. Meu dormitório ficava bem ao fundo, mas eu já estava adaptada a atravessar todas aquelas portas.

– Bu! – gritou Caio, saindo de trás da pilastra da sala principal, e quase tive um ataque do coração.

– Você não tem nada na cabeça?! – sussurrei com raiva. – Quer nos entregar?

– Você, hein... com toda essa cara de santinha e pose de boa moça já desobedeceu duas regras só *hoje*! – ele falou, rindo.

– Shhh... – Coloquei o dedo em frente aos lábios.

– Bom, duas regras que eu saiba, né...

– Cala a boca – respondi, irritada, enquanto voltava a seguir na minha direção inicial.

– Ou, espera... – Ele segurou meu braço. – Não quer aproveitar e cometer o crime direito, não?

Caio ergueu uma sobrancelha como se fosse a melhor ideia que alguém pudesse ter. E lançou um sorrisinho que me faria desmaiar alguns minutos atrás.

— Vamos relembrar o dia daquela festa, eu sei que você não consegue me esquecer desde então...

Tive raiva de mim mesma por ter sido tão patética, raiva por ter estado em suas mãos daquele jeito e, principalmente, raiva por tê-lo deixado perceber.

Não me dei ao trabalho de responder, apenas sorri, irônica, e me virei para o corredor.

— Ei, ei! Eu sei que fiquei de te mandar uma mensagem e tal, mas é que eu viajei e depois vieram as aulas... não fica magoada não, prometo recompensar. — Ele tentou de novo e se aproximou mais de mim.

Me virei para dar a resposta desaforada que estava guardando, mas não tinha calculado o quanto Caio estava perto de mim. Nossos narizes quase se tocaram e eu congelei, sem saber como agir.

Foi quando ouvi passos de alguém vindo do corredor feminino que me lembrei de como dar comandos ao meu corpo. Me afastei rapidamente e dei de cara com a última pessoa que eu queria ver ali: Dan com uma expressão ainda pior do que a que tinha feito em seu dormitório. Era uma mistura de sofrimento e rancor.

— Eu ainda perco o meu tempo me preocupando, enquanto você se diverte... — ele disse e saiu em direção à ala masculina.

Pensei em milhões de frases para desfazer aquele mal-entendido, mas não senti nenhuma obrigação de tentar. Sabia que seria ignorada por Dan de qualquer maneira. Ele estava chateado demais e... quer saber? Eu também.

Dei mais um passo, e o Caio veio atrás.

— Aqui começa a parte das garotas, é proibido pra você.

— Que irônico você me contando isso, não é? Você invadiu nosso espaço mais cedo, nada mais justo que eu invadir o seu agora! — Ele sorriu, aproximando-se com aquele perfume delicioso.

Que ódio!

— Vai embora ou espalho pra todo mundo que levou um fora hoje.

— O quê? — ele desdenhou, achando graça — Você acha que tá me dando um fora?

— Se eu fosse a Alisa de alguns minutos atrás, nós teríamos ficado aqui e agora porque eu teria caído nesse seu charminho barato, só que eu não quis, logo, a situação caracteriza um fora — expliquei, e Caio continuou com sua expressão superior. — Mas, no caso, estou falando da Lorena, e garanto que vão acreditar em mim.

A última frase despertou um susto em Caio e ele arregalou os olhos assim que citei o nome da garota.

— Mas, se duvidarem, é só a galera perguntar pra ela, né? Ela vai adorar confirmar...

Óbvio que eu não estava pensando em fazer nada daquilo, só quis usar um bom artifício para ele me deixar em paz. Também nem conhecia a Lorena a ponto de ter certeza de que ela sairia por aí dizendo que era verdade, mas vi, pelos olhos do Caio, que ele jamais pagaria para ver. Aquela situação ridícula me fez rir por dentro, como era fácil mexer com o ego dele. Meu Deus, Caio sempre havia sido esse tipo de cara e eu nunca tinha percebido?

Ele apenas levantou os braços, rendido.

— A gente nunca se encontrou.

— Que bom que concordamos em alguma coisa. — Virei de maneira definitiva e só parei de andar quando girei a maçaneta do meu quarto.

***

– Onde você tava? – perguntou Nina, irritada, com seus lábios carnudos cerrados e com seus enormes olhos pretos me fitando.
– Hoje as coisas só deram errado, por favor, sem bronca. – Uni minhas mãos para implorar.
– Dan esteve aqui. – Ela continuou séria, ignorando meu pedido. – Ele tava preocupado com você. E eu também, né, Alisa!
Percebi o quanto ela estava brava no "Alisa".
– Achei que estivesse com ele! Você saiu para vê-lo! – Nina se levantou da cama, e eu olhei para Sol, que dormia. Ela abaixou o tom: – Onde você tava?
Comecei a contar com detalhes tudo o que tinha acontecido. Ela me escutou, atenta e sem opinar em nenhum momento. Só por isso, já sabia que viria um sermão.
– Como nunca percebi o quanto Caio era horrível? – terminei com a pergunta que não saía da minha cabeça.
– Geralmente não sou a pessoa que fala "eu te avisei", mas, Lisa, pelo amor de Deus! – Ela colocou as mãos nas bochechas, espremendo de tanta indignação. – Eu te falei só umas cinquenta vezes.
Me joguei na cama, irritada com a verdade em sua frase. Como uma pessoa pode ignorar algo que está bem debaixo do próprio nariz?
– Olha, do fundo do meu coração, eu sei que você tá sofrendo com muita coisa agora. O lance da sua personagem, da senhorita Guine te infernizando... Sei também que não deve ser fácil ter o seu melhor amigo apaixonado por você quando não pode correspondê-lo, mas, hoje, eu vi nos olhos do Dan o quanto ele tá muito mal também. Acho

que faz muito tempo que ele gosta de você, que é obrigado a aguentar suas quedinhas pelo Caio e ouvir você dizendo que são "só amigos". Eu sei que o Dan estourou com você hoje, Lisa, que ele tava bem nervoso, como acabou de dizer, só que tenta imaginar o quanto ele não guardou consigo... E por quanto tempo.

– Eu sei, cheguei à mesma conclusão hoje... Não tem saída pra isso, Nina. O que eu posso fazer?

– É uma situação difícil, eu sei. Mas vamos por partes: vocês precisam fazer as pazes.

– Por que você tem que ser madura e tão certa? Qual é, a gente tem 15 anos! Você não pode ser apenas a melhor amiga que concorda e dá colo? – brinquei, e Nina bateu a mão em sua coxa, me convidando a deitar em suas pernas.

– Eu sempre vou te dar colo – ela disse de um jeito carinhoso. – Mas também preciso te mostrar que tem gente ao seu redor sofrendo por você.

– Eu tô me sentindo mal, Nina, eu juro. Não queria ter feito meu melhor amigo sofrer, mas também tô com raiva pelo jeito que ele me tratou.

– Eu tenho certeza de que o Dan se arrependeu – ela opinou. – Senão não teria vindo atrás de você.

– Mas me viu com o Caio e pensou que eu tava junto com ele... o que estragou tudo de vez.

– É...

– Ai, eu detesto ser a errada da história. – Cobri meu rosto.

– Você não tá errada, Lisa. Você não começou a gostar do Caio só pra irritar o Dan. Foi natural, não é como se tivesse culpa! Mas tem muito sentimento envolvido e tudo precisa ser com muito cuidado pra não sofrerem mais. Vocês podem estar magoados um com o outro, mas não deixa alguém como o Caio estragar tudo, tá?

— Nina, você é tão boa assim pra resolver seus problemas também? — brinquei, e ela riu. Ambas sabíamos que ninguém era autossuficiente a esse ponto.

— Claro que não, se fosse, eu... — Ela parou a frase no meio e me levantei correndo para encará-la.

— Eu sei do que você tá falando! Finalmente assumiu! — Apontei para ela, sorrindo de orelha a orelha.

— Eu não disse nada.

— Eu também não. — Ergui os braços.

Nina jogou uma almofada em mim e eu caí na gargalhada.

CAPÍTULO 7

Apesar de tudo, coloquei meu celular para despertar para a aula do professor Alceu e me levantei com um humor bem pior do que o normal. Ao pegar meu livro em branco e rasgado, pensei no tanto que aquilo não fazia sentido. Nina e Sol também tinham esse horário livre e estavam dormindo – o que eu estaria fazendo, se a senhorita Guine não estivesse me obrigando a repor a aula.

Fui para a cantina, apressada; tinha apenas dez minutos para tomar o café da manhã e ir para a sala. Peguei um pedaço de bolo e um suco e me sentei numa mesa qualquer. Detestava comer sozinha, mas todos os meus amigos só tinham aula no segundo horário.

Todos, exceto Dan, pensei quando o vi entrando na cantina. Minha reação automática foi a de chamá-lo e, logo em seguida, me dei conta de que estávamos brigados. Alguma parte de mim tinha a esperança de que a noite havia servido para acalmar tudo e nos fazer esquecer, mas Dan me olhou e deu as costas. Senti uma dor por ter sido ignorada pelo meu melhor amigo, mas também orgulho por me imaginar indo falar com ele e me desculpar por algo de que não tinha culpa. Decidi protelar nossa conversa quando vi as horas e me levantei por impulso. Passei no banheiro, escovei meus dentes e corri para entrar na sala, bem no momento em que o sinal bateu.

– Ufa. – Suspirei, me sentando na última carteira. Alguns alunos me encararam, provavelmente se perguntando o motivo de eu estar ali, e eu não os recriminava: essa pergunta também estava em minha mente.

– Bom dia! – O professor Alceu entrou e sorriu para a turma. Ele era um dos mais simpáticos e ainda ensinava a matéria preferida de todos, ou seja, não havia um aluno que não gostasse dele. A única coisa que o zangava era atraso e, por isso, todo mundo corria para chegar no horário.

A turma se ajeitou em seus lugares com sorrisos bobos nos rostos. A ansiedade estava evidente, ainda mais para aquela sala, que era a última a assistir à aula, e muitos *spoilers* já haviam rodado pelo colégio. Como Dan tinha dito, o professor pediu para cada aluno contar rapidamente do que se tratava seu dom e sobre a história de seu personagem. A aluna da primeira carteira começou, e a ordem seguiu. Havia muitos poderes legais ali, e me imaginei torcendo o pescoço da senhorita Guine a cada aluno que ia à frente falar. Tinha certeza de que ela estava planejando ainda mais formas de me atingir. Quando Raquel, a garota que havia se sentado na minha frente, terminou, vi que todos me encaravam e esperavam minha atitude.

– Alisa, tudo bem se você...

– Eu faço questão! – falei, irônica e irritada, enquanto mostrava aquela coisa em branco e rasgada. – Esse é o meu livro. Eu até gostaria de fazer como vocês e contar sobre minha personagem e meu dom, mas, infelizmente, estou impossibilitada, pois, como podem ver, não há título, personagem ou história. Esse meio livro com a capa rasgada e em branco é tudo o que tenho, e vocês devem estar querendo saber o que eu tô fazendo aqui. E confesso: é uma excelente pergunta! Não tenho magia, não tenho livro, não tenho poder... o que mais preciso não ter pra ser dispensada dessa matéria? Uma matrícula cancelada?

Me virei para o professor Alceu na esperança de ele me liberar. Ele não conseguiu me responder, e eu pude ver sua feição entristecida. Estava óbvio que o professor não tinha concordado em me obrigar a ir à aula, mas não podia fazer nada, uma vez que, sem a diretora Amélia, a senhorita Guine mandava em tudo.

Saí da sala batendo a porta e fui em direção à biblioteca, decidida a encontrar um livro para mim; teria que trabalhar por dois, já que não poderia mais contar com a ajuda de Dan.

No caminho, eu o vi rindo e brincando com a Ana Flávia, uma garota do terceiro ano que estava em sua turma de Física. Depois de ter descoberto seu dom da inteligência, o colégio permitiu que Dan frequentasse algumas aulas mais difíceis e, por isso, ele estava convivendo com alunos mais velhos. Mas estranhei a cena, apesar disso. Dan nunca levava uma amizade para fora da sala de aula; na verdade, ele era tímido demais e tinha problemas em se socializar.

Ver os dois juntos me causou mais do que estranhamento: fez com que eu sentisse uma coisa esquisita como se a minha garganta estivesse fechada, e tive vontade de tirar aquela menina de lá e deixar claro para ela que Dan era o *meu* melhor amigo. Óbvio que isso era um desejo instintivo e irracional, e vi que estava sendo boba no minuto seguinte. *Ciúme*, imaginei. Então era essa a sensação de sentir ciúme de alguém: uma coisa estranha que fecha a garganta e uma vontade de tomar uma providência drástica o mais rápido possível. Eu havia experimentado aquilo pela primeira vez e odiado.

***

— Você não conversou com Dan até hoje — Nina me lembrou, com um tom desaprovador, enquanto arrumávamos nossas coisas para passar o fim de semana em casa.
— Claro! Não tive uma oportunidade sequer! Ele agora deu pra fazer tudo com aquelas meninas do terceiro ano, principalmente a tal da Ana Flávia, que vive no pescoço dele.

De fato, Dan não se sentava mais à mesa com a gente e mal trocava palavras com Nina e Sol — vale reforçar que elas não tinham nada a ver com aquilo — e tomava café, almoçava, lanchava e jantava com seu novo grupinho de amigos.

Nina nem tentou negar o que eu havia dito. Ela sabia que eu tinha razão, mas ficou insistindo que Dan só agia assim porque pensava que Caio e eu tínhamos ficado naquela noite. Sabia que precisava esclarecer tudo, porém, a cada vez que o via e a tal menina estava ao seu lado, minha garganta, mais do que depressa, se fechava e começava a queimar; eu mal conseguia engolir quando presenciava uma cena daquelas. Estava sofrido ver meu amigo, que sempre foi grudado em mim, se tornar tão distante.

Fechei minha bolsa de mão e conferi a hora. Havia vários ônibus que saíam do colégio e rodavam pela cidade em diferentes horários para deixar os alunos. Eu costumava descer o mais próximo da fronteira, onde a minha tia Sara me pegava, já que meus pais trabalhavam nesse horário.

O primeiro era logo depois do almoço, às 13 horas, porque não tinha aula à tarde às sextas, mas nós costumávamos pegar o ônibus das 14 horas, já que a Sol nunca ficava pronta para o anterior.

    Ir para casa era rotina, e todos nós já estávamos acostumados, mas o pior era que eu sempre ia ao lado do Dan. Nós pegávamos os assentos 10A e 10B – era uma tradição de anos. Por isso, decidi me adiantar e pegar o ônibus das 13 horas e evitar qualquer situação ruim. Aconteceu que Dan teve a mesma ideia, e lá estávamos nós na fila para entrar no mesmo ônibus.

    – Pensei que você fosse se sentar com o Caio no 10A das 14 horas – ele disse, provocativo.

    – E eu pensei que você fosse se sentar com a Ana Flávia no 10B das 14 horas – devolvi.

    Lá estávamos nós dois, melhores amigos havia anos, acostumados a dividir qualquer problema e qualquer segredo, agindo como duas crianças; e nem precisava de Nina para me mostrar isso. Poderia tentar alguma conversa ali, explicar o que tinha acontecido e mostrar que não havia gostado do jeito que ele havia me tratado no outro dia, mas não conseguia ignorar meu orgulho, minha irritação e meu ciúme. Eram os três piores sentimentos que eu já tinha experimentado e, associados, faziam de mim a pior melhor amiga do mundo.

    No fim das contas, nós nos ignoramos e sentamos em bancos afastados.

***

Tia Sara me deixou na porta de casa, e eu lhe agradeci. A rua estava quieta como de costume e quase não passava carro, e isso permitia que as crianças do bairro fossem brincar por lá. Quando era pequena, meus vizinhos e eu tínhamos quase um horário marcado, o que era a nossa alegria. Fechei os olhos por um momento, sentindo falta da minha infância.

Além de ter ficado desorientada por ter sido arrancada do Norte tão de repente, eu fui obrigada a sair daquela rua e daquela vizinhança que tanto amava. Foi bem difícil entender o que estava acontecendo; de uma hora para a outra, eu não pertencia mais a nada que sempre pertenci, fui desencaixada de tudo com uma simples visita da diretora Amélia. E, exatamente na mesma época, Dan, Nina, Sol, Marco e todo o primeiro ano estavam felizes por ingressarem em uma escola "grande" e renomada, deixando seus pais orgulhosos.

– Ei, Alisa! – dona Lurdes, a vizinha da frente, me cumprimentou com um sorriso simpático e rolinhos no cabelo.

– Ei, dona Lurdes, tudo bem com a senhora?

– Tudo sim, querida, como tão as coisas lá na cidade da sua avó? – ela quis saber.

– Tudo tranquilo – falei meio nervosa.

Nove anos e eu ainda não tinha me acostumado a mentir para as pessoas.

– Fico com tanto dó de você nesse vaivém, menina! Desde pequetita assim...

– Ah, já acostumei... – tentei encurtar a conversa.

– Mas ó, fica de olho na estrada, hein? A gente mora muito na fronteira. Se esses motoristas pegam uma curva errada, aqueles sulistas matam todo mundo. Você sabe como esse povo de lá é violento, né? A amiga da minha cunhada uma vez...

– Fica tranquila, dona Lurdes! Eu fico de olho – cortei para evitar a tonelada de preconceito que ela preparava para jogar em cima de mim. – Agora eu tenho que entrar pra arrumar minhas coisas.

– Vai com Deus, querida! Manda beijo pros seus pais, tá?

– Pode deixar.

Entrei apressada antes que ela mudasse de ideia e tagarelasse mais. Tadinha da dona Lurdes, era um amor de pessoa, vivia trazendo bolos e biscoitos para a minha família, mas eu não suportava ouvi-la contar as mesmas histórias deturpadas. Além do mais, eu odiava ter que inventar mentiras para encobrir a desculpa que meus pais tinham inventado sobre um convite para estudar em uma excelente escola na cidade da minha avó paterna.

Ter que sorrir e dizer que estava tudo ótimo fazia com que eu percebesse que era obrigada a mentir para os dois mundos; quando colegas perguntavam sobre meus pais, inventava habilidades mágicas que eles supostamente tinham e, quando algum nortista me perguntava sobre a minha vida na outra cidade, criava histórias de uma escola que não existia e casos de uma avó que nem tinha mais. Não havia um mundo sequer que permitia que me encaixasse e onde eu pudesse falar toda a verdade sobre mim. Aos 6 anos, me tiraram do mundo normal e agora, aos 15, estavam tentando me tirar do meio-mágico também. Ser uma anormalidade em ambos os lugares me deixava sem saber aonde deveria ir para buscar qualquer refúgio.

***

– Lisa, olha meu trabalho de Artes! – Bê me mostrou, enquanto Bia me puxava para ver a nova decoração do seu quarto e Beatrizinha me entregava um fantoche da Turma da Mônica para que eu brincasse com ela. Era sempre assim: meus irmãos tentavam me colocar por dentro de todas as novidades e disputavam minha atenção. Adorava ficar com eles, mas, naquele dia em especial, meu humor estava horrível. Ter percebido que era um peixe fora d'água de tudo o que conhecia tinha me deixado péssima.

– Meninos, deixem a Lisa em paz um minutinho! – disse papai, rindo da cena.

– Mas, pai, ela prometeu que... – Bia começou o argumento.

– Vamos fazer assim: todo mundo vem tomar café agora e depois a Lisa se divide em três pra atender todo mundo, que tal? – papai me salvou.

Achava incrível a capacidade que a minha família tinha para me fazer esquecer de tudo. Estar com eles era como ignorar qualquer separação entre mundos. Não havia diferenças ali, éramos uma família e ponto-final. Bê e Bia implicavam um com o outro, papai tentava fazer com que todos comessem pelo menos uma porção de frutas e mamãe controlava tudo com o olhar.

Enquanto isso, Beatrizinha fazia a maior bagunça na mesa, porque mamãe e papai tinham essa coisa de achar que seus filhos precisavam aprender a ser independentes desde cedo e, portanto, deveriam cuidar do seu próprio café – mesmo aos 2 anos de idade. Era instintivo querer ajudá-la, e percebia a mesma vontade nos meus irmãos, mas nem ousávamos ir contra a metodologia de nossos pais, afinal de contas, havíamos sido criados da mesma forma.

– Como tá a escola, Alisa? – indagou mamãe. – Não pode brincar com a comida, Beatriz – ela completou quando a minha irmãzinha colocou um pedaço de bolo na colher e jogou no Bê.

Não pude evitar um riso, nem a Bia.

– Alisa?

– Vai bem – respondi.

– E toda aquela história de personagem...

— Mãe, eu não vou voltar pra casa.
— Eu já entendi, filha, mas vocês têm procurado respostas, não é? — ela quis saber e eu concordei.
— Logo você vai descobrir — papai me reconfortou. — Ou o Dan vai. Aquele menino é um gênio!
— Acho que o Dan não tá mais a fim de me ajudar — falei, e eles me olharam, curiosos. — A gente brigou.
— Sério? É a primeira vez, não é? — Mamãe fez uma cara como se buscasse na memória outra situação.

Balancei a cabeça e dei de ombros, e eles entenderam que eu não queria falar sobre o que havia acontecido.

— Vocês dois são muito amigos, e espero que façam as pazes. E que ele se torne meu genro depois disso. — Papai brincou antes de colocar uma colher de iogurte na boca, e eu revirei os olhos. Até ele?

No sábado, fomos para a casa da vovó Angelina, mãe da minha mãe, que fazia aniversário naquele dia. Ela parecia tensa com toda a questão da escola e me fez uma série de perguntas.

— Isso é muito estranho, Lisa — vovó comentou enquanto os olhos vagavam distantes e suas mãos mexiam nos cachos. — Nunca aconteceu antes.

— Como você sabe?
— Como eu sei? Ué... Sua mãe me disse. — Vovó se enrolou um pouco e achei estranho.

— Achei que ia ficar feliz por existir alguma chance de eu ter que voltar pra cá.

— Oh, meu amor, claro que não! Sempre vou querer você por perto, mas não se isso custar a sua felicidade. Sei que ama aquele colégio e que quer entender quem você é de fato.

— Obrigada, vovó. — Me aproximei para beijá-la.

Vovó uniu sua mão à minha, fazendo com que nossos tons de pele marrom claro se misturassem. Sorri.

– Nós vamos descobrir o que aconteceu.
– Nós? A senhora vai me ajudar também? – Achei graça.
– É jeito de dizer, Lisa. Já, já tudo vai ser desvendado.
– Assim espero, vó – falei antes de me aninhar em seu colo e desejar ficar ali pelo resto da vida.

Meus finais de semana estavam cada vez mais difíceis: sentia como se transitasse o tempo todo entre dois mundos dos quais não fazia parte. Me acostumei com a ideia de que pertencia ao Ruit e que lá deveria ficar, mas tudo tinha mudado, e eu me sentia em um cabo de guerra. Meus amigos, meus últimos nove anos e alguma chance de compreender quem eu era me puxavam para um lado; e a minha cidade natal, minha família, minha infância e uma oportunidade de esquecer tudo e começar uma nova vida, para o outro. A situação estava cada vez mais complicada.

PARTE II

CAPÍTULO 8

Quando a diretora Amélia voltou, consegui uma dispensa das aulas de Magia e, com isso, ganhei mais tempo para analisar os livros da biblioteca. Nina, Sol e Marco me ajudavam sempre que podiam, e eu valorizava muito a boa vontade dos três.

— Essa estante nós já olhamos, Sol... — falei assim que entrei na biblioteca e vi minha amiga indo para o lugar errado.

— Então essa? — Ela apontou, e concordei.

Era nosso horário livre, por isso fomos direto para a mesa em que sempre ficávamos para começar a pesquisa.

— Alguém da escola podia ter algum poder pra achar o que estamos procurando de uma maneira mais rápida — brincou Marco.

— Podia mesmo, mas a diretora Amélia já tentou vários alunos e nada deu certo.

A tarefa não era tão difícil. Só líamos a sinopse da história e, se houvesse alguma semelhança comigo, dávamos uma olhada melhor. A única coisa que nos desanimava era a quantidade de livros que havia ali, o que fazia parecer que nunca chegaríamos ao final.

Enquanto separava algumas histórias que poderiam ter a ver, pensei naquilo que sempre vinha em minha mente: o que adiantaria encontrar uma personagem parecida comigo? Isso não me faria possuir sua magia automaticamente.

— Talvez isso tudo seja em vão. — Suspirei em desistência. Teria que encontrar outra maneira de resolver tudo.

— Por que, Lisa? — perguntou Marco.

Comecei a explicar meu argumento, mas parei assim que vi Dan caminhando em nossa direção. Ele carregava um livro velho e maior do que os normais.

— Acho que isso pode te ajudar — disse Dan.

Ele o colocou em cima da mesa, um pouco rude para seus padrões de educação, e o encarei, avaliando seu rosto. Com anos de experiência, eu o conhecia muito bem para perceber que suas expressões revelavam orgulho ferido por ter que passar por cima da nossa briga para me ajudar, mas também tinham uma satisfação que ele fazia de tudo para esconder.

— Você não vai olhar? — ele perguntou, impaciente, ao perceber que a minha atenção estava nele, e não no livro.

Chequei o verso e li a sinopse em voz alta. Era a história de Andora, uma garota que tinha nascido em um dos reinos do mundo mágico, mas não possuía um dom. Na tentativa de descobrir a razão de ser a única pessoa do mundo mágico sem poderes especiais, a menina foi junto com um grupo de amigos até Denentri, o maior e mais poderoso reino, para buscar respostas.

— Você acha que é a minha personagem? — perguntei a Dan.

— Eu não sei. — Ele deu de ombros. — Não li a história, só trouxe porque achei muita coincidência.

Me encolhi com sua arrogância. Aquele não era o Dan que eu conhecia.

– Então vamos ler! – Sol virou o livro para ela e o abriu, curiosa.

Foi aí que aconteceu uma das coisas mais estranhas. Tudo o que eu me lembro é de me aproximar da Sol para ver o livro junto com ela e, quando olhei em volta, o cenário da biblioteca havia mudado como em um passe de mágica – o que foi bizarro até para nós, do mundo meio-mágico.

Continuávamos sentados à mesa, e Dan continuava em pé, mas no meio de uma floresta cheia de árvores com muitas cores e flores. Era diferente da imagem de floresta a que estávamos acostumados: nessa, havia árvores vermelhas, azuis, rosa, amarelas... e a grama do chão era de um verde tão vivo que não parecia real.

Sol gritou, e encarei meus amigos que estavam tão confusos quanto eu.

– O que aconteceu? – perguntei, desesperada.

Dan olhou ao redor, com uma calma que faltava em todos nós, avaliou milimetricamente cada folha de cada árvore por um tempo que pareceu horas. Peguei minha bolsa e conferi o celular. Estava desligado, assim como o de todo mundo, e não conseguíamos ligá-los.

– Será que é um teste? – Dan propôs enquanto seus olhos vagavam ainda mais distantes. Era provável que estivesse usando o Guio, seu personagem. – Isso pode ser coisa do professor Alceu. Ou pode ser... – Dan parou de falar e nos olhou, pela primeira vez, parecendo nervoso.

– O quê? – perguntou Marco, enquanto Nina apertava sua mão.

Por um segundo, meu cérebro encontrou espaço para achar aquela situação fofa e, no momento seguinte, perdi o direito e voltei a me preocupar com nosso problema.

– Bom, peguei esse livro numa biblioteca na qual eu não tinha permissão para entrar – ele confessou, envergonhado.

Não sabia se me chocava mais pelo fato de haver outra biblioteca – já achava a nossa grande o suficiente – ou por Dan ter feito algo fora das regras.

– Será que o livro tem alguma coisa especial, e isso é algum castigo por eu ter... "roubado"? Porque, se pensarmos bem, só viemos parar aqui quando a Sol o abriu – ele lembrou.

– Olha aqui, Dan – Nina apontou para o livro, ainda em cima da mesa. – É a mesma imagem, tá vendo? Essas árvores coloridas, essa grama verde bem vivo. Olha isso! Até a árvore com tronco retorcido tá aqui.

Todos nos aproximamos para conferir o que Nina mostrava.

– Será que nós fomos transportados para dentro da história? – ela palpitou.

De fato, cada árvore e cada folha se pareciam com o ambiente onde estávamos. A única diferença era que não havia uma mesa com cinco pessoas, mas um grupo de outros cinco jovens em pé no meio da floresta. Dan começou a ler as primeiras partes do livro na tentativa de descobrir um jeito de nos tirar dali.

– Caramba, olhem isso: de acordo com a história, Andora e mais *quatro* amigos saíram escondidos de suas famílias. – Dan parou e olhou para cada um do grupo.

– Isso só pode ser uma zoeira – disse Marco. – Essa com certeza é a sua personagem, Lisa. Até nós estamos na história!

– Dan, a gente precisa voltar! Essa floresta pode ter bichos! – Sol ia aumentando seu tom de voz enquanto olhava para todos os lados.

– Calma, Sol – falei.

— Se a gente estiver mesmo dentro do cenário do livro, isso significa que... — Dan parou e nos encaramos. Para aquela frase, só havia uma conclusão... mas uma lista de consequências.

— Estamos no mundo mágico — terminei a frase quando percebi que ninguém ali teria coragem.

— Eu nem sabia que era possível chegar ao mundo mágico, imagina sair — Dan se lamentou levando uma mão à testa.

— A gente tá preso aqui?! — Sol se desesperou.

— Não sei. Talvez. Pode ser que sim. Acho que devemos encontrar alguém do mundo mágico. As pessoas aqui devem ser bem poderosas — palpitou Dan.

— Podem ser perigosas também. Nós somos intrusos, sei lá — temeu Nina. — A gente não sabe como é o mundo mágico. Ninguém nunca entrou nele.

O rosto de Sol ficava cada vez mais desesperado, assim como o meu estado de espírito.

— Pensando bem, nossos professores sempre nos ensinaram que não devemos tentar entrar aqui em hipótese alguma. Se estivermos mesmo dentro do livro, no mundo mágico, isso não pode ser um teste do professor Alceu, é alguma magia que tinha dentro da história. — Dan olhou para o livro, tenso.

Sol começou a abrir e a fechar o livro repetidas vezes, na crença de que isso nos levaria de volta à biblioteca, ao passo que Dan refletia.

— Vamos precisar usar os nossos poderes — ele disse.

Olhei um a um dos meus amigos: com Nina, poderíamos contar com o controle da água e do fogo; Marco poderia ouvir sons distantes; e Sol era capaz de criar ilusões ao mexer com a mente das pessoas. Quando o olhar de Dan caiu em mim, percebi que eu não ajudaria em nada. E pior: a culpa de estarmos ali era minha.

– Nós tivemos umas três aulas de prática, não consigo acender nem um fósforo sem ser do jeito tradicional – argumentou Nina.

– A gente treina, Nina. Precisamos de alguma proteção – respondeu Dan.

– Você não acredita que a gente realmente vai ser capaz de lutar contra qualquer ser do mundo mágico, não é? – ela duvidou.

– Quem sabe? – respondeu Dan, e pareceu bem convicto. – Não é assim tão difícil controlar o próprio personagem, afinal, é o *seu* dom.

Dan começou a ajudar um a um com as dicas que tinha aprendido na aula de Magia Avançada, que ele frequentava há bastante tempo. Passei a prestar atenção em tudo o que ele falava. Apesar de não ter magia nenhuma, essa era uma maneira que eu tinha encontrado de me fazer acreditar que um dia seria dona de algum poder.

Permaneci sentada à mesa e observei Nina, Marco e Sol se concentrarem. Era um processo lento, e eles precisavam checar de tempos em tempos os livros de seus personagens para tentar imitá-los. No fim das contas, Sol conseguiu criar a ilusão de que um pássaro amarelo passava acima da minha cabeça, Marco foi capaz de ver as ondas sonoras que produzíamos quando falávamos, e Nina conseguiu queimar um pedaço de grama e apagar o fogo com um jato de água logo em seguida. Foi um avanço e tanto: nenhum deles tinha chegado tão longe nas aulas, mas ainda não era suficiente para nos dar coragem de tentar encontrar alguém.

Dei uma folheada no livro e vi que Andora e seus amigos seguiam o caminho de um mapa e, na terceira página, onde aparecia a imagem da personagem o segurando, havia uma rota. Chamei Dan e a mostrei.

— Talvez, se seguirmos o que as personagens fizeram, a gente possa chegar ao reino de Denentri também — sugeri.

— Qual será a escala desse mapa? Será que estamos muito distantes? — Dan perguntou a si mesmo. — Marco, precisamos de uma ajuda sua.

— O quê?

— Talvez seja um pouco difícil, mas o Yuki Hay consegue ver e interpretar ondas sonoras produzidas a longas distâncias. Quero que tente ouvir qualquer barulho ao nosso redor para saber se há alguma cidade por aqui.

— Dan, eu mal consegui ver as ondas saindo de vocês, que estão aqui na minha frente...

— Só tenta — ele pediu.

Marco fechou os olhos para se concentrar melhor e, seguindo os passos de Dan, ficou alguns minutos quieto. Depois, se assustou com um elefante gigante e amarelo que se aproximou. Começamos a rir quando nos demos conta de que Sol havia feito aquilo enquanto treinava.

— Você quer o zoológico inteiro? — brinquei.

— De passarinho a elefante! — ela comemorou batendo palmas.

— Vamos de novo, Marco — Dan pediu sem se deixar distrair com as brincadeiras, o que tornava evidente o quanto estava preocupado com a nossa situação.

Outros minutos se passaram, e Marco tentava se concentrar, mas, dessa vez, quando abriu os olhos, não tinha uma cara decepcionada. Era como se Marco visse algo que não podíamos ver.

— Eu tô escutando o barulho de água batendo em uma rocha vindo dali. — Ele apontou em direção a uma árvore de folhas vermelhas.

Sol comemorou assim que ouviu a palavra "água", e Dan conferiu no mapa se tinha sido essa a direção que as personagens seguiram.

– Bom, essa não é a rota do mapa, mas é até bom a gente ir até lá pra ver qual o alcance do poder do Marco.

Todos concordamos e Dan fechou o livro para seguirmos em direção ao tal rio. De acordo com Marco, ele conseguia ouvir vários sons, como os de alguns animais, mas não ouvia nada que parecesse pessoas.

Uma pequena trilha nos levou até o rio, que não estava tão longe assim, porém nós, com ouvidos normais, não éramos capazes de escutar da área onde estávamos antes. Todos bebemos um pouco de água, eu enchi a garrafinha que estava na minha bolsa e que poderia ser útil para quando começássemos a seguir a rota do mapa – não sabíamos quando poderia haver outro rio ou quando Nina seria capaz de dominar suas habilidades.

– Calma! – Marco parou quando estávamos retornando para a parte da floresta a que havíamos chegado. – Tem uma música vindo dali e... pessoas.

Nós paramos de repente. Pessoas? Do mundo mágico? Elas seriam nossa sentença ou salvação?

Ninguém sabia o que fazer. Por mais que tivéssemos estudado bastante sobre o mundo mágico, não dava para saber o que eles pensavam em relação a nós. Não havia qualquer precedente para aquilo. Será que sabiam que existíamos? Ao mesmo tempo, não havia outra alternativa. Não podíamos passar o resto da vida escondidos em uma floresta sem saber como voltar para casa.

CAPÍTULO 9

Após um tempo andando em direção às ondas que Marco podia enxergar, nossos ouvidos comuns também foram capazes de ouvir vozes e a tal música. Espiamos por entre as árvores e vimos gente andando de um lado para o outro, casas, lojas, ruas...

– Uma cidade no meio da floresta? – cochichou Nina.

– Não me parece perigoso. – Marco deu de ombros. – Qual a diferença da gente pra eles? Nem vão nos notar!

Encarei as pessoas que circulavam por ali; elas se vestiam de um jeito diferente, mas não havia nada tão absurdo que nos distinguisse. Em algum momento na infância, comecei a imaginar que os personagens do mundo mágico tinham uma luz colorida em volta para destacá-los. Quase como um carimbo de "ei, eu pertenço ao mundo mágico, tá vendo?". Não conseguia aceitar as versões dos livros que faziam com que parecessem gente como a gente. No entanto, observando-os ali, de frente para mim, a fantasia de criança caiu por terra.

– Sem dar muita pinta de turista – falei para meus amigos quando decidimos parar de nos esconder; não podíamos nos entregar tão fácil.

Observamos a dinâmica do vilarejo. Mulheres com vestidos longos e homens com roupas sofisticadas transitavam apressados, lembrando cenas de novela de época. Crianças corriam pela pracinha e jogavam uma espécie de bola e, quando um deles chutou forte demais e nos acertou, Marco a devolveu.

– ¡Muchas gracias! – uma das crianças respondeu com um sotaque forte.

– Isso só pode ser brincadeira! – Sol colocou a mão no rosto. – Não acredito que tem espanhol até no mundo mágico!

Ri ao me lembrar que minha amiga tinha problemas com o idioma e a gente sempre precisava estudar com ela. Em compensação, era fluente no francês, já tinha até ganhado concursos de soletrar do Ruit. Sim, soletrar em uma língua na qual você não pronuncia metade das letras! Lembrar isso me levou aos concursos e festivais do colégio... eram tão bons! Será que algum dia retornaríamos ao que aprendemos a chamar de lar?

Tirei a lembrança de foco quando passou um casal que conversava em português. Meus amigos e eu nos olhamos, confusos.

– Será que tem todas as línguas aqui? – Nina tentou entender o que as outras pessoas conversavam, mas não conseguimos achar nada além de português e espanhol.

– Engraçado... nós não aprendemos que o mundo mágico tem uma língua própria? – se questionou Marco.

– Depende muito do lugar. Alguns têm línguas que já conhecemos; outros, não – respondeu Dan.

– Estais perdidos? – Uma moça parou quando nos viu olhando em todas as direções, agindo feito turistas, como eu tentei evitar. – De onde viestes?

A pergunta dela foi como uma chicotada e nós nos encaramos sem saber o que seria prudente responder.

A mulher era negra da pele clara e tinha cabelos cacheados presos em uma trança longa. Seus olhos castanhos nos encaravam à espera de uma resposta.

– De bem longe... – disse Dan, por fim. – A propósito, onde nós estamos?

A mulher não conseguiu falar nada, ela estava em choque. Seu olhar pulou de Sol para Nina, depois caiu em mim e, com os olhos bem arregalados, ela me fitou por alguns segundos.

– Como não sabeis onde estais? – ela perguntou ainda chocada.

Engoli em seco. Aquela situação parecia disparar ladeira abaixo, tudo o que tentamos evitar tinha acontecido.

– A menos que... – ela refletiu sozinha e depois parou sem conseguir terminar a frase.

– A menos que...? – estimulei, incomodada com o olhar fixo sobre mim.

– Sois do mundo comum? – ela cochichou, tomando cuidado para que ninguém nos escutasse.

Um silêncio tomou o momento. Nós não conseguimos nem ao menos nos encarar. O que responder?

– Não podeis ficar aqui, alguém pode vos descobrir. Venham comigo.

A moça interpretou nosso silêncio como um "sim" e nos puxou para dentro de uma espécie de pousada que ficava ali perto. Era um lugar com decoração antiga para os nossos padrões, mas com móveis de aparência nova. O que mais chamou a minha atenção foi o teto, que era bem alto e cheio de desenhos. Na sala, duas mulheres conversavam em espanhol e eu não sabia dizer se era pela mistura de línguas, pela tensão ou pelos dois, mas tudo parecia um sonho sem sentido do qual eu queria muito acordar.

A moça nos guiou até um quarto com o mesmo padrão da mobília da sala principal, fechou a cortina da janela e nos convidou a sentar a uma mesa que havia ali dentro. Dan quis saber como havia descoberto sobre nossa origem, e ela começou a apontar várias observações: nossas roupas eram diferentes, nosso sotaque também, além de não ser possível uma pessoa do mundo deles não saber o nome dos reinos. Nada naquela mulher parecia inspirar muita confiança. Além de estranha, ela parecia aflita com a nossa presença.

Foi a vez de Dan começar a fazer perguntas, e ela nos contou que o mundo mágico pouco sabia sobre o "mundo comum" – que era como nos chamavam, aparentemente – e que ninguém nunca descobriu como ir até lá. Havia pessoas que pesquisavam isso dia e noite e, se descobrissem a gente, poderia ser perigoso.

– Você tá dizendo que ninguém pode nos ajudar a voltar pra casa? – quis saber Nina.

– Há boatos de que uma mulher – ela refletiu por um segundo – sabe como ir do mundo glorioso até o mundo comum.

Ah, então eles eram gloriosos e nós, comuns? Achei graça da denominação.

– Posso vos dar um mapa para seguirdes até onde ela mora.

A moça se levantou segurando a barra do vestido, pegou um papel na gaveta e começou a escrever.

– Estou anotando cada lugar pelo qual deveis passar para que não fiqueis perdidos. Este pontinho vermelho indica onde estais.

– E o que você sabe sobre Denentri? – perguntou Dan.

– Não tem ninguém lá que pode nos ajudar?

– Não, Denentri é um reino pequeno, sem importância. Não aconselho que percais o vosso tempo indo até lá – ela disse e logo olhou para mim. – Além disso, o caminho é cheio de armadilhas e animais... Alguém aqui tem poderes mágicos?

Me incomodava muito que seu olhar continuasse focado em mim, mesmo quando conversava com o resto do grupo. Quis questionar, mas achei melhor me manter calada.

– Não – respondeu Dan, prontamente.

– Então não é seguro *mesmo* – ela reafirmou. – Como viestes parar aqui, afinal?

– Nós não sabemos – respondeu Dan, e notei algo estranho nele.

Ela se levantou e esticou o papel.

– Bom, aqui está o mapa. Pode ser que demore alguns dias para chegar, mas se seguirdes corretamente, não haverá erro. A senhora se chama Clona Aulina, é bem velhinha, mas podeis confiar. – Ela sorriu, mas Dan não devolveu a simpatia.

Tomei a dianteira para agradecer à moça antes que percebesse o clima e, antes de deixarmos a pousada, ela nos deu mais orientações para que nos escondêssemos de qualquer pessoa do mundo glorioso.

***

Sem deixar que nos percebessem, voltamos para a mesa da biblioteca, que tinha sido transportada junto com a gente. Depois do que a moça havia dito, deveríamos temer os habitantes do mundo mágico – ou *glorioso*.

– Bom, o que acharam da mulher? – perguntou Dan assim que nos sentamos.

– O que quer dizer? Acha que ela pode não ser uma boa pessoa? – questionou Nina.

– Eu não sei. Em todas aulas de História do Mundo Mágico aprendemos que Denentri era o reino mais importante, não é? Tanto que os personagens do livro de Andora vão até lá para buscar a verdade sobre ela.

– É mesmo! Quando eu tava lendo o livro da minha personagem, toda hora que ela falava de Denentri era com muito respeito – lembrou Sol.

– Por que ela iria mentir assim? – Marco ficou intrigado.

– Desde o início, fiquei com o pé atrás. A mulher não parava de encarar a Lisa. Achei estranho. Além disso, ela parecia querer nos esconder do resto das pessoas. E depois, quando nos disse que Denentri era um reino pequeno, passei a não confiar *mesmo* nela.

– Calma, aqui tem um livro que conta a história do mundo mágico – disse Nina, que começou a analisar os títulos que estavam sobre a mesa.

Antes de irmos parar dentro da história de Andora, tínhamos olhado vários livros em busca da minha personagem, e eles acabaram teletransportados junto com a gente.

– *A História do Mundo Mágico* – Nina leu a capa de um livro não muito grosso e o abriu. – É uma versão para crianças. Talvez seja contada de uma forma sucinta, mas vamos lá...

Minha amiga se endireitou e começou a ler:

– "Há muito, muito tempo, havia um reino governado por reis que não faziam ideia do quão grandes eram suas terras. Tiveram seis filhos; quatro mulheres e dois homens."

– Ela abriu o livro e nos mostrou as fotos. – "Denentri, Amerina, Áfrila, Ásina, Oceônio e Euroto."

– Ásina! – gritou Sol, e todo mundo levou um susto.

– Esse é o reino da minha personagem.

Quando ela terminou a frase, Nina caiu na risada, contagiando todos.

– O quê? – A loirinha ficou sem entender.

– "O quê?" – zombou Nina, imitando-a. – Você deu um berro: achei que tinha tido uma epifania sobre como nos tirar daqui.

– Chata. – Sol mostrou a língua e rimos mais.

– Tá, voltando: "Em uma expedição, alguns homens que trabalhavam para o rei e a rainha descobriram a grandeza das terras. Então, o casal real mandou dividir tudo para seus filhos, sendo que a mais velha, Denentri, ficaria com o reino principal".

– Olhem o desenho do mapa. – apontou Dan. – Os contornos se parecem com os nossos continentes. Amerina é a América, Áfrila é a África, e assim por diante.

– Só não tem Denentri no meio – observou Sol.

– Agora conta um pouco sobre cada reino – falou Nina assim que virou a página. – Como o reino de Denentri pode ser sem importância e pequeno se foi de lá que se originou tudo? Aqui diz que, além de ser a mistura de todas as culturas, é o centro do poder do mundo glorioso.

– E nós estamos ou na América do Sul ou na divisa entre a Espanha e Portugal – comentou Marco. – Se as pessoas conversavam em português e espanhol...

– Bem pensado. – assentiu Dan.

– No caso, é América do Sul, Marco. "O reino de Amerina." – Nina leu e procurou mais informações úteis. – Aqui no mundo mágico, as línguas se chamam toruguês e esclanhol.

– Que engraçado, parece que esse mundo é uma representação do nosso, ou o contrário, não sei, mas mudam apenas os nomes e as histórias – falei.

— O que a gente faz agora? Pra onde vamos? — perguntou Sol. — A gente precisa voltar pra escola urgentemente! Eles vão dar pela nossa falta em breve!

— Calma, Sol — Dan tentou apaziguá-la. — Eu só espero que as distâncias entre os reinos não sejam como as dos nossos continentes, senão chegar a Denentri vai ser impossível.

— Você acha melhor ir pra lá e não pro lugar para onde a moça nos mandou? — perguntei, e ele assentiu sem me olhar, o que me fez lembrar de que ainda precisava resolver as coisas entre nós.

— Não sei pra onde a moça queria nos levar, mas não consigo confiar nela — ele disse, e eu concordei, apesar de saber que não estava falando para mim.

— Nossas opções também não são exatamente boas, porque Andora e seus amigos passaram por algumas dificuldades — disse Nina, folheando o livro que nos havia trazido àquele mundo.

— O final dela é feliz? — indagou Sol, e Nina pulou umas páginas.

— Nossa! — ela exclamou, chocada. — As três últimas páginas foram queimadas!

— Deixa eu ver! — pediu Dan, e ela entregou o livro para ele.

Todos nos aproximamos para ver também.

— Caramba, quando eu peguei o livro, fiquei até impressionado com o quanto ele parecia novo e em excelentes condições, como se ninguém nunca o tivesse tocado. Não o abri, mas me parece absurdo que estivesse queimado lá na biblioteca!

— Olha a fichinha dele pra ver se já foi muito emprestado — palpitou Marco.

Dan olhou o verso da capa, mas o clássico envelope azul e amarelo não estava lá.

— Não tem a ficha da biblioteca nem o carimbo do Ruit, como se não fizesse parte do catálogo. Que bizarro! O que esse livro tava fazendo lá, então?

— Ai, meu Deus, Dan! Será que eu fiz algo errado com os meus poderes quando fui tentar queimar um pedaço da grama? — perguntou Nina, já se sentindo culpada.

— Impossível! A gente teria visto — Dan a tranquilizou.

Tentei pensar em cada passo que demos desde que havíamos chegado ao mundo mágico e, em nenhum momento, o livro se desgrudara da gente. Ninguém conseguia pensar em qualquer explicação racional para aquilo ter acontecido, mas acho que tínhamos nos esquecido de que o ambiente não era propício para a racionalidade.

— A mulher pode ter usado magia... — palpitei.

— Pode ser — ele concordou mais uma vez sem me olhar. — Por algum motivo ela não quer que cheguemos a Denentri.

— Precisamos descobrir o porquê — disse Marco. — Acho que a gente deve seguir a rota do livro.

— É. Então vamos levar esse livro que conta a história do mundo glorioso também. E o resto fica, não vamos aguentar carregar tudo — disse Dan, e eu fui em direção ao livro para guardá-lo na bolsa.

— Pode deixar — falou Dan olhando para o chão de um jeito desconfortável.

— Minha mochila tá leve — argumentei.

— A minha também — ele insistiu.

Olhei o volume de sua mochila, que não parecia tão leve assim, mas desisti. Não iria começar uma discussão sobre quem seria mais gentil. Dan não iria ceder, eu o conhecia como a palma da minha mão.

— Alguém tem mais uma garrafinha? — perguntou Nina, tentando desviar a atenção, mas todos negaram. — Eita. Vamos ter que sobreviver com a da Lisa.

— Enquanto isso, não pare de treinar, Nina. Quando a água acabar, você será a salvação. — Dan apontou para ela, que balançou a cabeça em resposta. — O que mais temos de útil pra sobreviver?

Fomos em direção às mochilas, mas nada era muito proveitoso, a não ser nossas *nécessaires* com desodorante, escova de dente e creme dental, que sempre andavam com a gente porque nunca tínhamos tempo para voltar ao banheiro do dormitório depois das refeições, já que nosso quarto era no final dos corredores.

— Ok. — Dan respirou fundo e expirou. — Sol, tenta criar uma ilusão maior, quem sabe nos colocar em outro ambiente.

Sol fechou os olhos para se concentrar, e eu registrei mentalmente as técnicas que ela usava.

— Precisamos que aprenda a fazer isso, caso algum animal nos encontre — Dan voltou a falar e Sol estremeceu de medo.

Em alguns minutos, tive a impressão de algo gelado me tocar, e, quando olhei para cima, vi flocos de neve caindo. Sol não tinha feito exatamente o que Dan pedira, mas era um excelente começo.

— Vamos lá, Sol, tire a gente dessa floresta — ele falou baixinho, tentando não desconcentrá-la, e, um tempo depois, estávamos em um lugar bem gelado, tremendo de frio. — Chega, Sol! Nós vamos congelar!

— Sério? Não senti nada. — Ela abriu os olhos e riu.

— Nina? Quer tentar? — propôs Dan, e ela fez a mesma expressão focada da Sol. — Consegue fazer água pra beber?

Nina passou a mão pelos volumosos cabelos crespos tentando uni-los num coque. Aquilo era quase um "arregaçar as mangas" na linguagem corporal dela, e percebi que tinha funcionado quando ela foi capaz de fazer com que um jato de água fosse diretamente para sua boca.

— Rápido demais — disse Nina entre tosses desesperadas, e Marco começou a levantar seus braços.

— Na próxima, você tenta encher a garrafinha da Lisa — falou Dan, com uma expressão levemente divertida.

Tinha sido a primeira vez que Dan se permitira relaxar ao menos um pouquinho, mas, no instante seguinte, ele se fechou de novo para focar no livro de Andora. Queria tanto dar uma pausa em tudo, sentar e conversar com ele de verdade. Eu não tinha o poder de resolver todos os nossos problemas, começando pela volta para a casa, mas sabia que, se conseguíssemos passar a régua nas nossas mágoas, nos sentiríamos melhor para enfrentar o que quer que viesse pela frente.

Além de tudo, eu queria muito o meu melhor amigo de volta. Mas tinha muito medo disso não ser mais possível.

CAPÍTULO 10

Depois que todos treinaram seus poderes um pouco mais, nós voltamos à trilha e seguimos com cuidado cada passo que Andora e seus amigos deram. Era bom que havia ilustrações, e isso nos ajudava muito. Descobrimos também que o mapa do livro tinha um ponto vermelho que se movia junto com a gente, mostrando-nos onde estávamos e para onde deveríamos ir.

– Que legal! – se entusiasmou Sol. – Ele anda de acordo com nossos passos?

Ela observava, atenta e curiosa, enquanto caminhávamos e o ponto vermelho avançava pela rota junto com a gente.

– Também temos isso no nosso mundo, Sol. Chama GPS – brincou Marco, e nós rimos.

– Bom, se a nossa velocidade for mantida – falou Dan, sério e alheio às piadas –, e considerando que precisamos dar uma parada pra descansar, vamos precisar de três dias pra chegar a Denentri.

– E eu vou ficar todos esses dias sem um banho? – reclamou Sol.

— Sofia... — censurou Nina.
— O quê? Imagina que nojo!
— Não seja por isso — Nina esticou seus lábios grossos num sorriso travesso e Sol se protegeu com as mãos quando entendeu.
— Não ouse jogar água em mim! — gritou Sol.
— Você não queria um banho? — gargalhou Nina, e eu tentei segurar uma risada.

Ninguém planeja passar por uma situação semelhante à que estávamos vivendo, mas, se pudesse escolher, eu não teria outro time de pessoas para estar comigo. Além de toda a proatividade do grupo, eles conseguiam aliviar momentos tensos de vez em quando e me faziam esquecer o completo desconhecido que iríamos enfrentar até alcançar o reino de Denentri.

***

Ainda não estava tão cansativo caminhar, mas o calor piorava um pouco a situação. O sol parecia nos castigar por querer chegar a Denentri e toda hora eu precisava de um gole d'água.

Um pouco depois que Marco conferiu em seu relógio e avisou que já estávamos andando havia quase duas horas, encontramos uma bifurcação na trilha. Me aproximei de Dan para ver o livro.

— De acordo com a história, eles seguiram para a esquerda — leu Dan. — Vamos lá.

— Ai, tô cansada, podemos parar um pouco? — implorou Sol.

— Estamos prestes a encontrar um abrigo — rebateu Dan. — Na história, o grupo para porque começa a escurecer.

Olhei para o céu no mesmo instante; o sol, embora ainda forte, já dava indícios de querer se esconder. Como a história do livro não se cansava de coincidir com a vida real?

– Aguenta mais um pouquinho, Sol? – quis saber Dan e ela concordou, embora um pouco contrariada.

– Pelo tanto que andamos, será que ainda estamos no reino de Amerina?

– Ainda estamos. No momento, a gente tá indo pro norte do reino, tá vendo? Depois, seguiremos pro leste até encontrar Denentri. – Ele mostrou o mapa.

– Pelo menos não encontramos os perigos que aquela mulher falou. Devia ser só mais uma invenção. – Tentei soar o mais tranquila possível, mas, a cada minuto, o sol descia mais, permitindo que o fim de tarde se anunciasse na floresta. Em breve seria noite.

Me arrependi de ter reclamado do calor de antes quando a angústia cresceu em mim. Eu não era medrosa, mas todo mundo há de convir que estar no escuro em uma floresta do mundo mágico não era a coisa mais divertida.

Dan olhava o mapa do livro a cada segundo para conferir se estávamos andando no caminho certo e para ver o quanto ainda faltava para o abrigo, onde descansaríamos. Mas quando ele parou de andar e fez uma expressão confusa, todos nós ficamos assustados. Dan parecia sempre ter certeza do que fazia, e a nossa confiança era total, até porque não era só ele que trabalhava a nosso favor: havia o Guio Pocler ali também.

– Nós saímos da rota – disse Dan com a voz tranquila, mas com feições irritadas. – Esse caminho nos leva para o interior de Amerina, e não ao norte.

– Mas fomos para a esquerda, assim como manda o livro – argumentou Marco. – Foi o único momento em que houve duas opções de caminho.

Dan permaneceu calado, avaliando cada ilustração e cada palavra da história. Me aproximei para ajudá-lo a encontrar algo que explicasse o erro.

— Calma, a gente vai entender o que rolou — disse Marco ao se unir ao grupo.

— Que linda essa pulseira amarela — comentou Sol com uma pontinha de inveja.

Nina me olhou com uma expressão derrotada como quem diz "essa menina não tem jeito", e eu achei graça. Mas, no minuto seguinte, fiquei séria ao perceber algo. Na imagem da bifurcação, havia uma mão no cantinho do livro e, pela posição dos dedos, vi que era a mão esquerda da personagem principal. Logo cheguei a uma conclusão:

— Nós erramos a direção — afirmei assim que terminei de raciocinar.

Dan me encarou intrigado. Ele estava sofrendo tanto por não entender a situação que me apressei logo para contar minha hipótese:

— Olha aqui, quando os amigos se depararam com os dois caminhos, Andora foi perguntar pra qual deveriam seguir, esquerda ou direita, tá vendo? — perguntei apontando para a página.

— Sim, e foi unânime: todos quiseram esquerda — disse Dan, apressado.

— Acontece que ela tava na frente deles, e se virou pra perguntar: olha aqui a posição da mão esquerda. Daí ela ficou de costas pra bifurcação e as posições se inverteram.

Dan arfou ao juntar as peças do quebra-cabeça.

— E eles seguiram para a esquerda de Andora, que estava de costas para a bifurcação, não a esquerda deles, que estavam de frente. É tudo uma questão de ponto de vista! — concluí e vi o choque nos rostos dos meus amigos também.

— Eu não tava olhando pras imagens, só lendo a história – Dan reclamou consigo mesmo, como se tivesse cometido um crime.

— Não é sua culpa – falei, chocada com sua capacidade de assumir responsabilidades que não lhe pertenciam.

— Eu devia ter ficado mais atento.

— Dan, não foi nada de mais, a gente vai voltar e pegar o caminho contrário. – Nina acariciou seus ombros tensos.

— Tá... – ele disse mais para encerrar o assunto do que concordando de fato. – Enquanto isso, vou analisar as ilustrações seguintes, prometo não deixar nada passar daqui pra frente.

— Cara, relaxa... – Marco começou a argumentar, mas foi interrompido por outro susto da Dan.

— Ah, não! Mais três páginas se queimaram!

CAPÍTULO 11

Não era assim que eu tinha planejado viver o primeiro ano do Ensino Médio. Estava tudo certo: descobriríamos nossos personagens, receberíamos um dom e assim nos tornaríamos especiais, dignos do mundo meio-mágico. No entanto, ali estávamos nós, metidos numa fria por minha causa. Havia algo de muito errado comigo e, não satisfeita, tinha jogado meus amigos nessa roubada também.

Nada do que tentávamos dava certo; pelo contrário, a cada passo, surgiam mais questões fora do nosso alcance. Não sabíamos como resolver nenhum dos problemas, e pior: não sabíamos nem o motivo deles. Por que aquelas páginas estavam se queimando? O que estava acontecendo?

Tive vontade de chorar, mas segurei cada lágrima que pudesse ousar escorrer pelo meu rosto. Meus amigos estavam ali por mim, eu teria que ser forte, em vez de me tornar mais um problema para eles.

— Juro que não tentei nada com o meu dom, então, dessa vez, não pode ter sido *mesmo* minha culpa — Nina interrompeu meus pensamentos. — Vocês acham que... talvez...

— O quê, Nina? — Sol se apressou quando percebeu que nossa amiga estava com medo de falar sua hipótese por causa dela.

— Não fica assustada, calma, é só uma ideia. Será que podemos estar sendo seguidos? — Ela olhou para todos os lados, procurando por alguém.

— Ai, meu pai — Sol se abraçou, amedrontada.

— Acho que não. Tenho conseguido controlar melhor meus poderes e só vejo ondas sonoras de animais pequenos. Não tem ninguém com a gente por aqui — disse Marco, e eu fiquei mais aliviada por saber que ele estava monitorando o ambiente.

Enquanto tentávamos descobrir o que estava acontecendo, Dan ficou completamente calado, com o olhar vago e dando passadas firmes na terra.

— Não tem como a gente saber o que tá rolando, a verdade é essa — concluiu Nina. — Estamos no mundo mágico e nossos conhecimentos sobre ele são limitados, só estudamos até o nono ano. Agora que a gente ia começar a aprender mais.

— Fora que somos do meio-mágico e nem os melhores professores do Ruit têm muita certeza sobre as coisas que acontecem aqui. É tudo um mistério — acrescentou Marco.

— Caramba, imagina a cara que os nossos professores vão fazer quando a gente contar onde estávamos! — se empolgou Sol.

— Isso se voltarmos... — disse Dan, repentinamente, depois de muito tempo em silêncio.

— Credo, Dan! — Nina empurrou seu ombro. — Para com isso! É claro que vamos voltar!

— Gente, ali não é a bifurcação? — Marco apontou para a frente e conseguimos ver a direção na qual deveríamos ter seguido.

— Isso! Agora sim vamos pro lado certo — falei tentando soar empolgada para animar o grupo.

Quando trocamos o caminho, escolhendo a esquerda de Andora, me aproximei de Dan para ver o livro. O pontinho do mapa tinha voltado para a rota, me deixando um pouco mais calma.

— Ai, meu pé tá doendo tanto! A gente tá chegando? E onde vamos encontrar comida? Tô morta de fome! — Sol resmungou feito uma criança, e Nina jogou água na cara dela.

Não consegui não rir, e logo depois Sol criou uma ilusão que fez com que Nina gritasse, e ninguém conseguiu ver o que era, já que a vingança tinha sido exclusiva.

— Para com isso, Sofia! Que horror! — ela gritou, desesperada.

— Calma, é tudo mentira — Marco sussurrou para ela enquanto a abraçava.

Sol gargalhava junto comigo e eu ficava mais impressionada à medida que o pânico de Nina se acentuava. Caramba, como ela conseguia fazer fosse lá o que estivesse fazendo parecer tão real?

— Pelo menos estão treinando suas habilidades... — Dan comentou mais para si mesmo.

Quando Sol parou e Nina voltou a nos ver, ela voou para cima da loirinha e eu precisei me intrometer.

— Ei, calma, era só brincadeira! — falei tentando apaziguar.

— Olha que eu brinquei com água. Na próxima, coloco fogo nessa sua franjinha — ameaçou Nina, e Sol levou suas mãos ao cabelo em reflexo.

— Chega, vocês duas — falei, ainda rindo da situação.

— E você, Lisa, fica esperta! — Nina se virou para mim, mas percebi que ela já estava mais relaxada.

— É verdade! – concordou Sol.
— Não, poxa, aí fica desleal! Como vou me vingar?
As duas riram e trocaram expressões de quem diz: "esse é o objetivo".
— Finalmente! – comemorou Dan, apontando para um casebre de madeira.
— É isso? Parece tão velho – desdenhou Sol.
— É porque foi construído por Andora e seus amigos há *muito* tempo – ele deu ênfase. – Mas vai servir! Também podemos comer uma fruta que se chama corunelis: é a única segura.
Ele passou o olho pelas árvores ao redor, procurando o que queria.
— É uma árvore com folhas azuis e frutas rosadas – explicou.
— Tipo aquela? – Nina apontou para uma árvore a uns metros de nós.
— Isso! Perfeito! – sorriu Dan.
Não sabíamos nada sobre caçadas e, ao que tudo indicava, corunelis seria nossa única fonte de energia. Torci muito para que o sabor não fosse estranho e que não demorássemos tanto a voltar para casa – seria bem enjoativo sempre comer a mesma coisa –, mas também agradeci por naquela floresta ter alguma fruta comestível, já que meu almoço não era mais capaz de me sustentar.
— E se a gente morrer? – Sol fez drama antes de dar uma mordida.
— Não vamos, não. Todos os personagens do livro comeram dessa fruta, e eles conheciam bem o próprio mundo e seus perigos. Fica tranquila.
— Justo – concordou Sol, comendo a fruta com pressa.
Não havia um alimento do nosso mundo que pudesse ser comparado ao sabor da corunelis; era bem gostosa, doce

e com bastante água – mas não era igual a uma melancia. Felizmente, todos havíamos gostado, até a Sol, que, apesar de ter feito uma cara ruim a princípio, acabou dando o braço a torcer. Colhemos bastante e guardamos nas bolsas; não dava para saber se encontraríamos mais à frente.

***

Estava um pouco sujo dentro do abrigo, então limpamos com umas folhas grandes que nós encontramos. Não era enorme, mas coubemos todos bem apertadinhos. Também era um lugar quente o bastante para passar a noite, já que a floresta esfriava cada vez mais. Marco e Nina também prepararam uma fogueira, e nós nos sentamos em volta.

– É quase como num filme – comentou Sol sobre a nossa roda. – Mas jamais poderia imaginar que fosse tão assustador.

A loirinha, então, fechou os olhos e criou a ilusão de estarmos em sua casa. Sua mãe surgiu do corredor e nos perguntou se queríamos jantar. Era tão fácil acreditar que vivíamos aquilo de verdade. Eu podia sentir o cheiro de rosas e a maciez do sofá azul que havia na casa dela. O mais incrível era que Sol nem havia praticado tanto e já conseguia dominar sua habilidade de maneira estupenda. A precisão com que criava as ilusões quase me fazia acreditar nelas. Mas, de uma maneira irritante, o lado racional do meu cérebro martelava: "é mentira, você está no meio de uma floresta, presa no mundo mágico!".

– Tá ficando boa nisso! – Dan repetiu meu pensamento, esticando a mão para ela tocar.

– Só queria que a Anash Ruitec conseguisse transformar as ilusões em realidade também... – ela lamentou.

— Sol, por favor, cria a ilusão de que estou num churrasco comendo tudo o que posso? — brincou Marco, conseguindo descontrair o ambiente.

De volta à vida real, a noite havia caído completamente, e mal conseguíamos ver nossos rostos. Sol não podia estar mais assustada, e nós a incentivamos a criar ilusões para que conseguisse dormir.

Dan propôs nos deixar descansar, enquanto ele vigiava ao redor para evitar qualquer perigo, mas discordamos. Ele era a cabeça do grupo, precisava dormir também. Então Nina propôs um revezamento: ela e Marco deitariam um pouco nas primeiras horas e, depois, eles ficariam tomando conta — por motivos óbvios deixaríamos Sol dormindo o tempo todo. Sabia o que Nina estava tentando fazer, mas não achei uma má ideia: eu precisava conversar com meu melhor amigo sozinha.

Eles foram para dentro do casebre, e eu fiquei tentando unir coragem para iniciar uma conversa. Foi nesse momento que dei ao orgulho o prêmio de segundo pior sentimento; o primeiro era, sem dúvidas, o ciúme.

— Eu preciso falar com você — comecei.

Dan não respondeu. Ele estava mais imóvel do que nunca.

— Mas... eu não conseguia na escola — falei, e ele se mexeu para me encarar, incrédulo. — Você tava sempre com seus novos amigos!

Tá, eu não tinha começado da melhor maneira possível, mas também estava magoada, tinha lá os meus direitos.

— Você só pode estar brincando comigo...

Dan balançou a cabeça e engoli em seco, pensando que talvez fugir e enfrentar qualquer perigo da floresta fosse melhor do que encarar a mágoa do meu melhor amigo.

— Lisa, não sei se um dia você vai se dar conta disso, mas eu... — Ele parou por uns dois minutos, e pensei que a nossa conversa tinha acabado ali.

Quis gritar, pedir que continuasse a falar algo que sabia que não queria ouvir. Tudo o que eu desejava era resolver as coisas voltando alguns anos, quando éramos apenas crianças e tínhamos o mesmo sentimento um pelo outro.

— Bom — ele voltou a falar com um novo tom de voz —, eu ouvi os meninos comentando sobre uma biblioteca que só o terceiro ano tinha acesso, quis ir até lá dar uma olhada nos livros e ver se encontrava o que estávamos procurando pra você havia bastante tempo. Fiquei andando com os alunos do terceiro ano porque tava, sim, magoado com você, mas também porque eles davam um jeito de me colocar nessa biblioteca.

Dan parou um pouco e tirou os olhos da fogueira para me encarar. Seus olhos revelavam ressentimento, e meu coração acelerou só de pensar na dor que eu havia causado.

— Olhei livro a livro, Lisa... Apesar de chateado, não deixei de ajudar na sua busca, porque eu tinha te prometido isso.

Ergui as sobrancelhas, chocada. Em minha cabeça, Dan havia abandonado totalmente a tarefa de encontrar a minha personagem.

— Foi quando encontrei o de Andora jogado embaixo de uma estante. No momento em que li a sinopse, tive certeza de que as nossas buscas acabariam. Mas eu não o abri, achei que era mais justo você fazer isso.

— Ainda bem — comentei, baixinho, e ele concordou.

— Por que você continuou me ajudando se tava tão bravo comigo?

Dan deu de ombros, e nós ficamos em silêncio por alguns minutos. Ele pegou um graveto e cutucou a lenha da fogueira. Deus, costumava ser tão fácil fazer as pazes com ele! Por que não conseguia colocar as palavras para fora da minha boca?

— Eu não fiquei com o Caio naquele dia... — admiti, e Dan se virou para mim, incrédulo. — Fui pra um lado afastado do estacionamento depois de sair do seu quarto e perdi a hora. Todas as luzes se apagaram e não tive mais noção espacial, não consegui achar meu dormitório. Resolvi dar a volta e entrar pela porta principal, quando vi uma cena patética dele com uma menina. Depois, ele tentou ficar comigo, mas eu não quis. Quando você me viu, eu ainda tava tão brava pelo jeito como tinha gritado comigo que não quis desmentir. Também imaginei que não fosse me levar a sério.

Confessar aquilo me deixou mais envergonhada do que nunca: não havia me dado conta do quão ridícula tinha sido a minha atitude.

— Me desculpa — pedi, mas sem expectativas. — Eu deveria ter te procurado.

— E eu não deveria ter gritado com você — ele falou com a cabeça abaixada. — Também não posso deixar que a sua paixão pelo meu irmão me incomode e atrapalhe a gente.

— Olha, o Caio já era, foi uma fase. Uma fase ridícula e infantil, mas precisei ver sozinha as ignorâncias dele pra desencanar — falei.

Um leve sorriso brotou no canto dos seus lábios e meu coração deu um pulo.

— Você é especial demais pra ele. — Dan consertou seus óculos, e sua fala era como uma punhalada. Todo esse tempo o fiz sofrer e, ainda assim, ele me tratava daquele jeito.

— E você pra mim.

Abracei Dan quando encontrei em seu rosto uma expressão que fazia tempo não via: carinho.

— Eu não quero que sofra por minha causa — falei, sabendo que isso era a abertura de uma ferida.

Começar esse assunto definiria muita coisa em nossa relação, mas não era hora de recuar. A gente ainda precisava dizer algumas coisas.

— Não posso te oferecer mais do que a minha amizade, Dan, me perdoa. — Me afastei para olhar no fundo de seus olhos, onde encontrei o sofrimento que a minha frase tinha causado. — E entendo se quiser alguma distância...

— Não quero distância de você. — Ele sorriu, mas seu rosto ainda revelava dor. — Eu já experimentei isso e não foi nada bom.

Eu era uma egoísta por ficar feliz com aquela frase, mas não consegui evitar.

— Amigos? — Ele esticou uma mão, que apertei sem pensar duas vezes.

— Pra vida toda — falei me aconchegando em seus braços, e só naquele momento notei que tinha sentido mais falta de Dan do que havia calculado.

— Pra vida toda — ele concordou.

CAPÍTULO 12

Sabia que não era a melhor relação para ele. Não devia ser fácil ser amigo da pessoa de quem você gosta, mas eu também não estava confortável com aquilo. Era complicado tentar entender quando foi que as coisas mudaram. Éramos os melhores amigos de todo o Ruit. Havia piadinhas – claro, o que seria do Ensino Fundamental sem elas? – sobre sermos "namoradinhos", mas isso nunca mudou nada do que tínhamos. Vi Dan com outras meninas, e ele me viu com outros garotos; dividíamos segredos, problemas, e sempre achei que nos enxergávamos como irmãos. Não consegui pensar em qual momento tudo mudou e ele começou a me ver de outra maneira. Senti raiva quando me dei conta de que as coisas jamais voltariam ao normal. Se ao menos eu pudesse corresponder... Mas não seria capaz de brincar com seus sentimentos sem antes ter muita certeza do que sentia.

Trocamos com Marco e Nina depois de algumas horas, e eu fiquei muito feliz por poder descansar e, melhor de tudo, descansar sabendo que o meu melhor amigo e eu não estávamos mais brigados.

Antes de dormir, me perguntei várias vezes como Sol havia conseguido dormir naquele chão. O casebre de madeira era só uma forma de nos mantermos aquecidos e também uma proteção contra chuva ou algo do tipo, mas não tinha nenhum conforto, e nos deitamos sobre a terra com apenas algumas folhas servindo de colchão. Pude imaginar quantos insetos passariam pela gente, mas o cansaço me venceu, e eu consegui pegar no sono.

Sonhei que estava no meu dormitório, no Ruit, e o despertador me acordava para a aula. E, quando abri os olhos, de verdade, vi o meu quarto da escola. Até pensei que fosse uma continuação do sonho, mas esfreguei meus olhos umas três vezes. Tive certeza de que estava ali quando olhei para a cama da Nina e ela dormia. Sol penteava seu cabelo já com o uniforme.

— Acho que você tá atrasada. — Ela sorriu, travessa, e piscou.

— Nós voltamos?! — Sentei na cama, eufórica.

— Olhe você mesma. — Sol apontou para nosso quarto, e eu quis saber como tínhamos conseguido. A última coisa da qual me lembrava era de fazer as pazes com Dan e ter ido dormir no chão do casebre.

— Anda, se arruma, a gente precisa tomar um café decente. Chega de corunelis!

Comecei a rir enquanto tentava acordar Nina; ela precisava sentir a felicidade que eu sentia por termos conseguido voltar para o nosso amado colégio.

— Você sabe como isso aconteceu? — perguntei, balançando os ombros da outra amiga, que parecia dormir um sono profundo.

— Não faço ideia. O importante é que voltamos! — Sol bateu as mãos. — Quer ajuda aí?

– Lisa, Lisa! – Escutei a voz de Dan, e meus olhos o buscaram em todo o quarto. – Sol, acorda!

– É o Dan? – perguntei para minha amiga, que ainda penteava o cabelo, e ela deu de ombros.

Em um segundo, tudo mudou. Se em um momento eu tentava acordar Nina, no outro, Dan tentava *me* acordar, dentro do casebre, na floresta. Fechei os olhos e abri várias vezes tentando fazer com que voltasse para o Ruit.

– Sol cria ilusões enquanto dorme – Dan explicou apontando para a baixinha, que se espreguiçava.

– Não! – coloquei as mãos em meu rosto, e Dan me aconchegou em seus braços. – Eu tava acreditando tanto que a gente tinha voltado...

– Desculpa, Lisa – ela riu. – Não foi por querer.

– Me promete que, se a gente não conseguir um jeito de voltar pra casa, vamos viver em suas ilusões?

– Nem começa! Nós vamos voltar pra casa, sim! – ela disse, decidida.

– Vocês duas estavam que nem sonâmbulas conversando – zombou Marco.

– Pareceu tão real... – choraminguei. Sol só havia *me* colocado na ilusão e, por isso, só *eu* era capaz de ver.

– Em breve – disse Dan, entregando uma corunelis a cada um. Por sorte, ainda não estava enjoada, apesar de a ideia de um misto quente ter me parecido bem mais interessante.

– Eu podia tanto dominar os alimentos também... Fazer aparecer um bolo, um pão de queijo, um café... – Nina brincou enquanto enchia a garrafinha de água para que pudéssemos escovar nossos dentes.

– A gente só precisa fingir que estamos num acampamento legal ou num *reality show* concorrendo a milhões de reais – brincou Marco.

– Eu posso fazer isso parecer mais real, hein! – Sol sorriu enquanto colocava o creme dental na escova.

Ao meu lado, as sobrancelhas de Dan estavam unidas e ele avaliava o final do livro que nos guiava. Me uni a ele para examinar os pedaços marrons que restavam das últimas páginas. Não havia sobrado nenhuma ilustração ou qualquer dica do que aconteceu no fim da história. Será que Andora tinha conseguido chegar a Denentri para descobrir o porquê de tudo? Será que *eu* conseguiria isso? Precisava de uma resposta. Ser obrigada a voltar para o mundo normal depois de tantos anos seria uma decepção enorme.

– Ainda não entendo como essas páginas foram se queimar. Fiquei horas refletindo e não encontro a resposta...

– Dan, você perdeu tempo de sono pra pensar sobre isso? – Coloquei a mão na cintura, mas ele nem deu bola.

Tinha a impressão de que Dan não era capaz de entender que, apesar de todas as nossas preocupações, dormir continuava sendo uma necessidade humana.

– Vai chegar uma hora em que não saberemos mais o que fazer – ele reclamou.

– Se ao menos nossos celulares ligassem e pudéssemos tirar fotos das páginas que ainda restam... – comentei.

Nossa única esperança era o mapa com o pontinho vermelho, que ficava no início do livro e nos permitiria saber se andávamos na rota certa. Mas os detalhes de cada passo dos personagens, o que fizeram e tudo o mais só eram descritos na história e poderiam ser apagados a qualquer momento por uma razão ainda desconhecida. Nossa saída foi tentar decorar os acontecimentos seguintes.

Voltamos para a trilha depois de lermos o livro completo – ou o que restava dele. A história dizia que, por perto, havia uma cidade, mas todos nos assustamos com alguns perigos que os personagens enfrentaram.

– Nem tudo o que tá escrito aqui precisa acontecer com a gente – pontuou Dan. – Só estamos usando este livro como um guia pra chegar ao reino. Por exemplo, um casal do livro se beijou duas páginas atrás, mas isso não aconteceu aqui.

Dan encarou o grupo e eu assenti, mas parei quando vi Marco e Nina se entreolharem. Meus lábios se abriram em um sorriso.

– Mentira! Antônia! – gritei seu nome inteiro para demonstrar todo o meu ressentimento – Quando você ia me contar?

Empurrei o braço de Nina e ela me devolveu uma expressão envergonhada.

– Tudo bem, vocês não me ajudaram a provar o meu argumento – disse Dan fingindo estar bravo enquanto piscava para Marco, que devolveu um sorriso travesso. – O que quero dizer é: esses não são os nossos personagens, não é a nossa história. Nós vamos com cautela e, além de tudo, temos poderes diferentes dos deles. A Sol tá tão evoluída, tem feito coisas fantásticas! O Marco nos alerta dos perigos e a Nina pode atacar enquanto as ilusões distraem nossos inimigos.

Suspirei quando notei que, mais uma vez, eu era apenas uma inútil no grupo. Dan pareceu perceber e, por isso, passou o braço ao meu redor.

– Vai dar tudo certo, eu confio na gente. E, você – ele me cutucou – vai descobrir se Andora é ou não é a sua personagem.

Concordei e sorri de volta; estava tão feliz por voltar a conversar com ele!

– Juro que, se a Lisa tiver um poder mais legal, eu vou ficar muito indignado – brincou Marco, e eu o empurrei.

Tinha sido tão natural o jeito com que Marco disse aquilo que, por um instante, pareceu oficial: em breve descobriria tudo e receberia um dom especial. Meu coração bateu forte; eu mal podia esperar.

***

Estava tudo tranquilo na nossa caminhada: Nina enchia a garrafa sempre que era preciso, achávamos corunelis o tempo todo e parávamos quando o cansaço nos vencia. Marco pôde escutar uma cachoeira bem distante e Dan ficou muito satisfeito com o avanço dele. Sol propôs um banho na cachoeira e todos adoraram a ideia porque o calor estava de matar – e poderia ser divertido.

A água transparente que caía e as flores ao redor faziam o cenário parecer ter saído de um filme – ou de um livro. Entramos com tudo, e essa foi a melhor sensação desde que havíamos pisado no mundo mágico. Ninguém se importou em molhar as únicas roupas que tinha, pois era garantido que o calor se encarregaria delas. Até Sol deu o braço a torcer e molhou os cabelos, que eram sempre devidamente secos e bem cuidados. De brincadeira, ela criou a ilusão de um secador – amarelo – e fingiu usar.

Por mais que permanecer ali fosse a vontade de todos, seguir nosso caminho era preciso. Não podíamos nos dar ao luxo de ficar tanto tempo parados. O desejo de comer e dormir direito, ver nossos familiares, voltar para a escola e estar em um lugar seguro nos motivou a sair da cachoeira e a voltar a seguir a rota. O reino de Denentri era mais que um destino: era uma necessidade.

Tiramos o excesso de água das roupas e voltamos a andar. Aquele sol quente nos fazia recorrer à garrafinha de água o tempo inteiro, e Nina já estava *expert* em enchê-la. Em uma das vezes, ela conseguiu fazer com que a água aparecesse dentro da garrafa em questão de segundos.

A prática de todos estava indo muito bem, e tínhamos cada vez mais a certeza de que chegar a Denentri seria tão fácil quanto tudo estava sendo até então. Mas foi quando entramos em uma clareira que o nosso clima positivo mudou. Ali a grama não era bonita como no resto da floresta: tinha uma cor marrom bem feia e as árvores não eram mais coloridas. O silêncio daquele lugar era profundo; não havia sequer um canto de pássaro.

Automaticamente, diminuímos nosso ritmo, enquanto encarávamos cada detalhe daquele lugar. Algo em mim dizia que não estávamos fazendo o certo, mas do outro lado da clareira estava a continuação da trilha: parecia que tudo o que tínhamos de fazer era atravessar o lugar. Demos alguns passos, e eu ficava cada vez mais aflita.

– Tem alguma coisa sinistra aqui – comentou Marco, como se pudesse ouvir meus pensamentos. – Esse lugar não tem nada a ver com o resto da floresta.

– Tem razão – disse Nina. – É feio, escuro e sem vida.

– Estran... – comecei a falar, mas não consegui terminar porque meus pés foram presos ao chão por algumas raízes. Tentei me mover, porém aquilo me segurava com uma força bem superior à minha. Olhei meus amigos e todos se encontravam na mesma situação.

– O que é isso? – Nina se abaixou e tentou se libertar usando as mãos.

Dan procurou no livro sobre esse lugar, mas ele só balançava a cabeça enquanto passava as folhas cada vez mais rápido. Meu amigo levou a mão à testa ao perceber que mais páginas foram queimadas. *Droga*.

Ele voltou ao mapa e nos mostrou que o pontinho vermelho não estava na rota certa de Andora, e seus olhos se arregalarem como se tivesse acabado de entender algo. Quis perguntar o que era, mas me detive quando Marco começou a balançar as mãos em desespero e a apontar para o outro lado da clareira. O medo em sua expressão fez meu coração bater num ritmo que jamais tinha sentido.

– Tem algo correndo em nossa direção!

Quando seguimos o olhar de Marco, vimos um animal do outro lado. Era enorme, quase do tamanho da Sol, e tinha uma cara horrível. Tinha a mesma cor marrom desbotada da grama, e seus olhos eram de um vermelho bem vivo. O bicho começou a se aproximar da gente, e suas passadas faziam barulhos assustadores. Tentamos nos libertar com mais força, mas não havia nada que pudesse ser feito para que aquelas raízes fossem arrancadas. Nem mesmo o fogo que Nina criava.

Sol caiu, e eu me ajoelhei para ajudá-la a se levantar. Seus olhos estavam úmidos, porém não saía nenhum som de sua boca – era um choro silencioso. Segurei sua mão, mas não é preciso nem dizer que a minha tentativa de acalmá-la foi cem por cento inútil. Estava tão nervosa quanto ela.

Olhei cada um dos meus amigos e me senti muito culpada por saber que todos estavam ali por minha causa. Se, para início de conversa, eles não estivessem me ajudando a encontrar minha personagem, nada daquilo estaria acontecendo. Meu coração se apertou ainda mais quando meus olhos se detiveram em Dan: apesar da nossa briga, ele não havia parado de me ajudar e tinha até se arriscado indo a outra biblioteca.

Encarei o animal, que se aproximava cada vez mais, e prendi a respiração. Dan pediu a Nina e Sol que utilizassem seus dons, mas nenhuma conseguia fazer com que o bicho parasse de se mover em nossa direção. O fogo de Nina sumia assim que o alcançava, enquanto Sol, embora se empenhasse bastante, não conseguia usar uma ilusão para nos tirar do foco daqueles olhos vermelhos.

Elas se olharam, confusas, ao perceber que seus poderes não estavam funcionando, e eu procurei à minha volta por algum pau ou qualquer outra coisa que pudesse servir como arma. Me desesperei quando, além de não encontrar, percebi que o animal vinha precisamente em minha direção. Fechei os olhos e cobri o rosto; não havia nada que pudesse ser feito. Esperei a dor.

Já tinha ouvido falar que, no momento da morte, a vida passa inteira em nossa cabeça. Nunca tinha tido essa experiência até então, mas naquele instante percebi que era a maior bobagem, pois a única coisa que conseguia pensar era: *"não quero morrer, não quero morrer!"*, e não havia espaço algum para fazer uma retrospectiva de quinze anos.

Só pude abrir os olhos quando senti meus pés sendo libertados e Dan me cutucando. E eu, que esperava a morte, me vi diante daquele animal horrível se curvando à minha frente. A distância entre nós era mínima, mas ele não tinha tentado me morder ou me machucar de nenhuma forma. A única atitude que teve foi a de abaixar a cabeça para mim.

Olhei ao redor com medo e depois me voltei para o animal, que me fitava como se esperasse alguma ação. Não sabia o que estava acontecendo ali, por que aquele bicho não havia me atacado e muito menos o que queria de mim, mas estava assustada demais para tomar qualquer atitude. Olhei meus amigos, buscando alguma resposta. Dan olhava para os meus pés, curioso, e só aí percebi que eu era a única que havia sido libertada.

— Solta meus amigos também — falei, irritada.

O mais impressionante foi que, no segundo seguinte, todas as raízes desapareceram. De repente, aqueles olhos vermelhos não me pareceram mais tão intimidadores, e algo me fez crer que não nos faria mal.

— Vai embora — tentou Dan, mas o animal não tirava os olhos de mim.

Então meu amigo pediu para eu repetir o que ele dissera e testar se o bicho estava mesmo me obedecendo.

— Vai embora — repeti, e o animal não hesitou em nos dar as costas e voltar para o lugar de onde veio.

Dan pegou a minha mão, eu segurei a da Sol, e todos corremos de volta à trilha.

— O que foi isso? — perguntou Nina, chocada e com os olhos arregalados.

— Aquele ser *reverenciou* a Lisa! — exclamou Dan. — E a obedeceu! Vocês viram? Nós dois falamos a *mesma* coisa, e ele só fez quando a Lisa mandou!

Dan movimentava as mãos, andava de um lado ao outro, enquanto meus amigos me encaravam tentando perceber algo diferente em mim.

— Fora que ele libertou a Lisa antes de nós! Não é bizarro?

— Como conseguiu isso? — questionou Marco, e eu dei de ombros. — Tinha certeza de que ele ia matar a gente, começando pela Lisa, mas, em vez disso, ele se curvou como se ela fosse a dona dele.

— Talvez a personagem da Lisa fosse a dona — conjecturou Nina. — Não tem isso na história?

— Não fala nada de animal ou clareira no livro. Além do mais, nós erramos o caminho, e eu entendi tudo. O que sempre acontecia antes das páginas serem queimadas? — perguntou Dan.

Nós quatro nos encaramos, sem saber qual resposta ele esperava de nós.

– Saíamos da rota de Andora – respondeu Dan, e depois pegou o livro para mostrar. – Vejam bem: entramos nessa parte da floresta e, em vez de seguirmos o caminho das personagens, nós fomos em direção ao rio que o Marco ouviu e depois até a cidade. Mas não era isso que deveríamos ter feito... Olhem aqui no mapa. E ainda teve aquela vez, quando erramos na bifurcação, lembram?

– O lance da direita e esquerda... – completou Marco, entendendo.

– Sim, fomos pro lado errado e por isso mais três páginas se queimaram.

– Então, a cada vez que erramos o caminho, perdemos partes do final da história – concluiu Nina e Dan concordou.

– Mas o que erramos agora? – questionou minha amiga. – Estávamos seguindo a rota direitinho!

– Eu também não entendi! Olhem – disse Dan, esticando as mãos e apontando para todos os lugares daquela parte da floresta. – Só existe uma trilha aqui e ela nos leva à clareira.

Enquanto procurávamos a continuação do caminho, Sol estava estática, com o olhar longe.

– Sol? – chamei, colocando a mão nos ombros da minha amiga. – Tá tudo bem?

Seus olhos se fixaram em mim, mas seu rosto não tinha nenhuma expressão. Parecia estar em choque.

Ela sempre fora a mais medrosa de todos nós: acordava gritando com pesadelos, não suportava o escuro – exceto para dormir, mas isso era uma vitória minha e da Nina –, tinha medo de qualquer animal, até de cachorrinhos pequenos e fofos, então era de se esperar que estivesse um pouco traumatizada com nosso episódio de quase morte.

– Olha, tá tudo bem – tentei acalmá-la. – Você viu que aquele bicho bizarro me obedeceu e foi embora, não fez nem vai fazer nada com a gente.

Sol assentiu, e eu suspirei, aliviada: já era uma forma de resposta.

– Vai dar tudo certo, tá? – reforcei com a voz mais tranquila possível, mesmo sem poder de fato garantir aquilo.

O pior de tudo, no fim das contas, foi ter visto que os dons das duas não funcionaram. Esperávamos poder contar com eles em qualquer circunstância e, no primeiro problema de verdade que enfrentamos, nossa defesa falhou. Nina acreditava que o lugar tinha alguma proteção, pois ela havia conseguido criar o fogo, só não pôde fazer com que afetasse as raízes ou o animal. Dan achou plausível, uma vez que ambas estavam muito bem treinadas.

Demos água a Sol, ela se acalmou um pouco e, em seguida, voltamos a procurar por outra sequência da trilha que não fosse aquela que nos levara à clareira. A ansiedade para voltar ao nosso mundo só crescia.

Afastei um arbusto e encontrei uma passagem. Imediatamente, chamei todos para olhar. Era como se fosse a entrada de uma caverna pequena. Dava para passar, mas teria que ser agachado.

– Isso! – exclamou Dan. – Aqui no livro essa passagem é citada. Como fui estúpido em não conferir!? Achei que fosse mais pra frente e que estaria visível!

– Calma, Dan, nós fizemos o óbvio: continuamos a trilha – falou Marco. – Se tivéssemos visto isso antes, tudo bem, mas aquele arbusto nos impediu, não foi culpa sua.

Sabia que nada faria Dan se sentir menos culpado; ele sempre pegava a responsabilidade dos erros e encarava os acertos como obrigação. Não sei quantas medalhas e prêmios Dan já tinha ganhado no Ruit, mas, todas as vezes que o parabenizávamos, ele deixava a impressão de que não era grande coisa.

– Esperem aí que vou ver se é perigoso – Dan se ofereceu e entrou antes que qualquer um se manifestasse. Tive medo de deixá-lo ir sozinho, então fui atrás.

O lugar era escuro e frio, no entanto, logo que fizemos uma curva dentro da caverna, vimos literalmente "uma luz no fim do túnel" e conseguimos sair.

– Que lindo! – exclamei depois de avisar aos outros que podiam vir também.

Era como se tivéssemos entrado em uma outra floresta. Se antes já achava lindas as inúmeras cores das árvores e das folhas, ali eu havia ficado mais impressionada. Havia uma mistura dos montes mais bonitos da Europa com ipês brasileiros de todas as cores e um riacho com água transparente. O céu era de um azul que hipnotizava – já mais escuro porque o sol começava a se pôr – e pássaros coloridos voavam, completando o cenário. Era inacreditável que um lugar fosse uma mistura tão perfeita das paisagens mais belas do mundo!

Vi pelo canto do olho que Dan me observava e desviei minha atenção para ele.

– O que tá olhando? – perguntei, envergonhada.

– Você. – Ele consertou os óculos e fitou o horizonte, tímido.

O sangue subiu para o meu rosto e não soube o que dizer. Sol chegou logo em seguida, dando fim àquele momento embaraçoso – amém!

– Uau! – exclamou Nina, impactada pelo que via.

– Fantástico – concordou Marco.

– Bem, temos duas opções – Dan nos levou de volta à realidade, dando por terminado o momento de admiração ao novo ambiente.

– Calma, tô ouvindo um barulho vindo dali! – apontou Marco. – Várias pessoas.
– Pois é – Dan balançou a cabeça como se já soubesse.
– Vocês se lembram de quando começamos a ler as páginas que restavam do livro antes que fossem queimadas? Lembram que tem uma parte que as personagens entram em uma vila em busca de comida e são pegas por bandidos?
Nós nos encaramos e concordamos sem muito entusiasmo.
– Bom, eles conseguem escapar e voltam pra cá, pra trilha. Nós podemos não arriscar e apenas continuar nosso caminho. Ainda temos corunelis aqui e, pelas minhas contas, chegaremos a Denentri amanhã. O que acham?
– Três páginas vão se queimar porque a gente vai sair da rota dos personagens, né? – perguntei.
– É possível, mas isso não é um grande problema, não temos muitas páginas mesmo... – Ele deu de ombros. – Só não acho que devemos correr o mesmo risco.
– Apesar de ser sedutora a ideia de comer uma coisa decente, eu voto em não ir à vila – disse Marco, e eu concordei junto com as meninas.
– Unânime – sorriu Dan, e voltamos a andar.

CAPÍTULO 13

— Queria entender por que aquele animal seguiu suas ordens tão prontamente – comentou Dan.

Eu estava deitada com minha cabeça sobre a perna dele; era a nossa vez de ficarmos acordados, vigiando. Não havia nenhum abrigo ali, então juntamos algumas folhas grandes para não ser desconfortável dormir na grama. Sol ainda não tinha superado o que havia acontecido e cheguei a pensar que ela não conseguiria dormir, mas falamos mais uma vez para ela criar alguma ilusão que a acalmasse; Nina deitou no peito de Marco e, antes que dormisse, lancei um olhar intimidador para ela – não estávamos em uma condição muito favorável, mas, assim que tivéssemos um segundo a sós, faria com que ela me contasse tudo sobre o mais novo casal.

— Tá com inveja porque ele não fez o que *você* mandou? – provoquei, e Dan me deu um empurrão de brincadeira enquanto ria.

— Você viu como o animal te encarava? No início, parecia que estava cheio de fúria, que queria nos matar. E aí, quando te viu, tudo mudou... Você foi solta, ele te olhou com uma adoração, depois se aproximou e simplesmente se *curvou* pra você! – Dan me encarou, ainda surpreso. – E, como se não bastasse, todas as suas ordens foram cumpridas no mesmo segundo. Você mandou nos soltar, e isso aconteceu; você o mandou embora, e ele foi! Consegue entender isso? Nosso inimigo se transformou em seu servo!

– Bem que eu podia ter pedido pra ele nos levar a Denentri – falei, achando graça de suas palavras anteriores, mas Dan ficou sério de repente.

– Caramba! Por que não pensei nisso? Talvez pudesse funcionar, já que ele tava tão pronto pra te obedecer!

– Você fala como se tivesse culpa por não ter tido essa ideia num momento tão aterrorizante como aquele – falei me levantando e pegando suas mãos, obrigando-o a me olhar. – Tudo o que queríamos era aquele bicho bem longe da gente. Como iríamos saber se era seguro confiar num animal que, segundos antes, tava prestes a nos matar?

Dan concordou, mas eu sabia que ainda se martirizava por não ter tido a ideia.

– Além disso, você tá fazendo um excelente trabalho. Eu não sei o que seria da gente se não estivesse aqui...

– Nós somos um grupo, e cada membro é importante à sua maneira.

Olhei para o chão, mais uma vez pensando que a minha importância era negativa, já que havíamos entrado naquela roubada por minha causa e eu não tinha nenhuma habilidade para oferecer.

– Não foi isso que eu quis dizer, Lisa. – Ele se preocupou. – Não foi em relação aos poderes.

Dan segurou meu rosto e foi a sua vez de me obrigar a encará-lo.

– Já parou pra pensar que, se você não estivesse aqui, estaríamos dentro do estômago daquele bicho horrível?

— Já parou pra pensar que isso só tá acontecendo porque vocês resolveram me ajudar a procurar minha personagem?

— Lisa, nós somos seus *amigos*, vamos te ajudar sempre — ele disse, e eu dei um sorriso fraco.

— Por que você quer sempre pegar a responsabilidade das coisas ruins, e eu não posso pegar a de uma única coisinha? Você é um egoísta — falei rindo e ele sorriu também, suas covinhas fizeram com que eu me derretesse.

— Isso não é sua responsabilidade e ponto-final. — Ele encerrou a conversa e apertou minhas bochechas, formando um biquinho. — Agora fala "peixinho marrom".

Ele se fez de sério, e eu atendi, rindo da bobagem. Depois, voltei a me deitar em sua perna e fiquei tentando imaginar o quanto ainda caminharíamos até Denentri e no quão preocupados estavam nossos pais, que já deveriam ter sido avisados pelo Ruit.

— O que será que tá acontecendo no nosso mundo?

— Devem estar procurando em todo o Sul algum dom capaz de nos encontrar — ele respondeu. — E seus pais devem estar se perguntando por que deixaram você ir morar no segundo mundo, o lado errado do planeta.

— Não tem uma descrição melhor — comentei, rindo. — Minha mãe deve ter repetido milhões de vezes pro meu pai o quanto ela avisou que "esse colégio de aberrações" não podia dar em boa coisa.

— Só espero que não tenham levado isso para a mídia, tenho medo de descobrirem que você é de uma família nortista.

— Seria o fim, eu nunca mais poderia visitar o Norte! Porque, até agora, o contrato foi bom pros dois lados e não há nenhum motivo pra alguém violá-lo. Ninguém fica vigiando as fronteiras pra saber se as pessoas estão passando pro outro lado ou não, e eu consigo ir tranquilamente. Já pensou, Dan, se descobrem algo sobre mim? Meu rosto se espalharia por todo o Norte, e me caçariam por ter violado o contrato todos esses anos! – Me desesperei. – Nós precisamos voltar rápido, antes que o nosso desaparecimento tome grandes proporções. Você acha que ainda vamos demorar muito para chegar em Denentri?

– O problema é que estamos muito cansados, não dormimos direito, temos comido apenas corunelis... – Ele suspirou. – Não dá pra exigir muito do nosso corpo. Antes até conseguíamos andar num ritmo mais rápido, mas tá ficando cada vez mais difícil agora.

– É... – concordei.

– Mas nós vamos dar o nosso melhor, eu garanto. Estamos quase lá!

– Obrigada por tudo, Dan. – Sorri quando nossos olhares se encontraram. – Você é sensacional...

...*E tudo o que eu queria era retribuir o sentimento que tem por mim* – desejei ser capaz de completar, mas depois vi que não era necessário: a frase tinha ficado nas entrelinhas.

– Não precisa agradecer, nós somos amigos, não somos? – ele disse e pude ver no fundo de seus olhos que dizer aquilo o fazia sofrer. – E amigos fazem essas coisas uns pelos outros.

Dan piscou e o abracei. Era incrível como a sua companhia me fazia bem. Estávamos ali, no meio da escuridão da floresta, no mundo mágico e, ainda assim, eu me sentia bem só por tê-lo comigo.

***

Algumas horas depois, era a nossa vez de descansar, e Nina e Marco trocaram de lugar com a gente. Dormir agora foi bem mais fácil do que da vez anterior, pois eu já não ligava para o conforto, e tudo o que meu corpo queria era relaxar. No meu sonho, nós encontramos Denentri bem rápido, o casal real conversou com a gente e contou que havia ocorrido um erro e, por isso, eu tinha ficado sem personagem. Eles fizeram uma minicelebração, e ganhei um poder especial. Depois, nos enviaram de volta para o nosso mundo. No Ruit, ninguém havia dado pela nossa falta e nós não nos metemos em problemas, apenas seguimos nossa vida como era antes. Acordei rindo e imaginando quão perfeito seria se meu sonho se transformasse em realidade.

– Quem sabe? – Dan ergueu as sobrancelhas e o braço depois que lhe contei.

– Juro que não aguento mais comer isso – Marco fez uma cara dramática ao morder mais uma corunelis.

– Sempre crio a ilusão de que tô comendo algo melhor, daí não sinto o gosto! – riu Sol.

– Que ótima ideia – Nina se animou.

– Quando a gente voltar, vou comer só alface enquanto me faço acreditar que é algo delicioso. Essa vai ser a minha tática pra emagrecer e calar a boca da minha madrasta.

– Tenho uma lista de ideias melhores pra calar a boca da gordofóbica sem precisar mudar nadinha em você. – disse Nina com um sorriso sinistro e um tom irônico.

– É brincadeira... – disse Sol, tentando sentir se Nina estava falando sério ou não.

– Eu tô com a Nina. Não suporto essa mulher – adicionei.

– Não, e aquele dia que ela...

– Pessoal! – interrompeu Marco e suas feições se tornaram sérias.

– O que foi? – perguntou Dan, assustado.

— Tem gente se aproximando — respondeu Marco, apontando para um lado da floresta.

— Tem certeza que não tá só confundindo com o barulho da vila aqui do lado? — quis saber Dan.

— Não. São várias mulheres e estão vindo atrás da gente.

— O que você tá escutando? — indagou Dan, apressado, enquanto pegávamos nossas bolsas para correr.

— Aquela mulher! — gritou Marco quando começamos a fugir. — Do reino de Amerina!

— O que ela quer? — perguntei, e ele ficou um tempo calado, tentando entender.

— Você — respondeu Marco, e eu estremeci. — E ela disse "Alisa"... Como essa mulher sabe seu nome?

Todos me olharam e pude sentir o sangue fluindo mais rápido em meu corpo.

— Eu não sei! Alguém falou quando estávamos com ela?

Levei a mão ao pescoço na intenção de conferir se meu colar estava à mostra, mas eu o havia tirado para tomar banho antes da aula e me esquecido de recolocá-lo.

— Não — negou Dan. — Bem que fiquei cismado com os olhares dela pra você!

— Elas têm poderes mágicos, estão se aproximando em uma velocidade maior do que a nossa! — gritou Marco, e nós começamos a correr ainda mais rápido.

Nunca fui a maior amante dos esportes, fazia o que mandavam na Educação Física e ponto-final. Por isso, fiquei surpresa com o meu desempenho na corrida. Nina era a mais rápida, ela tinha as pernas compridas e jogava futebol no colégio; depois, vinham Marco e Dan. Por último, Sol e eu. Apesar de ser uma das mais lentas, eu estava correndo muito — créditos para o meu sistema nervoso simpático.

Mais do que nunca, quis que meu sonho estivesse certo e que Denentri fosse logo ali para alcançarmos o reino antes de sermos pegos, mas, quando tropecei em uma pedra e caí com o joelho no chão, minha esperança se esvaiu.

– Lisa! – Dan parou para me socorrer. – Você tá bem?

Dan me estendeu a mão e toquei meu joelho, que latejava. Eu mal conseguia ficar em pé, o que me deixou nervosa e arrependida de ter elogiado minha corrida segundos antes.

– Vamos nos esconder – disse Marco, apressado.

Enquanto tentávamos procurar um bom lugar, a moça do reino de Amerina surgiu como num passe de mágica na nossa frente.

– Não precisa, já achei! – Ela sorriu, irônica, e mais cinco mulheres apareceram atrás dela. Cada uma estava vestida de uma cor. Havia azul, preto, amarelo, vermelho e verde, e a moça que falava usava uma roupa branca com fitas coloridas penduradas na cintura.

– É incrível como tu nasceste apenas para atrapalhar a minha vida, Alisa... Se ao menos eu tivesse o que precisava para acabar com você lá em Amerina... – Sua voz e seu olhar iam mostrando profunda raiva, me deixando mais perdida ainda. – Ou treze anos atrás...

Engoli em seco, e meu corpo tremeu. Treze anos atrás? O que aquilo significava? Como ela sabia meu nome?

Encarei meus amigos e fiquei preocupada com Sol, que estava estática como da outra vez. Me aproximei da minha amiga para oferecer algum alento.

– De onde você me conhece? – arrisquei, fazendo com que a mulher das fitas coloridas explodisse em gargalhadas.

– Meninas, por favor, amarrem todos nestas árvores aqui – ela falou num inglês diferente, ignorando minha pergunta.

— Mas e ela, Denna? — A mulher de preto me encarou e lançou um olhar de dúvida para a que vestia todas as cores, a tal Denna.

— Ela não sabe de nada, e nenhum deles tem poderes — respondeu Denna, dessa vez em espanhol. Não consegui compreender por que mudavam o idioma, talvez fosse para nos confundir.

Nina olhou para Dan como se estivesse apenas esperando sua confirmação para atacar, mas ele negou com a cabeça.

A mulher de azul usou seus poderes para criar algumas cordas e amarrou Dan. Tentei impedir, mas, em questão de segundos, ele estava preso a uma árvore. As outras fizeram o mesmo com Nina, Sol e Marco, mas, quando a de preto tentou me amarrar, a corda que ela tinha em suas mãos desapareceu. A mulher ficou sem compreender aquilo, usando seu poder para criar outra corda e repetir a tentativa. Mais uma vez, ela não conseguiu me amarrar. Olhei Dan e sua feição era de dúvida, assim como a de todos. Eu não sabia o que tinha em mim que impedia a ação e, pelo visto, nem elas. Denna grunhiu algo em outra língua, a qual suspeitei que fosse alemão. Então ela se virou para mim, indignada:

— Eu te aconselho a não fugir — ela ordenou, apontando para mim.

Não consegui mover nem a cabeça, mas ela entendeu meu silêncio como concordância e disse algo para a de amarelo, que se aproximou do Dan.

— Se ousares sair do meu campo de visão, aquele ali vai ser o primeiro a morrer — ela cochichou, e só eu fui capaz de ouvir.

Encarei Dan e segurei minha respiração só de imaginar algo sendo feito contra ele.

— Nem tente! – gritei, desesperada, sem saber de onde tinha vindo a coragem de responder a mulher.

— Então fica quieta onde estás! Tu não vais ficar aí por muito tempo, eu prometo.

Denna me lançou uma piscada de deboche e voltou a conversar com as outras mulheres. Dan parecia pensar; Sol estava em choque; Nina fazia esforço para se livrar das cordas; e Marco tentava ouvir a conversa.

Me perguntei outra vez como era possível que a de branco, Denna, soubesse meu nome. E que história era aquela de treze anos atrás? O que ela queria comigo? Por que aquelas mulheres a seguiam?

As seis se afastaram um pouco de nós. Pude ver que a líder tinha criado uma fogueira, sobre a qual começou a misturar alguns líquidos dentro de pequenos potes. O jeito com que estavam ao redor do fogo me fez lembrar séries e filmes com bruxas e pactos, e a minha respiração se tornou ofegante quando comecei a imaginar o pior para a gente. No fim, Denna se virou para mim segurando uma taça transparente que continha um líquido avermelhado.

— Preparei algo muito especial para ti, Alisa. – Ela sorriu, maliciosa, e se aproximou.

Observei o rosto das outras mulheres, que esperavam, ansiosas. Denna tentou colocar a taça em minha boca, e eu dei um passo atrás, me negando.

— Lembra-te do que eu disse sobre teus amigos? – Ela se virou para a de vermelho e deu ordens.

O grito agudo do Dan que se seguiu me desesperou.

— Para! – implorei, aflita.

— Então vamos tomar? – Ela ergueu a taça.

Olhei meus amigos: Dan balançava a cabeça insistentemente para que eu não tomasse. Denna viu e deu novas ordens, o que fez meu amigo gritar ainda mais forte. Estremeci e peguei a taça em desespero. Não sabia o que aconteceria comigo, nem o que era certo fazer, mas ver Dan sofrer daquela maneira me fez temer por sua vida.

Fechei os olhos, e ouvi Dan gritar:

— Não faça isso, Lisa! — ele implorou.

Prendi a respiração e levei a taça à boca.

— Para! — ordenou Denna, repentinamente, e fiquei confusa.

— Ahn?

— Larga essa taça, Lisa — falou Denna, convicta, e estranhei que tivesse me chamado pelo apelido. — Larga agora ou acabo com seus amigos!

Ela é bizarra, pensei, deixando a taça cair no chão.

— E, vocês, soltem esses meninos das árvores — Denna disse para as mulheres, que ficaram sem entender. — Agora!

As moças de roupas coloridas tiraram as cordas que os prendiam e pude ver o braço do Dan sangrando. Corri até ele.

— Dan! — gritei, assustada, quando ele caiu de joelhos no chão.

— Tá tudo bem, é só que... — Ele respirou fundo, seu rosto entregando toda a dor.

— Vai, Nina! — gritou Sol e, quando me virei para elas, Nina tinha congelado todas as mulheres atrás de mim. — Agora corre!

CAPÍTULO 14

— O que aconteceu? – perguntei, confusa, enquanto tentávamos nos distanciar das mulheres o mais rápido possível. – Num instante, Denna tentava me obrigar a tomar um líquido desconhecido; no outro, ela mesma me mandou jogá-lo fora e soltou todo mundo! E depois a Nina congelou as mulheres!

Estava muito perdida com os últimos acontecimentos e preocupada com o estado de Dan. Enquanto corríamos, eu segurava sua mão para ajudar.

— Eu criei uma ilusão – explicou Sol. – Duas, na verdade.

— Como? – perguntei, chocada.

— Mexi com a cabeça de Denna pra que ela acreditasse que você havia tomado o líquido. Para as mulheres das cores e pra você, criei uma Denna fictícia que te impediu de beber o líquido e mandou nos soltar.

— Nossa, Sol! – falei boquiaberta, entendendo tudo. – Então você inventou o que Denna disse pra mim?

— Aham.

— Foi por isso que ela disse "Lisa" e parou de me tratar por "tu" – comentei rindo. Era Sol o tempo inteiro por trás daquilo!

– Foi bem complicado controlar duas cenas ao mesmo tempo, não consegui me atentar a esses detalhes... – ela disse, ofegante.

– Não, foi perfeito! E funcionou muito bem – comemorei.

– Foi genial, Solzinha! – falou Nina mais à frente.

– Calma aí, pessoal – pedi quando vi que Dan não estava dando conta de continuar.

Meu joelho também doía, mas eu ainda estava melhor do que ele. Assim que paramos, tirei a garrafinha da bolsa para oferecer ao meu amigo.

– O que elas fizeram com você? – perguntei enquanto avaliava melhor seu machucado.

– Eu tô bem, Lisa – ele tentou me tranquilizar, mas seu rosto entregava a dor.

– Não, você não tá.

Havia um corte extenso em seu braço e o sangue escorria. Segurei o ar para não sentir o cheiro; eu sabia muito bem o que aquele cheiro metálico era capaz de fazer comigo.

– Isso pode infeccionar – me preocupei.

Decidi jogar água para limpar o ferimento – era o máximo que poderíamos fazer naquelas condições.

– A gente precisa fugir – ele falou, mas seu tom de voz denunciava fraqueza. – E você também precisa lavar seu joelho.

– Toma um pouco. – Entreguei-lhe a garrafinha depois de também jogar água em meu próprio machucado. – Onde mais machucaram você?

Dan levantou a blusa, deixando à mostra uma ferida na barriga, e fiquei ainda mais apavorada.

– Ai, meu Deus! – gritei em desespero. – Nina, por favor, coloca mais água na garrafinha?

— Calma, Lisa — Dan tentou soar tranquilo, como se eu estivesse fazendo tempestade em copo d'água.

— Tá sangrando, Dan! — argumentei.

— A gente precisa fazer com que o sangue pare, pelo menos — disse Marco ao se aproximar.

— Nem é um machucado tão grande assim, vai parar logo. — Dan tirou a blusa para pressioná-la contra o machucado.

— Por que tem tanto garoto que acha que precisa se mostrar forte o tempo todo? Que coisa mais anos 2010, Daniel. — Nina cruzou os braços e eu segurei o riso.

Dan exalou o ar, como se desistisse da armadura de durão, e deixou que cuidássemos dos ferimentos.

Enquanto esperávamos Dan se recuperar um pouco, ele perguntou detalhes do que Sol tinha feito. Não havia ninguém ali que não estivesse admirado com a astúcia da loirinha. Era incrível como ela tinha conseguido, ao mesmo tempo, fazer Denna achar que eu havia morrido e as mulheres acreditarem que deveriam nos soltar. Uma ilusão em cima da outra! E Nina ainda dera a arrematada final ao congelar todas!

— Isso foi brilhante! — Dan se orgulhou.

— Eu *sou* brilhante. — Ela colocou as mãos abaixo do queixo, fazendo uma pose.

— E como conseguiu criar duas ilusões ao mesmo tempo? — eu quis saber.

— Fiquei tentando desde o momento que elas nos amarraram.

Ah, então Sol não estava em choque, ela apenas tinha se concentrado para conseguir nos salvar!

— E quando a Lisa tava prestes a tomar o líquido, sofri uma pressão maior e consegui — ela completou.

— Obrigada... — agradeci com um sorriso.

— Obrigada nada, vai ter que usar amarelo por uma semana. — Sol me soprou um beijo, e todos nós rimos. Por um segundo, nossas preocupações pareceram distantes demais.

— Então vamos continuar? — Dan tentou se levantar sozinho e cambaleou.

— Eita — arfei, posicionando minha mão para apoiá-lo.

— Tô melhor, juro. Só não consigo correr, mas podemos continuar.

Conferi seu machucado, e o sangue havia diminuído, mas, ainda assim, achamos melhor que Dan mantivesse sua blusa pressionada contra a barriga. Fiz com que ele se apoiasse em mim de novo, e nós voltamos para o caminho.

— Será que estamos indo para o lado certo? — perguntou Marco.

Peguei o livro em minha bolsa e me assustei com todas as páginas queimadas.

— Até o mapa?! — se desesperou Dan, e eu mostrei que não havia mais nada ali, a não ser a capa e a contracapa.

— Agora estamos sem rumo — ele se queixou. — A última coisa que decorei do livro foi a parte que os personagens conseguem fugir da vila e voltam pra rota. O resto foi queimado antes que eu pudesse ler.

— Pelo menos isso quer dizer que estamos chegando ao fim — ponderou Nina.

— Mas não temos mais o mapa pra saber se tá certo o caminho — respondeu Dan.

— E agora?! — Sol entrou em desespero.

— Calma, vamos seguir essa trilha — propus.

— Ou podemos voltar à vila que ficou pra trás e pedir informações sobre como chegar a Denentri. — Marco deu a ideia.

— Acho que não podemos arriscar voltarmos e sermos pegos pelas mulheres — discordou Dan. — Talvez seja melhor a gente continuar.

Nós nos olhamos, buscando a opinião uns dos outros e, diante das opções que tínhamos, decidimos seguir em frente.

Não estávamos correndo por causa do Dan, mas nossa velocidade era a mais rápida possível. Nina ainda não tinha muita experiência com suas habilidades, então não sabíamos quanto tempo o gelo que ela tinha criado poderia durar.

— Aprendemos durante toda a nossa vida a jamais usar magia para o mal, e olha o que eu acabei de fazer — disse Nina num tom entristecido.

— Legítima defesa tá permitida. — Marco a reconfortou com um tom brincalhão.

— Vou te chamar pra ser meu advogado de defesa, caso precise — ela brincou, e eu sorri com a cumplicidade da troca de olhares entre os dois.

— Ai... — Dan deixou escapar baixinho.

— Quer parar? — eu perguntei.

— Você perguntou isso um minuto atrás. — Ele riu.

— E vou perguntar no próximo também.

— Tá doendo, mas quero continuar.

Concordei. Precisávamos chegar logo a Denentri para buscar um jeito de curar suas feridas; eu estava com medo de ele ter uma infecção.

— Por que será que aquela mulher queria te matar, Lisa? — questionou Sol. — Como ela te conhece?

— Eu não faço ideia, e ela ainda disse algo sobre treze anos atrás, vocês ouviram? Como se me conhecesse...

— Talvez ela tenha tido algum problema com a sua personagem e tá te usando para uma vingança... — conjecturou Nina. — Porque não tem como você ter vindo pro mundo mágico com 2 anos de idade: você ainda achava que era uma normal!

— E outra: elas são bem poderosas, deve ter sido fácil descobrir o seu nome — comentou Dan. — Nós só conseguimos escapar porque pensaram que nenhum de nós possuía habilidades.

— É mesmo... — concordou Marco. — E, falando nisso, Lisa, como você fez aquelas cordas desaparecerem?

— É verdade, você foi a única que elas não conseguiram amarrar! — comentou Sol.

— Eu não fiz nada, tô tão surpresa quanto vocês! — Ergui meus ombros, e eles me encararam, intrigados.

Eu podia ouvir a mente de cada deles um tentando criar uma justificativa para aquilo, mas não havia nada que nossos cérebros "comuns" pudessem explicar.

— Primeiro aquele animal, depois isso com a corda... Você tem alguma coisa bizarra, Lisa, muito bizarra! — concluiu Marco.

CAPÍTULO 15

— Tô vendo ondas sonoras! – O rosto de Marco se abriu num sorriso. Havia horas que estávamos andando e paramos apenas para deixar Dan descansar. Ele se esforçava muito para não interromper o ritmo do grupo, mas seu rosto entregava a dor. Era muito difícil ver suas feições abatidas e não poder fazer nada.

— De onde? – se animou Dan, e Sol deu pulinhos quando Marco indicou.

— Não acho que esteja muito longe – ele disse com o olhar vago. – Mas ouço um rio antes.

A esperança de que Denentri finalmente estivesse próximo nos fez andar mais rápido. Meu coração palpitou, e eu me peguei fantasiando sobre minha personagem. Qual seria o meu dom? Não tentava mais me convencer de que talvez voltasse para o mundo normal. Com tudo o que havia acontecido, eu tive certeza de que pertencia ao meio-mágico e que, em breve, frequentaria as aulas do professor Alceu com alguma coisa boa para contar.

Interrompemos nossa onda de entusiasmo quando vimos um barranco e, lá embaixo, um rio. Uns trinta metros separavam uma margem da outra, e não havia uma ponte nem nada que permitisse nossa travessia.

Do outro lado, a trilha continuava e, segundo Marco, lá estava Denentri. Nós todos olhamos para Dan, o cérebro do grupo, e ele avaliou a extensão do rio, mas, de onde estávamos, não dava para ver seu fim.

– Podemos caminhar rente à beira e tentar encontrar alguma forma de chegar ao outro lado – sugeriu Marco.

– É uma boa – falei. – Talvez a distância entre as margens diminua e a gente consiga pular.

– O engraçado é que a trilha continua até lá. – apontou Dan. – Como se houvesse alguma maneira de atravessar *essa* parte do rio.

Dan refletia com os olhos semicerrados enquanto todos nós avaliávamos o lugar em busca de alguma pista. Quando ele procurou uma pedra no chão e a jogou no meio do rio, todos nos chocamos ao vê-la parada no ar, em vez de cair na água, como qualquer pessoa esperaria.

– Viram? Dá pra passar! – sorriu Dan.

– Como assim, Dan? Só porque a pedra ficou suspensa no ar não quer dizer que nós vamos também! – disse Nina.

– E quem falou que ela está suspensa? – ele perguntou, apalpando o chão como se estivesse à procura de algo.

Quando dei por mim, Dan parecia andar no ar, acima do rio.

– É uma ponte invisível – ele disse, virando-se para trás. – Podem vir.

Eu estava em choque, mas confesso que não pude deixar de aproveitar o momento. Segui em frente. Lá embaixo, via o rio, e, apesar de não ter nada aparente que me segurasse, não caí. Me lembrei do prédio da minha tia, que tinha um chão de vidro, e embaixo havia um jardim; adorava brincar naquela parte quando era criança só porque me dava a impressão de que ia cair. Ali onde estávamos, a impressão era bem mais intensa; parecia mesmo que andávamos no ar.

– Eu amo o mundo mágico! – gritei, fazendo meus amigos rirem.

– Anda, Sol – chamou Nina e, quando me virei para trás, vi que a baixinha se negava a fazer o percurso. – Olha o Dan lá na frente! Acha que tem algum perigo?

– Eu não consigo fazer isso – ela falou, apavorada.

Dan tinha acabado de atravessar a ponte e, do outro lado, começou a incentivar Sol a segui-lo. Mas ela tinha um medo absurdo de altura e tudo o que fazia era balançar a cabeça, negando.

Quando todo mundo chegou ao outro lado e Sol continuava paralisada, voltei para tentar lhe dar coragem.

– A gente precisa ir – falei, segurando a sua mão. – Denentri está logo ali, e finalmente vamos conseguir voltar pra casa.

O termo "casa" movimentou algo em minha amiga, e ela me encarou, pensativa. Eu estava conseguindo algum avanço.

– Que tal você criar a ilusão de que a ponte é visível? – dei a ideia.

Sol respirou fundo e começou a dar alguns passos, ainda segurando minha mão. Fiquei imaginando se ela teria criado uma ponte amarela ou não e, quando dei por mim, Sol me soltou e atravessou correndo. Fui atrás, achando graça da cena.

– Eu nunca mais quero voltar ao mundo mágico! – ela falou com a respiração ofegante, e eu ri.

Nós continuamos o caminho. Marco ia à frente e nos indicava para onde seguir a partir das ondas sonoras que podia ver. Agradeci muito a habilidade do meu amigo, pois sem ela jamais conseguiríamos chegar a Denentri. Na realidade, todos os dons foram imprescindíveis para nossa sobrevivência no mundo mágico.

Depois de meia hora de caminhada, conseguimos ouvir os barulhos, e a alegria era inigualável. Com três dias andando muito, comendo e dormindo mal, finalmente descobriríamos um jeito de voltar para o conforto do colégio.

O reino era mais bonito do que a outra vila. Havia mais pessoas, e cada uma se vestia e falava de um jeito, parecendo uma mistura de culturas.

– Denentri reúne gente de todos os reinos – contou Dan. – Acho que eles têm uma língua própria, mas usam as outras também.

– E como você sabe disso? – perguntei.

– Eu li num livro da biblioteca do terceiro ano – ele confessou.

– A gente ainda tem tanta coisa pra aprender, né? – comentei.

– Sim, mas acho que nenhuma aula vai superar o que estamos vivendo ao vivo. – Dan apontou para o cenário ao redor.

Observei o movimento do lugar e fiquei abismada com aquele castelo enorme à nossa frente. Era bem bonito, com uma sacada dourada e, lá em cima, seis bandeiras: azul, preta, amarela, vermelha, verde e branca. Cada uma tinha um brasão diferente, e a branca ficava no meio, um pouco mais alta do que as outras.

– São as cores daquelas mulheres... – Nina apontou para as bandeiras.

Ao redor, havia muito comércio. O que mais me chamou a atenção foi uma padaria com uma vitrine cheia de coisas que pareciam deliciosas. Puxei meus amigos, destinada a colocar algo diferente de corunelis em minha boca.

— Será que vão sacar logo que não somos daqui? — perguntei na dúvida; deveríamos entrar ou não?

— Aqui tem tanta gente diferente, talvez achem que somos só mais uns na multidão — argumentou Marco, completamente rendido pelas comidas.

— Vale a pena arriscar — concordei, rindo do meu amigo que estava a ponto de babar.

Assim que entramos, um homem disse palavras em uma língua que não consegui reconhecer e fez um gesto com a mão na altura da cabeça.

— O que será que ele disse? — perguntei.

— Não sei, mas tá com uma cara simpática — respondeu Nina, e sorriu de volta enquanto acenava.

— Moço, faz três dias que a gente só come corunelis, por favor, nos dê alguma coisa diferente — implorou Sol, e o homem fez uma cara confusa.

— Amerina? — ele perguntou, e nós balançamos a cabeça quando entendemos o nome do reino.

Assim que concordamos, ele chamou uma mulher, que também nos recebeu com muita simpatia e fez o mesmo gesto com uma das mãos — compreendi que aquilo era uma forma de cumprimentar.

— Posso ajudar? — ela disse em português.

— Olha, nós não temos dinheiro pra comprar nada... — comecei.

— O que é dinheiro? — ela perguntou, e nós nos entreolhamos.

— Aquilo que se utiliza pra comprar as coisas — explicou Dan.

— Como assim comprar?

— A gente te entrega uma nota de papel e você nos dá um produto, não? — Dan apontou para os alimentos.

– Por que eu ia querer um papel? Vós podeis pegar o que quiserdes sem papel nenhum – ela falou como se aquilo fosse óbvio. – Três dias apenas com corunelis deve ter sido horrível!

Eu não saberia dizer quem estava mais espantado: se ela, pela informação da dieta dos últimos três dias, ou a gente, por descobrir que tiraríamos a barriga da miséria de graça.

– O que desejais? – Ela sorriu.

Não foi preciso perguntar duas vezes. Cada um de nós apontou para o que mais o apetecia e ela nos entregou. As comidas não se pareciam com o que estávamos acostumados e nem nos ocorreu que poderia ser perigoso pegar comida assim de estranhos. Tudo o que queríamos era ter um novo sabor em nossas bocas. E que novo sabor!

– Nossa, que delícia! – disse Marco ao partir para o segundo prato.

– Viestes de Amerina para o aniversário da princesa? – a atendente quis saber.

Minha reação automática era perguntar qual princesa, mas depois pensei que isso seria o mesmo que dizer: "somos estranhos!".

– É – concordou Dan antes que alguém nos entregasse.

– Já estivestes outros anos ou é a primeira vez em Denentri?

Essa forma de falar do mundo mágico estava me confundindo muito. Não era costume usarmos "vós", e aquelas conjugações me deixavam aflita, por isso deixei que meus amigos sustentassem o diálogo.

– Primeira vez, e estamos encantados – respondeu Nina.

– Aqui é mesmo muito bonito. Quando vim de Amerina, cinco anos atrás, tive a mesma impressão. Precisais de algum lugar para ficar?

– Mas nós não temos dinheiro – insisti.

– Olha, eu não sei de qual vila em Amerina vós viestes, mas aqui em Denentri, e no resto do mundo glorioso, ninguém tem a mania de dar e receber papel. Se tu precisas de alguma coisa, é só pedir.

– Sério? – Marco se chocou, e ela fez que sim. – Então pode me dar outro desse?

– Claro! – respondeu, sorrindo, e foi pegar o que ele queria.

Dan fez o número três para Marco, zombando de sua gulodice.

– É de graça! – Marco ergueu as mãos.

– O capitalismo ainda não chegou por aqui, mas depois do Marco eles vão repensar isso – cochichou Nina, e eu ri.

– Moça, a senhora saberia me dizer como podemos falar com o rei e a rainha? – perguntou Dan.

– É só ir ao castelo – ela respondeu com o mesmo tom óbvio. – Se necessitas falar com alguém, basta ir até onde a pessoa mora. De onde és tu?

Nos olhamos mais uma vez. Estávamos entregando demais nosso estrangeirismo. Mas, poxa, como imaginar que a família real seria tão acessível assim? Não era isso que os contos de fadas e os filmes sobre a realeza nos contavam!

– Talvez estejam terminando os preparativos da festa de hoje, mas tu podes tentar. E ali, do outro lado, há um hotel recebendo os viajantes dos outros reinos, se vós quiserdes passar a noite lá...

– E onde tem uma farmácia? – perguntei quando senti meu joelho arder e me lembrei de que Dan também estava ferido.

A expressão da mulher me dizia que ela não fazia ideia do que eu estava falando.

– Hospital...? – tentei, mas ela continuava confusa. – Quando alguém se machuca, aonde vocês vão?

– Quem se machucou? – ela quis saber e Dan mostrou a ferida no braço

– Oh, deuses! – ela disse, assustada, e pegou um frasco de dentro do armário atrás de si. – Caíste?

Dan assentiu e ela pingou uma gota do líquido azul estrelar em seus ferimentos. Foi instantâneo: a ferida do Dan se fechou, restando apenas uma cicatriz.

– Não tendes em vossa vila? – Mais uma vez, ela estranhou nossa surpresa, e nós negamos.

Aproveitei o momento e pedi para passar em meu joelho também. Se ela estava distribuindo milagres, eu também queria um.

– Em dois dias, somem todos os vossos machucados! – prometeu.

– Muito obrigado – disse Dan.

– Por nada, até mais! – Ela fez aquele gesto, mas dessa vez com as duas mãos.

Tentamos repetir, mas, pela cara da moça, os nossos não tinham saído muito bons. Tudo bem. Nada podia abalar o entusiasmo do grupo por ver uma boa parte de nossos problemas resolvidos. Estávamos em Denentri, alimentados e curados. Se a onda de sorte se mantivesse, em breve estaríamos em casa outra vez – e eu, em posse dos meus poderes mágicos.

***

Saí da padaria muito satisfeita por Dan ter sido curado e também por ter feito a refeição.

– Já aprendemos que isso é "tchau". – Nina repetiu o que a moça tinha acabado de fazer. – E que isso é "oi". – Ela fez com uma mão.

— Também aprendi que meu português é péssimo e não sei reconhecer quase nenhum tempo verbal quando eles usam "vós". – falou Sol, e eu concordei.

— E que pode pegar o que quiser e sair sem pagar – riu Marco. – Paraíso!

— E também que uma gota daquele remédio pode curar um machucado enorme. Imagina o que aquilo não pode fazer com espinhas! – disse Sol, e todos rimos. – Ficaríamos ricos abrindo uma empresa de cosméticos no nosso mundo.

— Não podemos usar magia pra ganhar dinheiro assim – lembrei uma das regras do mundo meio-mágico, e a loirinha revirou os olhos.

— A gente faz um contrabando pro mundo normal, então – propôs Sol, e eu achei graça. Como se isso não fosse quebrar regras do mesmo jeito.

Andamos em direção ao castelo na intenção de falar com a família real. O saguão principal estava aberto, e qualquer um podia entrar ali para ver a decoração da festa sendo preparada. As mesmas seis cores enfeitavam o salão, e o brasão da bandeira branca era maior e tinha mais destaque. Seis mesas estavam dispostas no lugar, e flores ornamentavam cada uma delas. O piso era de um branco bem reluzente, e havia espelhos em todas as paredes. No alto, uma sacada que era ligada por escadas nos lados direito e esquerdo. Fiquei muito impressionada com a beleza do lugar e mais ainda com o acesso que as pessoas tinham. Não havia proibições, todos podiam entrar e visitar.

Uma mulher, que vestia roupas coloridas, se aproximou e disse palavras em outra língua.

— Somos de Amerina – disse.

— Ah! – Ela abriu um sorriso. – Viestes para a festa?

— Sim – concordei tentando devolver a simpatia.

— Também pra falar com o rei e a rainha — disse Dan.
— Precisamos muito conversar com eles.
— Bem, eles estão recebendo as famílias reais de outros lugares e depois se prepararão para a festa, mas podeis tentar amanhã.
— Moça, é muito urgente! — apelei.
Quis explicar o tamanho da minha urgência, implorar por alguns poucos minutos com o casal real, mas ela logo me cortou:
— Eu sinto muito, infelizmente não há *mesmo* como chamá-los neste momento. Há alguns ajudantes de governo disponíveis, se for algum caso grave...
— Nós voltaremos amanhã, obrigado — disse Dan antes que eu pudesse insistir mais uma vez.
— É o que aconselho. — Ela sorriu de um jeito bondoso.
Não era assim que eu estava planejando chegar a Denentri. Desejava tanto ganhar minha personagem e ir embora que não era capaz de esperar nem mais um minuto — quiçá um dia —, mas Dan achou melhor não contar aos tais "ajudantes de governo" sobre a nossa origem.
Ele estava certo: não sabíamos como os ajudantes reagiriam. Ou o rei e a rainha. Tudo era um grande ponto de interrogação.

CAPÍTULO 16

Seguimos em direção ao hotel que recebia viajantes, como a moça da padaria nos propusera, e fomos recebidos com muita simpatia – pelo visto Denentri era um lugar cheio de pessoas boas.

– Que raiva dessa princesa! Por que tinha que fazer aniversário logo hoje? – esbravejei depois que a dona do lugar nos indicou os quartos.

– Lisa! – Dan chamou a minha atenção. – Se alguém te escuta falando isso, somos expulsos.

Revirei os olhos. Ainda que soubesse que Dan tinha razão, estava impaciente demais para concordar.

– Nós vamos à festa, vamos curtir, *adorar* a princesa – ele falou para me irritar e riu quando fiz cara de tédio – e amanhã voltamos ao castelo.

– O que mais me deixa ansioso é a comida de graça – brincou Marco. – Eu preciso comer bem de novo!

– Mas antes nós vamos comprar roupas! Não aguento mais usar isso – disse Sol, encarando o que vestia. – Também preciso de um banho, com licença.

– Se anima! – Dan me balançou com a mão em meus ombros. – Ficar no quarto irritada não vai fazer o tempo passar mais rápido.

– Tá – concordei sem outra alternativa.

– A gente vai se instalar no quarto aqui da frente. Nos encontramos lá fora daqui a pouco? – Ele segurou meu queixo para que eu fizesse contato visual.

– Vai ser ótimo, uhu! – Fingi empolgação e Dan achou graça.

Marco saiu junto com ele, e não deixei de notar o olhar que trocou com Nina antes de fechar a porta.

– Eu vi isso, tá? – zombei.

– O quê? – Ela se fez de desentendida.

– Agora que a gente tá sozinha, pode contar tudo sobre vocês... – comecei. Se algo era capaz de me animar, com certeza era uma fofoca como aquela.

Nina deu aquele sorriso lindo, que deixava um contraste perfeito entre o branco de seus dentes e sua pele negra escura. Me derreti.

– Só... aconteceu – ela resumiu, e eu me irritei.

De jeito nenhum eu iria querer uma história contada daquele jeito.

– Não! – Balancei o indicador, deixando óbvia a minha indignação.

– Vocês foram dormir, e nós ficamos acordados por horas! O que esperava?

– Mas se beijaram do nada?

– Não, começamos a relembrar algumas coisas da nossa infância, alguns casos engraçados e tal, mas o clima esquentou, sabe... Marco começou a fazer alguns elogios, disse que sempre se sentiu muito próximo e conectado a mim...

– Em outras palavras... sempre esteve apaixonado.

— Não, Lisa, acho que ele quis dizer que sempre tivemos alguma coisa e que isso abriu portas pra outro sentimento.

— Que lindo! — brinquei, e ela empurrou meu braço. — Mas e aí?

— Aí ficou óbvio que nós desejávamos um beijo. E depois... — Nina parou a frase, sugestiva.

— Vocês se beijaram! — completei, alegre. — Você tá feliz?

— Muito!

— Todo mundo já sabia o que rolava entre os dois, a única coisa que tava faltando era vocês admitirem.

— Vou ter que concordar. — Ela levantou os ombros, rendida.

Uma das características que eu mais amava em Nina era sua sensatez: ela sabia reconhecer a verdade nas palavras dos outros e não costumava agir de forma orgulhosa. Sempre tentei aprender com a minha amiga, já que eu era seu oposto.

— Mas agora é sua vez, quero saber sobre sua conversa com Dan...

Repassei o diálogo que tivemos, dando todos os detalhes que Nina pedia. E aquele assunto acabou me levando à minha infância, ainda no Ensino Fundamental. Dan, Marco, Nina e eu sempre fomos inseparáveis e, naquela época, seria muito estranho pensar que alguém ali se apaixonaria por outro do grupo, quiçá três de nós!

***

Assim que Sol saiu do banho, foi a minha vez. O lugar não era luxuoso, a decoração tinha um estilo antigo como a do reino de Amerina, e tudo era de madeira — até a parede. O banheiro era uma mistura de objetos modernos e estilo antigo: havia uma banheira cheia de funções, mas parecia ter vindo do século XVIII; a privada era um vaso redondo; a pia era como um barril onde caía a água; e uma torneira pendurada no teto ficava ao alcance das mãos. Tudo era diferente, e me diverti com aquilo.

 O banho foi o melhor de todos os meus 15 anos. Poder relaxar em uma água quente depois de tudo o que passamos foi sensacional. Tentei fazer meu cérebro se esquecer de qualquer problema, mas, assim que fechei os olhos, deitada na banheira, a imagem de Dan sentindo dor, preso à árvore, veio à minha mente, e me peguei sofrendo por aquele momento de novo. Era tão injusto o que Denna havia feito com ele. Se ela tinha que machucar alguém, que fosse eu.

 Tudo o que Dan tinha feito por mim foi voltando à minha memória e, mais uma vez, me senti irritada por tê-lo feito sofrer. Sempre soube da importância de Dan em minha vida, não só porque eu era a pessoa mais atrapalhada dos três mundos e ele sempre me socorria, mas porque era um porto seguro sentimental. Para qualquer problema que eu tinha, ainda que não pudesse resolver, Dan era meu apoio, do mesmo modo que eu tentava estar sempre ao lado dele.

 E, no momento em que Denna ameaçou matá-lo, pude sentir o buraco que se abriria em meu coração. A nossa amizade era antiga e intensa demais, e sabia que um contava com o outro para tudo.

 Tentei mais uma vez bloquear pensamentos da floresta ou qualquer coisa ruim, mas, não pude evitar: a imagem da minha família tomou conta de mim. Eles deviam estar desesperados com o nosso sumiço. E como eu sentia saudade! Por mais que estivesse acostumada a passar uma semana inteira longe de casa, a distância física e o medo de não conseguir voltar mudavam toda a situação.

Quis levantar da banheira, suplicar aos funcionários do castelo que me deixassem falar com a família real e implorar-lhes que nos mandassem de volta ao colégio, mas sabia que aquilo não aconteceria por causa de um motivo único: era o aniversário da tal princesa, e ninguém do mundo mágico ligava para os nossos problemas. Eu sabia que a menina não tinha culpa de ter nascido naquele dia, mas tive raiva dela mesmo assim.

– Lisa? – Ouvi a voz de Dan do outro lado da porta. – Você tá bem?

– Já tô saindo! – falei, levantando rápido quando meus pensamentos voltaram ao presente. Eu estava ali havia tempo demais.

Abri a porta e ri de Dan, que se virou de costas e tampou os olhos.

– Eu tô vestida – falei entre risadas.

Ele ficou tímido e sorriu mostrando suas covinhas, a luz do quarto dando destaque ao seu tom de pele terroso.

– Pensei que tivesse morrido ali dentro – disse Dan, ainda sem graça.

– Tava tão aérea que perdi a noção do tempo – resumi.

– Hum... – ele comentou, e vi que seu constrangimento estava me deixando embaraçada também.

– Onde tá a Nina? – perguntei na tentativa de desviar nossa atenção.

– Ela já tomou banho no banheiro do meu quarto e do Marco. E agora tá todo mundo te esperando na entrada da pousada.

– Eu fui tão lenta assim?

– Você sempre é – zombou Dan, e fingi indignação.
– Acho melhor a gente ir, a Sol tá ansiosa pra vestir roupas novas.

Quando cheguei à entrada da pousada, Nina fez uma expressão insinuante depois de variar o olhar entre mim e Dan. Mostrei a língua discretamente para ela, que riu em seguida.

Sol estava mesmo impaciente e nos arrastou para a loja, mas eu não achei ruim, pois também queria algo limpo para vestir. O lugar era enorme, havia roupas de todas as culturas, e as seções eram separadas por reinos.

Dan notou que cada reino era representado por uma cor, e todos entendemos o que significavam as bandeiras no castelo. O reino de Áfrila: preto; Amerina: vermelho; Ásina: amarelo; Oceônio: verde; Euroto: azul.

Sol decidiu se vestir conforme a cultura de sua personagem, Anash Ruitec, que vinha do reino de Ásina e tinha um estilo que poderia ser comparado ao indiano do nosso mundo. Para a surpresa de ninguém, ela escolheu um traje amarelo e cismou que todos deveríamos ir combinando com ela.

Marco e Dan se sentiram estranhos no início, e achei graça de como estavam desajeitados. Nina tinha ficado linda em um modelo lilás, e eu peguei um todo colorido. Apesar de jamais ter a coragem de sair tão destacada no meu mundo, curti a ideia de poder usar algo bem distinto da nossa moda e ser alguém diferente por uma noite.

A moça da loja, que era do reino de Ásina e sabia falar um espanhol bem estranho – mas compreensível –, se ofereceu para arrumar nossos cabelos e nos maquiar de acordo com sua cultura. Marco quis saber como as pessoas estariam vestidas naquela noite e se ficaríamos estranhos entre os demais, mas ela nos contou que em Denentri a mistura era total; com toda a certeza, haveria ali todos os tipos de trajes. E ainda disse que era muito provável que a família real estivesse com roupas que mesclassem os estilos de todos os reinos.

Estava muito apaixonada por Denentri, ali parecia ser um ótimo lugar para morar: as pessoas eram alegres, sempre com boa vontade e poucos julgamentos. Uma coisa que tinha me chamado a atenção era a raridade com que utilizavam magia. Em todas as minhas fantasias do mundo mágico, os poderes faziam parte da rotina dos habitantes e, para mim, ninguém passava mais de dez minutos sem usar seu dom.

Depois que estávamos prontos, a moça colocou uma música e tentou nos ensinar a dançar.

– *No pueden hacerlo mal en la fiesta* – ela falou, sorrindo, querendo dizer que nós não poderíamos dançar mal na festa.

No início fiquei bastante constrangida, mas Nina e Sol me obrigaram a repetir aqueles movimentos com as mãos – como gostavam daquilo! – e a rebolar como a moça ensinava. Dan e Marco acharam graça, e ela também resolveu mostrar como homens deveriam fazer. Decidi que tinha valido a pena dançar em público só para ter o prazer de ver Dan tentando aprender; sua timidez e falta de jeito deixavam a cena cômica demais, e tive certeza de que aquilo não sairia da minha mente enquanto eu vivesse.

Quando fomos embora da loja, muito agradecidos pela simpatia da vendedora – que tecnicamente não era vendedora, porque não precisávamos pagar –, percebemos que o centro em frente ao castelo começava a encher de gente, todos ansiosos pela abertura do salão.

Muita comida começava a ser servida, um prato mais convidativo do que o outro. Os olhos de Marco brilhavam.

— Eu juro que nunca mais vou comer corunelis — falou Marco, apreciando o sabor.

— Que ingratidão com a fruta que nos salvou! — Bati no ombro do meu amigo de brincadeira, e ele fez uma expressão como quem diz: "fazer o quê!".

Uma música tocava por todo o lugar, e as pessoas dançavam com muita empolgação. De repente, nosso medo de passar vergonha pareceu infundado. A verdade é que, se *não* estivéssemos tão produzidos, aí chamaríamos atenção.

— Cadê a tal princesa? Quero só ver se ela tá mais bonita do que eu! — brincou Sol, começando a fazer os passos de dança que havíamos aprendido mais cedo. — Vem, Nina!

As duas começaram a pular, a mexer as mãos, a cabeça e a rebolar feito a mulher da loja. Elas estavam perfeitas, combinando com a festa e o cenário.

— Vem! — Nina chamou Marco.

Dan me encarou, me deixando assustada com seu convite não verbal.

— Você odeia dançar em público — lembrei.

— Não aqui. — Ele começou a fazer os passos, todo desajeitado, e eu o segui.

Fiquei sem graça no início, mas depois percebi que ninguém ali se importava se estava dançando bem ou mal, cada um curtia a festa ao seu modo. Dan fazia gestos e caras à minha frente, e eu morria de rir com tudo. Sol era a que dançava melhor, e uma mulher, que usava roupas do reino de Ásina, começou a interagir com ela. Tivemos que interromper a dança quando a música parou e a família real apareceu na sacada do castelo. Sol reclamou, mas depois se animou com a possibilidade de ver a aniversariante.

Uma mulher, que supus ser a rainha, começou a dizer algo incompreensível e, em seguida, o rei contribuiu com algumas palavras. Palmas explodiram de todos os lugares, e nós, mesmo sem entender nada, acompanhamos. De repente, todo mundo abriu espaço e um corredor se formou no meio do povo. Os portões do castelo foram abertos e as famílias reais dos outros reinos saíram, cumprimentando toda a população. As roupas indicavam de onde eram – não só pelo estilo, mas pelas cores de cada reino.

No final da fila, estava o casal real que havia aparecido na sacada e, como a moça da loja de roupas havia previsto, os trajes eram uma mistura de estilos. A rainha tinha os cabelos cacheados, que caíam até os ombros, aparentava ser nova e sorria o tempo todo; o rei tinha uma barba que cobria o rosto e também não parecia ter muita idade. Ambos eram como eu, negros da pele clara.

De mãos dadas com o rei e a rainha, uma garotinha de vestido colorido sorria para as pessoas. Ela era bem bochechuda, tinha o tom de pele dos pais e o cabelo todo aneladinho.

– Eu não acredito que aquela é a princesa! – se derreteu Nina. – Que fofura!

– Nossa, eu imaginei uma princesa mais velha, que estivesse fazendo 15 ou então 18 anos! – se surpreendeu Sol. – Vem gente de todo o mundo mágico, e fazem esse alvoroço todo pra comemorar o aniversário de 2 ou, sei lá... 3 anos dessa menina?

Comecei a rir enquanto me certificava de que ninguém ao redor tinha escutado. Mas a verdade é que Sol tinha razão: a festa era grande e mobilizava gente demais. Será que era assim todo ano?

– Se já não tivessem comida de graça em dias normais, eu diria que a galera só vinha por isso – zombou Marco.

Estávamos em cima de uns degraus e por isso conseguíamos observar os reis passando. A menininha balançava a mãozinha para todo mundo, e eu também estava derretida por ela.

Mas foi quando a rainha notou alguém na multidão que tudo mudou. Ela, imediatamente, mandou que todos parassem e pediu licença para as pessoas, que abriram espaço.

– O que é isso, gente? – quis saber Sol.

Ela veio em nossa direção. Olhei para trás para ver por quem a rainha procurava, mas estávamos perto de uma parede e não havia ninguém atrás da gente.

– Alisa? – perguntou a rainha, e percebi que seus olhos estavam fixos em mim.

PARTE III

CAPÍTULO 17

A situação ficou ainda mais confusa. Não só pela rainha, que atravessou a multidão em minha direção e havia dito o meu nome: ao redor, o povo também repetia "Alisa" por toda parte e, quando dei por mim, todos se ajoelharam, me reverenciando. Fui tomada pelo susto, eu não conseguia entender o que estava acontecendo ali, e a única coisa que passava pela minha cabeça era: *como ela sabe meu nome?*

Ouvi uma mulher mandando meus amigos se ajoelharem também; as únicas pessoas – daquela multidão inteira – a permanecerem em pé eram eles, o rei, a princesinha e a rainha, que continuava à minha frente, esperando uma resposta. Até as famílias reais dos outros reinos estavam abaixadas.

– O que tá acontecendo? – Foi o que consegui dizer.

A rainha deu mais um passo, seus olhos cheios de água. Ela esticou sua mão e levei alguns segundos para compreender que esperava que eu fizesse o mesmo. Quando estiquei em resposta, ela virou meu braço e tocou uma pinta que eu tinha perto do cotovelo. Fiquei ainda mais confusa por seus olhos despejarem mais lágrimas e por receber um abraço dela, que estava muito comovida.

Minha expressão de incompreensão fez com que ela me convidasse para ir até o castelo, com o que eu concordei, avisando que os quatro estavam comigo. Ela gritou algumas frases para a multidão, que explodiu em gritos e, mais uma vez, fiquei sem entender nada.

Num piscar de olhos, fomos transportados para uma sala grande: havia janelas enormes, do teto ao chão, e cortinas rosadas as cobriam; dois sofás do mesmo tom; um tapete com uma forma irregular; uma mesa ao lado com algumas comidas e bebidas; e – o que mais me chamou atenção – uma parede com livros flutuantes, ou uma estante invisível.

A rainha começou a falar palavras em outra língua para o rei, que também fora parar naquela sala junto com a princesinha.

– O que tá acontecendo? – repeti minha pergunta para Dan enquanto o casal real conversava.

– Eu não faço ideia. – Ele estava tão confuso quanto eu. – Só entendi que conseguiu acabar com a festa da princesa pra falar com o rei e a rainha, sei lá como. Não era isso que você queria?

Ele riu e eu bati no ombro do meu amigo de brincadeira.

Assim que a rainha terminou sua fala, o rei veio em minha direção e me abraçou. Olhei meus amigos, que também tinham expressões confusas.

– Desejas alguma coisa? – ele perguntou assim que se afastou.

– Entender o que tá acontecendo.

– Preferes o toruguês? – Os olhos dele se iluminaram e um sorriso se estendeu pelo seu rosto.

Ao lado dele, a rainha acompanhou a expressão orgulhosa.

— Ela é mesmo semelhante a Andora! — ela comentou, e o rei tocou o ombro da esposa, compartilhando sua alegria.

— Semelhante a Andora? — Tirei o livro da minha bolsa, já sem as páginas, mas ainda com a capa.

— O livro! — Ela sorriu, entusiasmada.

— Eu só vim parar aqui por causa dele — respondi.

— E de onde vens? Onde estiveste todo esse tempo? — perguntou a rainha, e eu olhei para os meus amigos.

Estávamos acostumados a responder "Amerina", mas eu sabia que ali, com as únicas pessoas que poderiam nos ajudar, deveria ser franca.

— De outro mundo — respondi e a rainha se assustou. — Nós caímos na história quando abrimos o livro de Andora e, por isso, estamos aqui. Precisamos de um jeito para voltar.

— Um momento: como tu foste parar nesse outro mundo? — ela quis saber.

— Como assim? Eu nasci lá — respondi em tom óbvio.

— Não, Alisa. — A rainha negou com a cabeça e se aproximou de mim. — Tu nasceste aqui.

Aquilo era uma brincadeira. Com certeza.

— Olha, eu sei que Alisa pode não ser um nome muito comum, mas você só pode estar me confundindo com alguém.

— Jamais — ela falou com um tom seguro. — Eu te reconheci no meio da multidão, e tua pinta no braço direito não deixa dúvidas.

Virei meu braço para encarar aquele pequeno círculo preto.

— Nunca seria capaz de me esquecer de cada detalhe do teu rosto. — Ela deu um passo e tocou minha bochecha, seus olhos deixando mais lágrimas escaparem. – Eu senti tanto a tua falta, minha filha...

A rainha se inclinou para me abraçar outra vez e suas palavras fizeram meu coração palpitar.

– Filha?! – quase gritei, me separando da rainha. – Eu não sou sua filha. Você tá me confundindo.

A rainha suspirou. Com o rosto triste, movimentou as mãos ao redor da sala. Tudo ficou escuro e, com um estalo de dedos, um vídeo começou a passar como em um cinema.

– Vou te mostrar – ela anunciou.

Encarei as imagens que surgiam. Na cena, ela, alguns anos mais nova, tinha a barriga enorme e estava muito contente, abraçando o rei e uma menina que parecia ter uns 15 anos.

– Essa sou eu, grávida de ti, esse é o rei, e essa é a tua irmã. O dia do teu nascimento foi uma festividade em Denentri, todos esperavam a descendente de Andora. Como hoje, toda a família real compareceu e desejou-te felicidade...

Meus olhos se arregalaram quando vi uma pulseira com meu nome que, no vídeo, a rainha colocava em mim. Lembrei de uma semelhante que tive durante a infância e que depois se transformou no colar que andava sempre comigo. Minha mãe me disse que tinha sido presente da vovó, e, aos 6 anos, quando me mudei para o Ruit, vovó trocou a corrente para que coubesse no meu pescoço.

– E essa foi a primeira vez que disseste uma palavra em tranto, a língua oficial de Denentri. – A rainha apontou para a cena deixando escapar um ar orgulhoso, e eu observei aquele bebê falar algo que não podia compreender. – "Mamãe", em toruguês.

Meu olhar variava entre a rainha e a tela, esperando encontrar um ar zombeteiro que denunciasse a brincadeira ou qualquer dessemelhança entre mim e o bebê. Mas era o mesmo rostinho que figurava nos álbuns da minha família, até a pinta estava lá! E a rainha tinha uma expressão compenetrada demais para estar zombando de mim. Ou ela era uma excelente atriz.

— Teus primeiros passinhos... — ela disse, a voz falhando no final, enquanto a tela mostrava o bebê, a rainha e a menina comemorando. — Teu primeiro aniversário, uma festa maravilhosa, foi o último dia que tua irmã e tu passaram ao meu lado, às vésperas de receberes teus poderes e iniciares tua vida gloriosa. Tu tinhas 2 anos e 3 meses. Nunca descobrimos quem levou minhas filhas, mas sei que foi um plano muito bem arquitetado, pois magia nenhuma foi capaz de descobrir. Nem mesmo os guardas que espalhamos por todo o reino glorioso conseguiram encontrar as minhas princesas.

Eu parecia fora do meu próprio corpo. Como se estivesse vendo aquela cena em terceira pessoa; não era comigo, não era sobre mim. Não *poderia* ser.

A rainha movimentou o braço outra vez e fez com que a luz voltasse ao normal.

— Tu foste arrancada de mim junto com tua irmã treze anos atrás, e nunca mais tivemos notícia.

— Como te levaram para outro mundo, minha filha? — quis saber o rei, e seu tom era suplicante. — Onde está tua irmã?

Em minha vida, eu tive que lidar com uma mudança radical aos 6 anos. Não foi nada fácil ser enviada ao Sul sozinha, e me lembro de cada momento de medo e insegurança. Mas ouvir duas pessoas me dizerem que tudo era uma mentira e que, na verdade, eu pertencia ao mundo mágico fez com que me sentisse milhões de vezes mais perdida. Era muito ter que aceitar que meus pais não eram meus pais, que meus irmãos não eram meus irmãos, que a família que eu sempre amei mentiu para mim por todos esses anos e que não era a minha família de verdade. Encarei os reis, reconhecendo os rostos daquelas memórias que tinham passado como um filme. Aquilo era real? Eu havia passado meus primeiros anos os chamando de *pai* e de *mãe*?

— Não sei. — Foi o que consegui dizer.

Dan se aproximou, limpou as lágrimas que escorriam pelo meu rosto e pegou minha mão.

— Olha, querida, eu sei que é muito para que absorvas e te darei o tempo que necessitares — disse a rainha, compadecendo-se do meu estado de choque.

O rei se aproximou, parecendo calcular cada movimento.

— Deve ser bem difícil olhar para dois estranhos e acreditar que são teus pais.

Concordei de imediato, ainda sem conseguir dizer algo melhor, por mais que todos na sala parecessem esperar isso de mim.

— Meu nome é Honócio, sou o rei de Denentri e esta é Âmbrida, minha esposa e a rainha. — Ele sorriu e fez aquele gesto de cumprimentar. — Não somos mais estranhos.

— Eu sou Alisa — consegui dizer e mal pude reconhecer minha voz.

— Blenda. — A princesinha se posicionou à minha frente, segurou o vestido com a mão esquerda e se curvou.

Ela era linda e adorável e sua ação gentil quebrou tudo em mim, fazendo-me esquecer toda a tempestade que tinha acabado de me atingir. Agachei para ficar do seu tamanho e sorri para Blenda.

— E quantos anos você tá fazendo? — perguntei.

— Hoje não é o meu aniversário — ela respondeu.

— Não? — estranhei. — E pra quem é essa festa enorme?
— Para ti.
— Não, meu aniversário é só daqui a três meses... — Parei quando me lembrei de que não tinha mais certeza de nada em minha vida.
— Hoje tu completas 16 anos — confirmou a rainha.
— Nós fazíamos uma festa a cada ano na esperança de que aparecesses, assim como ocorreu com Andora — o rei contou.

E, mais uma vez, a personagem do livro era mencionada. O que eu tinha a ver com ela?

— Você é a descendente Guilever mais semelhante a Andora de todos os tempos — explicou o Rei Honócio, fazendo-me perceber que meu último pensamento tinha saído em voz alta.

— Bom, deixa-me explicar tudo — propôs a Rainha Âmbrida ao encarar meu rosto, e agradeci mentalmente. Nunca estive mais confusa em toda a minha vida. — Aqui no mundo glorioso cada um tem o livro que conta a própria história.

A rainha apontou para a estante, e cinco livros voaram até sua mão.

— Este é o meu, o do rei, o de Blenda, e este é o da Rainha Andora, um livro que ficou perdido no mundo glorioso por muito tempo, mas felizmente conseguimos recuperar.

— Então ela foi uma rainha? — perguntei, impressionada.

Como as folhas do livro que estava com a gente tinham sido queimadas, ficamos sem saber o final, mas eu não estava esperando algo tão grandioso assim.

— Sim, e a tua história é como a dela — disse o rei.

— Muitos anos atrás — começou Âmbrida —, quando havia guerras e discórdia no mundo glorioso e Andora ainda era um bebê, ela foi raptada por alguns inimigos no dia em que receberia seus poderes. Seus pais não conseguiram encontrá-la porque foi escondida em uma pequena vila do reino de Amerina e levaram o livro de sua vida para que não soubessem o que havia acontecido com ela. Mas Andora começou a questionar sua família adotiva sobre o motivo de ela ser a única a não ter um dom especial. E, sem receber respostas, uniu-se a quatro amigos para seguir em direção a Denentri para saber dos reis o porquê de não ter poderes mágicos.

Meus amigos me encararam, impressionados com a sucessão de coincidências.

– E quando chegou... – O rei sorriu. – Ela se deparou com uma festa de aniversário e descobriu que era sua.

– Não pode ser – falei, chocada.

– Esse livro que mostraste conta apenas a aventura da princesa para chegar até Denentri. – A rainha apontou para o livro queimado na minha mão – Tu o ganhaste de presente, e era teu livro predileto. Sempre estavas agarrada a ele, mas sumiu do castelo no mesmo dia em que tu desapareceste.

Âmbrida abriu o final do livro de Andora, a história oficial de sua vida, e leu a parte que previa uma descendente semelhante algumas décadas mais tarde.

– Ela foi a rainha mais poderosa de todos os tempos, governou o mundo glorioso muito bem, conseguiu estabelecer a paz e, desde então, vivemos em perfeita harmonia. Quando nasceste, um homem muito respeitado em Denentri disse que tu eras a tal descendente de Andora e que, mesmo não sendo a primogênita, tu deverias ser a futura rainha.

– E como a minha irm... digo... como a filha mais velha de vocês lidou com isso?

– O que queres dizer? Não há o que discutir, todos sempre concordamos com o que é melhor para o mundo glorioso. Andora fez tão bem ao nosso povo que todos a idolatram. Tu, Alisa, trouxeste a esperança de um governo tão bom quanto aquele e vieste com um poder à altura do de Andora.

Engoli em seco. O que estavam esperando de mim?

– Faltou um livro para te mostrar – disse a rainha, sem perceber meu nervosismo. – O teu.

Observei o livro fino e rasgado que ela me entregou. *Aquele* era o meu livro? Nem no mundo mágico eu tinha direito a um completo?

– Só tem a história da tua vida até o último dia que passaste conosco. Ninguém nunca soube explicar o que aconteceu, tentaram me fazer acreditar que havias morrido porque teu livro se rasgou e tua história parou de ser escrita, mas algo me dizia que tu ainda vivias, apesar das evidências. – Ela sorriu, parecendo contente por ter acertado. – Ao longo da vida, escolhemos um título para o livro. Eu ainda não escolhi o meu, pois ainda acho que viverei muito para decidir agora. Mas isso é uma decisão tua: podes escolher quando tiveres vontade.

Observei melhor o livro danificado e uma ideia me ocorreu. Abri minha bolsa, peguei aquele que ganhara na Celebração do Ruit para ver se eram peças que se encaixavam, mas, antes que pudesse testar, algo chamou minha atenção:

– Olha! Meu livro agora tá escrito! E com imagens! – Mostrei a todos. O livro contava tudo o que tinha acontecido com a gente desde o momento em que fomos parar na floresta. – Ele ficou o tempo todo na minha bolsa, não tinha notado que a nossa aventura estava sendo escrita aqui.

– Lisa, você consegue entender que tudo o que passamos foi pra ir atrás da sua personagem e, no final das contas, descobrimos que você é uma? – Nina me olhou, deslumbrada.

— Você tem o livro da sua história! Assim como a Kianna Guidiar, a Anash Ruitec, o Yuki Hay e o Guio Pocler, você é um ser do mundo mágico!

Nina balançou meus ombros como se tentasse fazer a verdade cair em mim.

— Eu sou uma personagem...? — repeti, ainda com dificuldade de acreditar que estava mesmo vivendo tudo aquilo.

— O que queres dizer com personagem? — perguntou a rainha.

— Bem, nós nascemos no mundo meio-mágico — começou Nina. — E quem é de lá sabe, desde pequeno, que tem ligações com esse mundo aqui. E, então, estudamos em escolas que nos ensinam a lidar com os poderes que vamos receber ao chegar nessa fase da vida.

— Então tem magia no mundo comum? — Ela ficou curiosa.

— Bom, vocês chamam aqui de mundo glorioso e lá de mundo comum, mas acontece que lá tem mais dois mundos. Nós convivemos no mesmo país, mas em regiões diferentes. — continuou Nina, mas percebi que Âmbrida ficou confusa.

— É como se fosse assim: dentro do mesmo lugar, algumas vilas têm habitantes ligados ao mundo glorioso, como vocês chamam, e em algumas vilas as pessoas vivem sem nenhum poder mágico — tentei.

— Que é o caso da família da Lisa — completou Nina. — Ela nasceu sem saber que era... Quero dizer, ela viveu até os 6 anos achando que pertencia ao Norte e que era uma normal. Quando completou 6, nosso colégio contou pra Lisa sobre a sua ligação com a magia, então ela foi estudar com a gente e, há algumas semanas, os alunos descobriram seus respectivos personagens do mundo mágico.

Nina tirou o livro da Kianna Guidiar e mostrou aos dois.

— Tão vendo? Eu tenho a habilidade que ela tinha quando vivia aqui no mundo glorioso. Essa é a nossa ligação com vocês. E, pelo que estão contando, a Lisa não é ligada a ninguém, ela própria é uma personagem e, daqui a muitos anos, alguém do mundo meio-mágico talvez receba suas habilidades.

Nina comentou, maravilhada, e achei tudo bizarro demais quando colocado assim. Eu seria a personagem de alguém no futuro? Uau!

— Não sabia que havia dons no mundo comum, isso é fantástico! — A rainha se empolgou. — E vieste para o nosso mundo com teus amigos para descobrir o porquê de não ter recebido uma personagem?

— Bem, nós decidimos procurar histórias que se parecessem com a minha na biblioteca do colégio — comecei. — Dan encontrou o livro de Andora e, quando abrimos, caímos dentro da história, como se houvesse uma magia no livro.

— Eu não sei como isso foi acontecer... — Ela pareceu refletir. — Ninguém daqui sabe como criar portais para o mundo comum, nem mesmo Honócio ou eu. — Meu queixo caiu e encarei meus amigos de imediato.

— Você tá dizendo que não sabe como fazer com que a gente volte pra casa?! — Sol quase gritou, e a rainha balançou a cabeça.

— Perdoa-me.

— Estamos presos aqui! — minha amiga se desesperou.

— Precisamos descobrir como foi feito esse portal e refazê-lo — a rainha tentou contornar. — Se alguém te mandou para lá, Alisa, há como fazer com que teus amigos voltem.

Algo em sua frase não tinha caído bem. Será que Âmbrida pensava que eu não fosse querer voltar?

— Eu também — falei, e ela me olhou, chocada.

— O que dizes? — Sua cabeça tombou para o lado.

— Olha... — Engoli antes de continuar. Como eu iria dizer aquelas palavras sem machucá-los? Eles estavam me procurando havia anos! — Foi muito impactante saber de tudo o que aconteceu, e imagino a dor que sentiram ao perder duas filhas e tal... Também sei de toda essa coisa de semelhança com Andora e que esperam de mim a mesma atitude que ela teve, mas... eu não sou como ela. De verdade, pra mim não dá, não consigo governar nem o meu quarto direito, quiçá um reino inteiro.

— Eu estarei aqui para ensinar-te, Alisa, tu não podes decepcionar todo o reino. És uma princesa, uma Guilever. — Pude ver o sofrimento nos olhos de Âmbrida em imaginar a possibilidade de eu ir embora de novo.

— Não vamos pensar nisso agora — o rei interveio, tocando o braço dela. — Alisa acabou de descobrir muitas coisas sobre sua vida. Dê um tempo a nossa princesa.

Âmbrida respirou fundo, parecendo se lembrar de que era uma rainha, e recuperou a postura altiva.

— Vamos focar agora em recriar o portal e traçar novos planos para encontrar Denna, já que a ideia de ela ter sido capturada junto com Alisa foi rechaçada, certo? — O rei fez que sim com a cabeça, como se incentivasse a rainha a concordar com ele.

— Você disse Denna? — perguntei.

— Tua irmã mais velha — respondeu Âmbrida, e pisquei algumas vezes, sem conseguir dizer nada. Não podia acreditar que aquela mulher que tentava me matar tinha o mesmo sangue que eu.

Dan pegou meu livro quando viu que eu não seria capaz de contar.

– Essa é a Denna? – Ele mostrou a ilustração do momento em que ela nos prendera às árvores.

Âmbrida gritou alguma frase em tranto que, em tradução livre da minha cabeça, ficou: "Ai, meu Deus!", e Dan contou tudo de forma detalhada.

Com as novas informações que havia recebido sobre a minha vida, concluí que Denna era a responsável por eu ter ido para o meu mundo. Quero dizer, não o *meu* mundo de verdade. Mas era tudo tão óbvio: ela havia ficado furiosa com o fato de ter caído na linha sucessória e perdido o futuro posto de rainha, por isso me mandou para bem longe, antes que eu pudesse receber meus poderes.

– Essas meninas aqui são as princesas que também desapareceram dos castelos dos outros reinos. – Honócio apontou para as moças com roupas coloridas que ajudaram Denna. – A que sumiu mais recentemente é esta aqui, do reino de Amerina.

– Alguma delas seria rainha? – perguntou Dan.

– Não, todas eram filhas mais novas.

– Então é isso! Denna se juntou às princesas mais novas para dar um golpe – concluiu Dan, e eu vi que ele pensava como eu.

– O que é um golpe? – indagou Honócio. Ao que tudo indicava, Andora tinha mesmo estabelecido a paz no mundo mágico.

– Quando forçam algum governante a sair do poder.

– O quê?! – Âmbrida se ofendeu. – Minha filha jamais faria isso! Ela é uma pessoa boa como todos do mundo glorioso. Depois de Andora, nunca mais houve qualquer tipo de problema.

– A Denna tentou *matar* a Lisa – contou Sol. – Machucou o Dan e amarrou todos nós às árvores, e ainda disse que não "deveria ter poupado a Lisa treze anos atrás".

Os lábios da rainha começaram a tremer, ela parecia segurar lágrimas de vergonha da própria filha.

— Desculpa, eu sei que é bem cruel, mas só consigo pensar que Denna tem armado esse golpe há muitos anos e parte dele foi me despachar para o mundo normal — falei.

— Esse tempo todo, passamos procurando por vós e pelos responsáveis de vossos desaparecimentos e, no fim das contas, uma filha fizera a outra sumir — disse o rei, e depois fez uma expressão de desgosto que me deu pena.

A rainha permaneceu sem pronunciar uma palavra, apenas esticou as mãos, pedindo meu livro emprestado para analisar a cena que envolvia Denna. Seus olhos vagaram pelas páginas; ela não gostava nada do que lia.

Depois de alguns minutos, Âmbrida pareceu recolher suas emoções, enxugou o rosto e soltou o ar antes de dizer:

— Honócio, manda nossa guarda olhar se Denna e as outras princesas ainda estão congeladas nesse lugar, é próximo à vila de Sanira. Se forem encontradas, hão de ser presas — ela falava, rígida, e o rei não tardou em repassar as ordens.

A rainha encarou todos na sala e contornou um dos sofás para se sentar. Quando a pessoa com quem o Rei Honócio tinha falado saiu da sala, ela pareceu deixar a rainha descansar para ser apenas Âmbrida, a mãe decepcionada.

— Como posso ter gerado a descendente semelhante a Andora no mesmo útero de onde veio a princesa capaz de trazer o mal de volta ao mundo glorioso?

Dei uns passos em sua direção e me sentei ao seu lado.

— Isso não é culpa sua. — Toquei sua mão na intenção de reconfortá-la e Âmbrida sorriu com a atitude.

— O fracasso de um filho é sempre o fracasso dos pais.

— Não pode ser verdade — discordei, mas ela parecia irredutível.

E, em um segundo, a folga parecia ter acabado. A Âmbrida-rainha voltou e seu semblante se tornou outro. Pelo visto, reis não tinham tanto tempo para sentimentos mundanos.

– Pois bem, levar-vos-ei aos vossos quartos. – Ela se ergueu, e eu fiquei perdida.

No início, minha desorientação era por todos ali usarem os verbos conjugados na segunda pessoa, me tratando por "tu" ou "vós", quando plural, mas *mesóclise...* sério?! Quem fala "levar-vos-ei" e tem a mínima esperança de ser compreendido sem que o outro precise de uns segundos para refletir?

Felizmente, eu não dormi na aula quando a senhora Rosa explicou essa colocação do pronome e me lembrava de que deveria ser utilizada no futuro. Era tão mais fácil dizer: "vou levar vocês" – nós não precisaríamos nem de um segundo para processar a informação.

– Avisa ao povo que podem continuar a festividade, enquanto acomodo Alisa e seus amigos no castelo – a rainha deu ordens a uma das moças que parecia trabalhar ali.

– Sim, Majestade.

– Ah, diga também que amanhã faremos uma cerimônia com a princesa – a rainha acrescentou e a mulher saiu depois de fazer uma mesura.

Cerimônia? O que isso significava? Senti meu estômago embrulhar só de me imaginar de frente para um público enorme.

– Pequena Blenda, o que achas de mostrar o quarto de tua irmã? – Âmbrida se voltou a para a pequena, que se empolgou. – Achas que ela aprovará?

Blenda balançou o rosto, fazendo seus cachinhos se moverem, e tive vontade de apertá-la.

– E esta noite ela pode dançar para mim? – a pequena pediu à rainha com uma expressão bem sapeca. Me lembrei de Beatrizinha e senti saudades.

– Se ela quiser...

– Dançar? – questionei.

– É, dançamos para as crianças antes de dormirem – explicou Âmbrida. – Não fazem isso no outro mundo?

– Lá a gente conta histórias.

– Vejas que curioso! – a rainha disse a Blenda. – Quem sabe hoje tua irmã não te fazes dormir com uma história?

– Eu adoraria! – ela sorriu, concordando.

CAPÍTULO 18

— Como desejas acomodar teus amigos, minha princesa? Temos vários quartos disponíveis na ala de hóspedes.

A rainha se dirigiu a mim quando estávamos em um corredor do castelo. Havia luzes e flores espalhadas por todos os lugares, o que deixava o ambiente bem bonito.

— Podemos fazer como sempre? — Sol correu para falar. — Posso ficar com a Nina e a Lisa?

Eu sabia o motivo daquilo: Sol morria de medo de dormir sozinha e sua angústia se multiplicava aqui no mundo mágico, um lugar tão desconhecido.

— E Dan e eu ficamos em um outro, não precisamos de um pra cada, né? — indagou Marco enquanto encarava Dan para confirmar.

— Ótimo, então as meninas ficam aqui no corredor da família real, no quarto de Alisa, e eu levo os dois até um dos quartos de hóspedes.

Suspirei de alívio. Por mais que não sentisse medo como a Sol, tudo o que eu menos queria era ficar longe das minhas amigas, que precisavam me ajudar a processar o que estava acontecendo na minha vida.

Seguimos até o final do corredor, onde frases de antigos reis e rainhas Guilever estavam gravadas em vários idiomas, mas compreendi apenas algumas delas. Era bonito e pomposo, como se imagina que um castelo de contos de fadas seja. Quem sabe aquilo não era um indício de que eu estava sonhando?

– Este é o teu quarto, Alisa.

Ela abriu uma porta dupla, e me assustei com o tamanho do lugar. Uma cama – que eu diria ser de trio, não de casal – com dossel tal como pede um bom clichê de princesas; um enorme guarda-roupa branco; um tapete no centro, também em um formato irregular bem legal; um berço vermelho e alguns brinquedos infantis no outro canto; uma penteadeira, que também era um clássico; e vários pequenos detalhes, como flores, desenhos e frases na parede.

– Renovávamos a decoração à medida que os anos iam passando, mas não pude tirar o berço e os brinquedos, pois eram as recordações que tinha de ti – disse Âmbrida com a voz falhando um pouco.

Me aproximei do berço e fiquei brava por não conseguir me lembrar de qualquer momento ali.

– Tu ficavas calma com a cor vermelha, por isso a maior parte da decoração é dessa cor. Também te agradava observar as formigas no jardim, e foi ideia de teu pai colocar estes desenhos na parede. – A rainha encarou Honócio, que sorriu para ela.

– Minha cor e meu bicho preferidos até hoje... – comentei.

– Gostaste de teu quarto? – quis saber Blenda, ansiosa pela resposta.

– Eu amei – falei, ainda surpreendida com tudo e, pelo canto do olho, vi a rainha sorrir.

– Também, né, com um quarto desses, quem poderia não gostar! – Sol gesticulou a mão pelo ambiente.

– Vem conhecer o meu! – disse a garotinha.

– Acalma-te, princesinha. – Honócio tocou seus cachinhos de brincadeira. – Deixa tua irmã se acomodar.

– Perdoa-me. – Ela se recolheu.

Eu mal conseguia acreditar na educação de Blenda: ela era tão novinha, mas dominava o português bem melhor do que eu e tinha modos que jamais seria capaz de aprender.

– Ali fica teu quarto de banho. – Âmbrida apontou para uma porta. – E teu armário está cheio de roupas, fica à vontade para escolheres o que te agrada e, caso nada seja do teu gosto, podes pedir novas peças às costureiras ou ir ao centro do reino escolher novas para ti.

– Muito obrigada. – Sorri para ela.

– Não há de quê – ela respondeu, carinhosa.

Âmbrida me olhava como se eu fosse uma aparição irreal prestes a sumir. Ela estava pronta para atender a qualquer pedido meu, mesmo que fosse um elefante cor-de-rosa de asas azuis – se bem que talvez esse não fosse um pedido tão complicado assim, considerando onde estávamos.

– Vou pedir que coloquem duas camas a mais para tuas amigas. – Ela saiu do transe em que se encontrava, parecendo se lembrar de que havia mais gente conosco.

– O quê? Com uma cama desse tamanho? – apontou Nina. – Cabem seis de nós ali.

– Tens certeza? – Honócio achou graça de Nina.

– Tá ótimo desse jeito – confirmei. – Podem ficar tranquilos.

– Está certo, vou encaminhar vossos amigos. Podeis apreciar um banho, vestir roupas mais confortáveis e fazer o que quiserdes. Estarei aguardando no salão de refeições para ser servido o jantar – ela disse para nós três. – Princesa Alisa, faça-te à vontade, este é o teu quarto, teu castelo, tua casa, não hesita em pedir qualquer coisa. Chamarei uma das cuidadoras para ficar à tua disposição.

– Não precisa – falei, apressada. Tudo o que eu menos queria era me sentir mais princesa com empregadas me servindo.

– Querida, penso que é o melhor, tu ainda não conheces o castelo – ela respondeu com tanto carinho que parecia que eu estava prestes a ferir seu coração se continuasse negando.

– Tudo bem – recuei.

– Encontro-vos no jantar. – Ela sorriu outra vez.

– Certo.

Dan me lançou uma piscadinha e Blenda me deu um beijo no rosto. Quando todos saíram e eu fechei a porta, ficando apenas com Nina e Sol, encarei minhas amigas na expectativa de me dizerem que tudo era um sonho e, em um piscar de olhos, voltaríamos para a nossa vida normal no Ruit.

– Caramba, Lisa! – disse Nina, olhando ao redor. – Você é muito rica, muito poderosa! E pensar que horas atrás você só queria saber quem era a sua personagem...

– Por favor, fala que isso é mentira! – supliquei.

– O quê?! Eu daria *tudo* pra ser uma princesa! – exclamou Sol.

– Não acredito que meus pais mentiram pra mim todo esse tempo! Meus tios, meus avós... toda a minha família sabia! Fui enganada por treze anos! Como conseguiam olhar pra mim, me chamar de "filha" e não contar a verdade? O que eles queriam? Que eu morresse sem saber que não era filha deles?

– Lisa, primeira coisa: não fique pensando o pior. Com certeza eles têm uma explicação pra você – Nina se sentou ao meu lado na cama e tocou o meu cabelo.

– Não tem como explicar isso, Nina, eles sempre me fizeram acreditar que eram meus verdadeiros pais!

– E segundo – ela continuou, me ignorando –, você é filha, sobrinha e neta deles, sim! Ser adotada não te faz menos parte da família; eles também são seus pais verdadeiros.

– Também acho que você deveria esperar até conversar com eles antes de crucificar assim – aconselhou Sol, usando um tom sério que raramente usava. Ela se sentou no chão e se apoiou em meu joelho para me oferecer algum conforto.

– Às vezes, por não saberem de sua origem, acharam melhor não te contar, já que poderia ficar com aquilo na cabeça – supôs Nina. – Também podem ter ficado com medo de você se ver de um jeito diferente em relação aos seus irmãos.

– Mas eu merecia a verdade...

– O que eu quero te mostrar é: não há justificativa pra terem escondido isso de você, mas pode haver uma explicação. Não se esqueça de que, tendo mentido ou não, eles te criaram e te deram amor e carinho quando você foi arrancada dos seus pais, do seu mundo e não tinha mais ninguém.

Detestei um pouco a maturidade de Nina. Eu só queria ter raiva dos meus pais e falar coisas das quais me arrependeria no dia seguinte.

– Eu sei que é muita informação pra lidar. De repente, sua perspectiva de vida mudou, e você tá zangada, mas tenta pensar que a gente tá aqui agora e, até encontrarmos um jeito de reabrir o portal, nós vamos ficar no castelo. Esquece seus pais normais e tenta aproveitar os mágicos, vocês têm tanto pra contar, pra conversar, pra conhecer...

– E também tem a sua irmãzinha, que é a coisa mais fofa do mundo! – comentou Sol, tentando arrancar um sorriso de mim.

— Sim! Tem toda uma vida de princesa que você não viveu e que, sério, deve ser sensacional! – se animou Nina.

— Imagina se aquele tanto de gente se curvasse pra mim... – Sol balançou os cabelos de brincadeira, voltando a ser minha amiga boba de sempre. – Eu ia me sentir!

— E Deus não dá asa à cobra, mesmo! Se a Sol fosse princesa, ninguém ia aguentar ficar a um raio de vinte quilômetros – zombou Nina.

— Não quero ser princesa de nada, gente – reclamei. – Tudo o que eu queria era chegar aqui, ganhar uma personagem e adeus, mundo mágico!

— Ai, para de ser tão chata! – A loirinha bateu de leve em minha perna, levantou-se e foi até o armário. – Olha isso!

Ela abriu a porta do armário, revelando uma quantidade absurda de roupas.

— Por que você não consegue ver o lado bom das coisas? Esquece o mundo meio-mágico, esquece o mundo normal e aproveita a glória do glorioso! – Ela riu com o jogo de palavras.

— É até estranho dizer isso, mas a Sol tem razão, Lisa – concordou Nina, recebendo um murmúrio de reprovação da outra. – Vamos brincar de ser princesa agora, não era o que a gente adorava fazer quando éramos crianças? Vamos lá, Andora Guilever...

Nina me sacudiu e Sol me encarou, esperando que eu cedesse. Dei de ombros e abri um sorriso fraco... É, eu poderia me esforçar.

— Sabe uma coisa que ainda não entendi direito? – se aproximou Sol, com uma expressão hesitante. – Qual é a da Lisa com essa tal Andora?

— Pelo que falaram, eu sou igual a ela em vários aspectos, até na parte de ser criada em outro lugar e não saber da origem real. – Revirei os olhos.

– É como se a Andora fosse a sua personagem? – perguntou Sol.

– Não, Sol, a Lisa é do mundo mágico, ela é uma personagem – respondeu Nina. – Acho que é como se ela fosse uma segunda Andora, porque, pelo que a rainha explicou, no livro da vida da Andora tem uma previsão sobre uma princesa que nasceria semelhante a ela algumas décadas depois.

– E é por isso que decidiram que eu deveria ser a rainha mesmo não sendo a filha primogênita – falei.

– Daí a Denna ficou com raiva e mandou a Lisa pro nosso mundo – completou Nina.

– Ah, entendi... – disse Sol. – Posso ver o seu livro?

– Claro! – Fui em busca da minha bolsa e dei a ela as duas partes da história da minha vida.

– O começo conta sobre seus primeiros dois anos aqui no castelo... – ela disse, admirada, lendo algumas partes. – E, depois, pula pro momento em que chegamos à floresta.

– Parece que a minha história só é escrita quando tô no mundo mágico. Deve ser por isso que ganhei o livro em branco na celebração do Ruit.

– Será que a Denna rasgou o seu livro? Ou será que ele se rasgou sozinho quando você foi pro mundo normal? – questionou Nina, e eu fiquei sem saber o que responder, mas, se tivesse que apostar em uma hipótese, seria na primeira.

– Olha a gente! – Sol apontou para uma ilustração em que nós éramos representados na clareira. – Não é que eu fiquei bem nessa cena?

– Você tava era morrendo de medo, isso, sim! – zombou Nina, quebrando o convencimento dela.

– Todo mundo tava! – retrucou a loirinha. – E ainda precisamos descobrir sobre esse animal! Será que ele te obedeceu porque sabia que você era princesa?

— É verdade, a gente precisa perguntar isso aos reis — comentei.

Era interessante folhear o livro e ver as coisas por um ponto de vista externo. Minhas memórias se misturavam às ilustrações e à narrativa, dando um outro tom ao que tinha vivido. Enquanto analisávamos algumas partes, um sino soou no quarto, e eu fiquei sem compreender o que aquilo significava.

— Princesa Alisa? — Ouvi alguém falar do outro lado da porta.

— Pode entrar! — respondi. Uma moça, que aparentava não ter muito mais do que 20 anos, aproximou-se e me reverenciou. Ela tinha a pele clara e os cabelos lisos e castanhos presos em um coque.

— Sou Clarina, vossa cuidadora. — Ela fez o gesto de cumprimentar com as mãos.

— Muito prazer — repeti, movendo minhas mãos também, e ela sorriu.

— Vós desejais algo?

— Sim — falei rápido, e ela me olhou, esperando meu desejo. — Que não me trate por "vós".

A expressão dela foi de puro estranhamento. Eu quase podia ouvir: "o que essa menina tá falando?".

— Vamos fechar com "tu", pode ser? — tentei.

Eu sabia que "vós" servia tanto para chamar mais de uma pessoa quanto para um tratamento mais formal a alguém. Quando a rainha e o rei utilizavam, eu via que era no plural, mas, assim que Clarina começou a falar, percebi que ficaria incomodada com toda essa formalidade. Eles não utilizavam "você", nem "vocês", o que seria muito melhor, então preferia ser tratada por "tu". Eu me sentiria menos princesa — e, naquele momento, era tudo o que eu queria.

– Também não precisa me reverenciar – pedi quando ela estava prestes a se curvar.

– Perdoa-me – disse Clarina, desconcertada.

– Não, por favor, não precisa se desculpar! – falei me sentindo culpada por tê-la deixado sem graça. – É que não sou muito de formalidades, pode ficar de boa, não precisa dessas coisas todas.

Ela me olhou, assustada, e vi que o que eu pedia era muito difícil: ela devia ter sido treinada para tratar a realeza assim.

– Ela é chata – disse Nina, colocando a mão ao lado da boca, como se quisesse evitar que eu a ouvisse, deixando o recado apenas para Clarina.

Dei um cutucão em minha amiga antes de me virar para a moça:

– Você vai se acostumar.

– A Lisa é uma péssima princesa – suspirou Sol, impaciente, e eu a ignorei.

Clarina parecia muito confusa com tudo aquele choque cultural. Só não estava mais perdida do que eu.

– Vossos pais... digo, teus pais estão esperando por ti e por teus amigos no salão de refeições.

– Tudo bem, só preciso escolher uma roupa. O que acha que seria adequado?

Clarina ficou alegre com a minha pergunta: ela parecia animada para me preparar para o jantar.

– Eu também quero algo! – Sol deu um pulinho e Nina concordou. – Se bem que a Lisa é mais baixa que a Nina e mais magra que eu... nenhuma roupa dela vai dar muito certo na gente, Nina...

– Em realidade, o armário tem os mais diversos vestidos, já que ninguém sabia o biotipo exato da princesa – interveio Clarina. – Tenho certeza de que teremos roupas para todas.

Clarina foi até o armário e tirou seis opções para cada uma de nós. Sol e Nina comemoraram dando um toquinho com as mãos, empolgadas para começar a experimentar. Eu não estava no mesmo clima; tudo o que queria era poder usar uma blusa velha e um short – pelo menos, era o que eu usaria em um jantar com a minha família. Deixei minhas amigas fazerem suas escolhas primeiro e apontei para o que me parecia mais confortável antes de entrar no banheiro.

Todo o encanto que os vestidos não conseguiram entregar parecia ter sido reservado ao "quarto de banho". Meus olhos brilharam quando entrei, talvez fosse o banheiro mais maravilhoso que já tinha visto na minha vida. Era tudo branco e dourado, com uma banheira grande e toalhas macias. Aquilo era mesmo para mim? Talvez existisse uma vantagem ou outra em ser princesa...

Clarina cuidou de todos os detalhes para que ficássemos prontas e bem-vestidas. Arrumou nossos cabelos e ajustou as roupas. O espelho na parede não me deixava mentir: estávamos bem bonitas, apesar dos vestidos meio "novela de época".

– Uau, isso tudo é pra um simples jantar casual? – brinquei.

– Se me permite contradizer-te, não é simples, tampouco casual, Vossa Alteza. É o jantar de teu retorno. Há muitos anos o mundo glorioso espera por isso – ela disse enquanto se certificava de que as presilhas que mantinham um lado do meu cabelo preso estavam bem fixadas.

– Ah, Clarina, por falar em retorno... nós estávamos tentando entender uma coisa que aconteceu enquanto vínhamos para cá. – Sol se virou para pegar o livro e mostrá-lo a ela. – Que bicho é esse? Pensamos que ia nos matar, mas, do nada, ele abaixou a cabeça pra Lisa.

– Ah, é Cúrdi, o guardião da floresta. Há muitos anos, o mundo glorioso vivia em guerra e, para dificultar a entrada de invasores, as trilhas eram feitas para confundi-los, levando-os até a clareira, onde Cúrdi os capturava. Apenas quem era de Denentri sabia que a trilha verdadeira ficava atrás do arbusto e que aquela ponte era invisível. Assim, nenhum estrangeiro com más intenções conseguia chegar ao reino.

– E ele sabia quem era a Lisa? – perguntou Sol.

– Ah, sim, claro que sabia! Cúrdi é preparado para reconhecer as famílias reais.

Pensei nas milhões de hipóteses que Dan devia ter criado para aquela situação, mas ele jamais seria capaz de acertar o verdadeiro motivo de tudo o que aconteceu. Afinal, quem sequer poderia supor que eu era uma *princesa*?

CAPÍTULO 19

Quando nós chegamos ao salão de refeições, Blenda dançava ao som de uma música animada, e todas as famílias reais estavam sentadas nos sofás batendo palmas. Ao lado, havia uma mesa com o banquete servido.

Eles se levantaram ao me ver, e me senti exposta com tantos olhares direcionados a mim.

– Desculpem a demora... – Foi tudo o que eu consegui dizer.

– Imagina, minha princesa. – Honócio foi simpático. – Alisa, aqui temos toda a realeza do mundo glorioso.

Âmbrida fez as devidas apresentações e eles me reverenciaram.

– Olá! – Tentei forçar um sorriso. Não queria deixar meu humor estragar tudo.

– Tão linda quanto Andora... – uma mulher negra de vestido preto e adereços coloridos falou, sorrindo. Pelo pouco que tinha aprendido sobre as cores dos reinos, imaginei que ela fosse a rainha de Áfrila.

Os outros concordaram e fizeram seus próprios comentários amáveis, me deixando daquele mesmo jeito de quando um desconhecido fala que te pegou no colo e você não sabe o que responder.

— Vamos cear? — propôs o rei e, lá no fundo, eu senti que ele havia percebido meu desconforto e quis me salvar daquela situação. Obrigada, Honócio.

— Comida boa! — agradeceu Marco, nos fazendo rir.

— Vós passastes dias na floresta sem uma boa alimentação como Andora e seus amigos? — indagou um dos reis, com um olhar de curiosidade e admiração.

— Apenas corunelis — falei, concordando.

— Pois aqui no castelo tereis refeições dignas para que as vossas saúdes sejam preservadas — assegurou Âmbrida e vi Marco comemorar. — E amanhã, princesa Alisa, haverá uma cerimônia no castelo. O evento que deveria ter acontecido um dia depois que sumiste. Finalmente, tu receberás teu dom.

Meu coração pulou de alegria pela primeira vez desde que tinha chegado ao castelo. Eu receberia minha magia! Não era bem como esperava, vinda de uma personagem, mas ainda assim seria minha!

Dan me lançou um sorriso, e desejei passar alguns minutos sozinha com ele; precisava conversar com meu melhor amigo.

— E terás uma mestra para ensinar-te a lidar com teu dom. Não será fácil, Alisa, tu és dona de um poder enorme e por isso será complicado dominá-lo. Em geral, as princesas recebem seus poderes bem novinhas para iniciarem desde cedo o treinamento — explicou a rainha. — Mas sei que serás bem-sucedida.

Assenti com a cabeça, temerosa. Eu já tinha perdido muito tempo de treinamento; precisava dar um jeito de compensar.

Os outros reis conversaram sobre amenidades e depois começaram a discutir a questão das princesas. Descobri que Denna e as outras foram encontradas no mesmo lugar, congeladas. Olhei Nina, surpresa por sua magia ter durado bem mais do que havíamos imaginado.

– Ela confessou tudo – contou Âmbrida, entristecida.
– E os dons de cada uma foram tomados.
– Então foi ela mesma quem me mandou pro outro mundo... – comentei, chocada, e a rainha concordou. – E a Denna disse como criou o portal?
– Ela encontrou as instruções em um livro raro da biblioteca das grandes mestras. Não tinha permissão para entrar lá, mas o fez utilizando toda a força de sua magia. Aqui, no mundo glorioso, quanto maior a idade, maior a sabedoria e menor o poder. Nesta sala, a pessoa mais poderosa é Blenda – Honócio apontou para a pequena, que brincava com seus próprios cachinhos. – Mas também é a menos sábia. Por isso, quando se atinge o meio da vida chega-se a idade ideal para governar: pois há equilíbrio entre o poder e a sabedoria. Denna, na época em que criou o portal no livro de Andora, era a pessoa mais poderosa do nosso mundo por ser a princesa de Denentri e ser apenas uma adolescente. Ao que tudo indica, nós não somos mais capazes de recriar o portal. É possível que só exista duas pessoas para fazê-lo agora: Blenda ou tu.
– Mas a falta de sabedoria e prática dela a impediria de conseguir. A pequena, apesar de muito inteligente, ainda não compreende muitas coisas... – acrescentou Âmbrida. – O mundo glorioso é bem complexo, e ela, apenas uma criança.
– Tu podes ser a única saída – resumiu Honócio. – E, para isso, precisas praticar muito.

Meus amigos, que estavam mais próximos e ouviam a conversa, me encararam, chocados. Levei a mão à cabeça quando cheguei à conclusão que todos deviam ter em mente: estávamos perdidos.

E se eu não conseguisse?

***

Com o fim do jantar, as famílias reais foram em direção aos quartos em que estavam hospedadas, e Blenda me lembrou da historinha que eu havia prometido contar antes de ela dormir.

Meus amigos subiram para os respectivos aposentos, e a rainha e o rei foram comigo até o quarto de Blenda. A menina trocou suas roupas e, de frente para Âmbrida e Honócio, colocou a mão no coração. Eles responderam com o mesmo gesto, me deixando sem entender o que aquele pequeno ritual significava. Precisaria perguntar a alguém mais tarde.

– Qual história contarás? – Ela se virou para mim, e tentei puxar da memória algum clássico infantil.

– "O Patinho Feio" – respondi com o nome do primeiro conto de que me lembrei, e Blenda se ajeitou na cama.

O casal real nos observava em pé, encostados no batente da porta. Eles ficaram abraçados e pareciam estar diante de um filme emocionante. Tentei me abstrair da plateia para me concentrar em Blenda, que tinha os olhinhos atentos.

Comecei a história tropeçando no enredo, mas acabei tomando a liberdade de preencher as lacunas da minha memória. Por um momento, reconheci minha vida na do patinho feio: ambos éramos diferentes daqueles que nos rodeavam e, no fim das contas, descobrimos pertencer a outro lugar.

Abaixei meu tom de voz e enrolei um pouco para terminar a história, o que me fez vencer a força que Blenda fazia para não dormir. Quando sua respiração ficou pesada e ela parecia sonhar, me levantei da cama com cuidado e saí do quarto acompanhada pela rainha e pelo rei.

– Contar histórias também é um jeito muito eficiente de fazer as crianças dormirem – comentou Honócio, como se fizesse uma anotação mental.

– É verdade. Blenda mal conseguiu resistir, embora deteste a hora de dormir – concordou Âmbrida, rindo.

– Minha mãe sempre diz que eu também não gostava de dormir – contei, mas me arrependi logo em seguida.

Pude ver o estrago que minha frase provocou em Âmbrida. Talvez pelo fato de eu chamar outra pessoa de mãe ou por lembrá-la de que perdeu aquela fase da minha vida. Ou pelos dois motivos.

– Desc... é que... – Tentei pensar em um jeito de consertar, mas todos sabíamos que não existia.

Honócio entrou em ação e mudou de assunto, me salvando mais uma vez naquela noite:

– Alisa, sobre o portal e toda a situação, eu queria que soubesses que estamos em busca do livro que Denna utilizou. E tua mestra chegará amanhã ao castelo para iniciar teu treinamento.

– Que bom... – falei quando o constrangimento anterior deu lugar à ansiedade pelos próximos passos. – E onde a Denna tá agora?

– Em uma prisão – respondeu a rainha, tentando não deixar transparecer o sofrimento que aquela situação lhe causava.

– Vocês já foram vê-la? – quis saber.

– Não! – respondeu Âmbrida, e o rei negou com a cabeça. – Eu sempre me peguei imaginando e odiando a pessoa responsável por vossos sumiços, mas nunca sequer passou pela minha cabeça que era a minha Denna... Não estou preparada para olhá-la e saber que, por culpa dela, tu passaste treze anos em outro mundo.

Um silêncio se fez. Seus rostos desapontados me fizeram compadecer da dor que sentiam. Primeiro, duas filhas desaparecidas; depois, a descoberta das maldades da mais velha. Era coisa demais para eles.

E, por mais que tentasse ser empática, eu o fazia de um jeito distante, como se fosse uma conhecida que procurava consolar, não como a própria filha perdida, a própria irmã afetada. Não conseguia olhar para os dois e me fazer acreditar que eram meus *pais*, nem entender como rostos que me foram tão familiares até os 2 anos de idade não representavam nada para mim agora.

Eu não os amava, não sentia que eram a minha base, meu suporte, e era ruim pensar que a recíproca não era verdadeira. Eles sofreram por anos, me amavam e me viam como filha. Como isso podia ser possível?

— Cresceste tanto... — a rainha rompeu o silêncio. — Me dói pensar que perdi muitas coisas importantes de tua vida, que viveste treze anos sem saber que teus pais procuravam por ti, que choraste, que riste, que passaste por dificuldades, e nós não estivemos contigo em nenhum desses momentos.

— Tive excelentes pais, se isso faz você se sentir um pouquinho melhor.

Âmbrida abriu um sorriso fraco.

— E como eles são? — ela quis saber.

De início, achei a pergunta estranha, mas talvez fosse um ótimo começo para que ambos pudessem me conhecer.

– Minha mãe se chama Catarina e meu pai, Rodolfo; eles têm rostos jovens como os de vocês. Ambos são muito amáveis, mas bem rígidos.
– E tens irmãos? – quis saber Honócio.
– Três. Um casal de gêmeos de 10 anos e uma menina de 2.
– Apenas um ano mais nova que Blenda! Um dia precisa trazê-la aqui. Aliás, toda a tua família deve vir passar um tempo conosco. Queremos conhecer quem foi que cuidou da nossa filha durante esses anos, não é, minha rainha? – Honócio se virou para Âmbrida para confirmar, mas seus olhos me diziam que aquela conversa a incomodava, mesmo que tivesse sido ela a começar.

Tentei imaginar Catarina conhecendo Âmbrida. Talvez aquilo não desse tão certo: poderia ficar um clima ruim, diante do que a Rainha Âmbrida estava me mostrando, e considerando o quão ciumenta minha mãe era. Mas, claro, eu não disse nada, pois Honócio estava sendo muito simpático em fazer o convite.

– E em qual mundo tu moras mesmo? – perguntou Âmbrida.

– Até os 6 anos, morei no mundo normal com meus pais e meus irmãos, mas a escola me disse que eu pertencia ao mundo meio-mágico e, então, passei a visitá-los apenas aos finais de semana e nas férias.

– E nunca te contaram que tu não eras filha deles? – ela perguntou, e Honócio a reprovou. – Eu só quero saber como deixaram Alisa acreditando em uma mentira! E por que é que, durante todo esse tempo que estivemos sofrendo aqui, Alisa nem fazia ideia de sua origem real!

– Isso você vai ter que perguntar a eles. Eu também não sei... – respondi, seca.

Eu sabia que ela tinha uma série de ressentimentos entalados na garganta, mas ouvi-la julgando meus pais daquele jeito me trouxe uma sensação ruim. Na minha cabeça, só eu tinha o direito de ter raiva deles.

A rainha respirou fundo algumas vezes, tentando se acalmar.

— Perdoa-me, minha princesa. — Ela tocou a minha mão, e recuei por impulso, deixando-a ainda mais magoada. *Droga.* — Ver que tu falas de outros pais com tanto amor e carinho e nos enxergas como estranhos, quando deveria ser o contrário, faz com que um buraco se abra em meu coração. Nós te demos a vida, mas tu não nos olhas assim; nós estivemos contigo durante teus primeiros anos, mas tu não te lembras disso; nós somos teus pais, mas em tua cabeça somos apenas reis de Denentri. É difícil aceitar isso.

— Eu consigo te entender, Âmbrida. — Tentei soar compreensiva, porém a dor em seu rosto quando a chamei pelo nome fez eu me arrepender da escolha de palavras. — Mas nada disso é culpa dos meus pais. Fui levada pra lá e podia ter sido criada por pessoas ruins, ou ter ido parar em um lugar horrível. Tive a sorte de ser encontrada pelos dois e ter recebido muito amor. Sei que é um amor que eu também receberia aqui, só que a gente não pode mudar os fatos: foi isso que aconteceu e, apesar de estar chateada por não saber que era adotada, eu fico feliz por pensar que foram eles que decidiram ficar comigo.

Respirei fundo, tentando trazer meu lado mais doce e devolvendo a mão que havia recuado momentos antes.

— Mas sei que isso também não é responsabilidade de vocês dois, e estou de coração aberto pra gente tentar recuperar o tempo perdido, se conhecer, pra vocês entenderem a minha cultura e eu a de vocês... – Interrompi quando os olhos da rainha se encheram de lágrimas. – Eu só preciso que você aceite o meu passado, senão a gente nunca vai conseguir encarar o presente.

Âmbrida consentiu com um sorriso fraco.

– E tenho certeza de que vou arrumar um jeito de me dividir entre três mundos – prometi, tentando passar alguma confiança, mesmo que estivesse aflita e sem saber como cumpriria aquela promessa.

Me aproximei dos dois, oferecendo um abraço que eles prontamente retribuíram.

– E mais uma coisa... – falei, ainda no abraço. – Eu tenho um treco só de pensar que vocês e todo mundo esperam que eu seja a rainha do reino mais poderoso do mundo mágico.

– Tu tens o quê?

Ri da expressão desentendida de Âmbrida.

– O que quero dizer é que eu fico nervosa, me sinto pressionada por depositarem tanta esperança em mim.

– Tu não serás rainha agora, minha Alisa – disse Honócio. – Ainda há muito tempo pela frente.

– Eu sei, e é por isso que não queria que agissem como se fosse uma certeza eu assumir o trono daqui a uns anos. Acabei de ser apresentada ao mundo mágico e a essa coisa de princesa. Só de pensar na ideia de governar tudo isso um dia, eu passo mal... – brinquei, e eles acharam graça.

– Tudo bem, tu não precisas decidir nada neste momento... – Âmbrida tocou o meu ombro, e fiquei muito satisfeita por aquela fala ter vindo dela. – Eu sempre soube que governaria Denentri um dia e ainda assim fiquei aflita.

A rainha colocou a mão na boca como se tivesse acabado de me confessar um segredo enorme, e eu sorri.

— Tudo ficará bem — ela disse em tom apaziguador. — E eu tenho certeza de que saberás a hora de tomar a melhor decisão.

— Obrigada.

— Deves estar cansada, minha princesa. — Honócio tocou meu ombro. — Teremos tempo para conversar nos outros dias.

— Tá bem, até amanhã.

— Boa noite, filha.

Ambos colocaram a mão no coração, e eu fiquei sem saber se deveria repetir aquilo ou não. Na dúvida, apenas sorri e dei um tchauzinho antes de seguir em direção ao meu quarto.

CAPÍTULO 20

Abri os olhos sem entender onde estava e os fechei ao me lembrar. Ter sua vida virada de cabeça para baixo não trazia a melhor sensação, e ainda saber que uma cerimônia com todo o mundo mágico me aguardava só deixava as coisas piores. *Vou receber meus poderes* – repeti a mim mesma várias vezes para abafar toda a parte negativa que minha cabeça tentava destacar.

Estranhei o fato de Sol e Nina não estarem ao meu lado e me levantei para encontrá-las. Mas, assim que coloquei a mão na maçaneta da porta, me dei conta de que não vestia algo apropriado: uma camisola que ia até o pé – a única coisa "dormível" do meu armário.

Desejei um short e uma blusa confortáveis, mas tudo o que consegui encontrar de "bom" foi um vestido floral que batia no joelho. Improvisei um cinto para dar um aspecto melhor e saí do quarto, satisfeita com o resultado.

– Dormiste bem, princesa Alisa? – Levei um susto com Clarina, que estava ao lado da porta. – Perdoa-me, não era minha intenção assustar-te. – Ela se preocupou.

– Tudo bem. Que horas são?

— São 11 horas.
— Nossa! — Como é que eu tinha dormido tanto assim?
— Você sabe onde estão os meus amigos?
— Desceram para o salão de refeições, mas já faz algum tempo.
— Obrigada.

Clarina sorriu, fez que ia me reverenciar, mas parou no meio do caminho. Dei uma risadinha e caminhei em direção ao salão, notando que Clarina me seguia.

— Desejas algo? — ela perguntou prontamente quando parei de andar.
— Você vai comigo até o salão?
— Sou tua cuidadora, Alisa: estou onde tu estiveres e faço o que pedires — ela disse com a naturalidade de alguém que dá informações sobre o tempo. Aquilo não podia ser sério.
— Desde quando você tá me esperando do lado de fora do quarto? — perguntei já com medo da resposta.
— Desde as 7 horas — ela respondeu, e fiquei chocada.
— Que isso! Deve ter sido insuportável!

Clarina arregalou os olhos e fez uma expressão ofendida.

— De maneira alguma, princesa, é uma honra servir-te.
— Ainda assim, ficar me esperando sem nada pra fazer é entediante.
— Princesa Alisa, creio que não imaginas a quantidade de pessoas em Denentri que desejam fazer o que eu faço. Poder servir à realeza é o mais alto dos nossos sonhos. Pensa bem, nós ajudamos com o que precisam e somos uma companhia para o dia todo! — ela falou como se fosse a melhor coisa do mundo, os olhos brilhando de orgulho e empolgação. — E me sinto ainda mais honrada por ter sido a escolhida, dentre várias cuidadoras, para servir à descendente semelhante à Andora. Tu conheces a história, certo?

A rainha mais importante que o reino já teve. E tu és como ela. Consegues calcular tua importância?

Inspirei para contra-argumentar, mas ela continuou:

– Além de tudo, estiveste perdida por treze anos... o reino está em festa com teu retorno. E, de todos, eu sou a responsável por ti. As pessoas me cercam para saber como tu falas, do que gostas, o que fazes... Ter contato contigo é um privilégio enorme, princesa. – Ela sorriu, me encarando para se certificar de que eu tinha entendido.

– Muito obrigada, Clarina, você é muito fofa! – falei, me derretendo pelo jeitinho dela. – É só que tudo isso me deixa um pouco aflita. Não fui criada pra ser servida, pra ter uma pessoa fazendo as minhas vontades, sabe?

Clarina balançou a cabeça, mas eu sabia que no fundo ela não entendia.

– Vamos fazer assim: você não precisa acordar às 7 horas; eu te chamo quando precisar, tudo bem?

– Eu não posso fazer isso. Minha função é esperar-te. Tua mãe me selecionou, não posso decepcioná-la – ela falou, negando com a cabeça sutilmente.

Clarina parecia incomodada por me contrariar, mas decidida a fazê-lo quantas vezes fossem necessárias. Suspirei fundo, compreendendo em parte. Não queria que ela ficasse mal com Âmbrida, mas também não queria explicar à rainha a minha vontade: ela parecia empenhada em fazer o que julgava melhor para mim, e ter uma cuidadora na minha cola era algo bom na opinião de todos naquele lugar.

– Tudo bem... – Me deixei ser vencida. – Mas traga um livro, que tal? Ou alguma coisa pra você fazer!

– Certo. – Ela riu. – Tem mais uma coisa, princesa: não posso tutear-te na frente das outras pessoas ou deixar de fazer reverências.

– Não pode o quê? – perguntei, confusa.
– Usar a segunda pessoa do singular contigo. Terei que tratar-te por vós.
– Por que isso?
– É apropriado – ela resumiu, e assenti. – Tu precisas entender que és uma princesa e que serás tratada como tal, não importa aonde fores.

Na verdade, eu conhecia um lugar onde poderia me livrar disso, mas resolvi não comentar.

– Me promete que um dia eu vou me acostumar com isso, por favor... – brinquei, segurando seus ombros, e ela riu depois de se assustar com o toque.

Tentei não me incomodar com Clarina sempre atrás de mim, pronta para fazer qualquer coisa, e segui até o salão de refeições. Quando cheguei, a mesa ainda estava posta com o café, e Dan brincava com Blenda no sofá.

– Bom dia, princesa Alisa. – Ele se curvou para mim com aquela expressão mais debochada, o que devolvi com um olhar irritado.

– Bom dia, princesa Alisa – Blenda repetiu a fala e a ação do Dan, mas não fiquei brava com a pequena.

– Bom dia, princesa Blenda. – Estalei um beijo em sua bochecha, e ela sorriu. – Gostou da historinha de ontem?

– Gostei! – Blenda sorriu ainda mais. – Dormi antes do final, mas teu amigo Dan contou-me.

– Que garoto gentil... – zombei, e Dan me mostrou a língua. – Cadê todo mundo?

– Sol, Nina e Marco foram escolher panos e tirar medidas para as roupas da cerimônia de hoje; as famílias reais dos outros reinos estão no saguão recebendo o povo de Denentri; a rainha e o rei, resolvendo algumas pendências. Eles até te esperaram um pouco, mas você não acordava nunca! – debochou Dan. – A Rainha Âmbrida disse que vai cuidar de você e do evento assim que terminar suas obrigações com o reino.

– E você? – perguntei, indo em direção à mesa do café.

– Não achei nenhum dos programas interessante, então preferi ficar aqui com a princesa mais legal dos três mundos! – Ele fez cócegas em Blenda, que ria sem parar. – Ah, o café tá servido pra você.

Todas as comidas eram bem diferentes, de modo que peguei o que me parecia mais saboroso e voltei para perto de Dan e Blenda.

– Tu vais receber tua magia hoje! – Blenda bateu palmas, dando pulinhos graciosos.

– Aham! – Comemorei com ela. – E você? Já tá treinando?

– Sim, queres ver o que posso fazer?

– Claro!

Blenda se animou e fechou os olhinhos, se concentrando. Depois de algum tempo, seu vestido, que era azul, ficou amarelo.

– Viste?! – Ela levantou as sobrancelhas, e sua expressão era de pura alegria.

– Parabéns! – Dan bateu palmas.

– E a Sol jamais vai poder saber que ela faz isso – brinquei.

– Vejo que estais empenhada em treinar, princesinha Blenda. – Uma mulher alta, asiática e de cabelos longos e lisos entrou na sala. – Olá, princesa Alisa, meu nome é Ayuri, sou a mestra de Blenda.

Ela fez uma reverência e me senti uma palhaça por estar com uma espécie de pão na boca bem na hora.

– Olá – consegui dizer depois de engolir rápido. – Prazer.

– Levarei vossa irmã para a prática diária de magia, se me permitires.

— Sim, claro — respondi achando estranho que ela precisasse da *minha* permissão.
— Até breve, Alisa — disse Blenda, simpática, e dei um beijo em sua bochecha gordinha.
Fiquei com Dan — e Clarina — no salão, enquanto dois funcionários retiravam a mesa do café.
— O que quereis fazer, princesa? — perguntou Dan num tom formal.
— Corta essa, por favor, eu não tô aguentando essa coisa de realeza. — desabafei.
— Sabia! — Dan virou o rosto pra trás, gargalhando. — Apostei dez reais com o Marco que você ia ficar reclamando de tudo. Os dez reais mais fáceis da minha vida...
— Não tô reclamando de tudo! — Bati nele de brincadeira.
— Eu te conheço tão bem, Alisa, não adianta negar.
— Você também tá me chamando de Alisa?
— Viu? Tá reclamando!
— Não é assim! Tô gostando de várias coisas daqui...
— Tipo...
— Dormir em um colchão bom, comer com tanta fartura...
— Fora essas coisas que a gente não teve enquanto estávamos na floresta, né?! Aposto que odeia todo mundo te reverenciando, fazendo o que você quer e te tratando bem.
— Ai, não é justo: Clarina te contou essas coisas! — Voltei meus olhos para a cuidadora, mas ela tentava tanto ser discreta que fazia questão de ficar virada para outro lado e não ouvir nossa conversa.
— Qualquer um adoraria descobrir que é filho dos reis mais poderosos do mundo mágico, sua boba.
— Você ia gostar de saber que seus pais mentiram pra você a vida toda?

— Não, mas eu ia aproveitar muito isso daqui. — Ele apontou para o castelo.

— Eu só quero ir embora... — falei baixinho para que ninguém pudesse me ouvir.

— Você não pode deixar seus pais.

— Não faça eu me sentir pior, Dan. Tudo o que consigo pensar é que meus pais estão lá no outro mundo sem saber onde eu tô, e Âmbrida e Honócio são apenas os reis de Denentri que eu acabei de conhecer... Pode parecer cruel, mas só quero voltar pro Ruit.

Sabia que havia feito uma promessa à rainha e ao rei sobre me dividir entre três mundos, mas não havia como mentir para Dan ou para mim mesma: o que eu queria de verdade era voltar para casa e dar um ponto-final nisso tudo.

— Você só quer isso porque tem a impressão de que as coisas vão voltar a ser como antes — falou Dan. — Mas não vão, Lisa. Eles são seus pais biológicos, e isso não muda. Nunca foi diferente. O lance é que você não sabia.

Dan pegou minha mão e me fitou, seriamente:

— Acho que deveria encarar isso como um presente. Você sempre foi Alisa Guilever, sempre foi a princesa semelhante a Andora, sempre foi a filha dos reis de Denentri, mas não se lembrava de nada disso. *Felizmente* teve a oportunidade de descobrir. Imagina nunca saber sobre a sua origem?!

Por mais que me doesse, precisava reconhecer que Dan tinha razão: não saber sobre meu passado não fazia com que ele deixasse de existir. E fingir que nada tinha acontecido já não era mais uma opção.

— Isso que tá acontecendo é ótimo, Lisa, você tá tendo a chance de se aproximar da sua família biológica! E não quer dizer que vai perder a outra. Tudo bem, eu sei que isso vai parecer papo de tia quando os pais se separam e o grande

argumento é: "agora você vai ter dois quartos!" – ele falou fazendo aspas no ar e eu ri. – Mas você ganhou mais pessoas pra te amar. Isso só pode ser positivo, não?
 – Desde quando você ficou bom em dar conselhos? – zombei, e ele me empurrou de brincadeira.
 – Ah, qual é... – reclamou Dan, consertando os óculos.
 – Não, agora é sério: obrigada – falei encarando a feição cheia de boa vontade do meu melhor amigo.
 Ele piscou, e vi que estava pronto para fazer o que fosse preciso para me deixar menos angustiada com todas as novidades.
 – Tu acordaste! – Âmbrida surgiu com Honócio no salão, os dois sorrindo ao me ver. – Esperamos-te por algum tempo, porém teu pai e eu precisávamos resolver questões do reino.
 – Na próxima vez, tu vens com a gente – disse o rei e, apesar de não me animar muito com a ideia de política, concordei.
 – Teus amigos saíram com algumas costureiras para decidir as roupas da cerimônia de hoje. Tu também deves escolher. Aliás, serás a pessoa que atrairá mais olhares.
 – Eu não sou muito ligada a essas coisas de roupas... – comecei, preguiçosa, mas me dei por convencida quando percebi que tinha destruído a alegria de Âmbrida. – Só se você me ajudar – consertei.
 – Mas é claro, minha Alisa! – Ela ficou animada outra vez.
 – Que tal eu ajudar teu amigo Dan, e tua mãe ir contigo? – se ofereceu Honócio, e nós topamos.
 Âmbrida estava empolgada e me levou até uma sala enorme, cheia de tecidos diferentes. Clarina veio atrás, parecendo ainda mais empolgada com a atividade.
 – Tu podes escolher o que gostares mais. – Ela esticou a mão para aquela infinidade de opções.

– Gostaria de ir de vermelho, a cor de Amerina.

Âmbrida tombou a cabeça, me olhando com curiosidade.

– O meu outro mundo tem quase os mesmos reinos, mas são chamados de continentes. Amerina seria América, que é de onde eu vim, então essa seria uma maneira de homenagear meu continente e também o reino onde Andora viveu... – expliquei, e seus olhos pareceram explodir de orgulho.

– Tu és mesmo uma princesa muito especial, minha filha. – A rainha contornou o meu rosto com a mão e parou no meu queixo. – Tens muita sensibilidade. Não é mesmo, Clarina?

– Com certeza, Majestade – ela concordou de imediato.

– Obrigada... – falei tentando soar séria, mas a verdade é que eu queria rir da situação o tempo todo; do jeito que as duas estavam agindo, qualquer coisa que eu fazia ou falava se transformava em um grande evento.

– Então vamos ao vermelho. – Ela me guiou até a parte em que havia vários tons. – Qual?

Eu não era a Sol, que podia identificar a mínima diferença de um amarelo para o outro, então escolhi logo algum que me agradava, e Clarina fez anotações.

– Queres escolher o modelo? – ela perguntou, e eu refleti por um momento. – Mas também podes deixar para a imaginação das costureiras, que são muito talentosas!

– É uma boa ideia, já que meu senso de moda não é tão confiável assim – brinquei.

– O dom da criatividade é tão belo! Tu vais te surpreender com o que elas fazem.

– Cada um escolhe a profissão de acordo com o dom?

– Sim. As crianças vão para as escolas, têm contato com todas as possibilidades e depois escolhem qual será a contribuição para seu povo.

– Então desde a mestra de Blenda até a moça que cuida da padaria, todos escolhem o que vão fazer?

– Em geral, o povo deseja vir para o castelo. Nós gostamos de manter a tradição: existem famílias que servem à realeza há muitas gerações. Clarina é um exemplo. – Ela apontou para a moça ao lado, que sorriu. – Mas não há profissões melhores ou piores que as outras. Todos são muito felizes com o que fazem.

– É porque vocês ainda não inventaram preço pras coisas... – brinquei, mas ela não entendeu. – E nunca falta nada?

– Há anos que a vida no mundo glorioso caminha na mais perfeita paz. Os dons nascem no povo de forma equilibrada.

– E por que não usam magia o tempo todo? Eu sempre imaginei o mundo mágico assim...

– Porque *nós* devemos dominar a magia, e não *ela* nos dominar. Inteligência é poder. Se tu utilizas tuas habilidades mágicas para cumprir tarefas, eventualmente não saberás mais fazê-las, daí teu dom se torna superior a ti, como se ele pudesse mais do que tu podes. E, aqui em Denentri, quando algo é feito sem a ajuda de magia, dá-se muito mais valor.

Achei interessante o jeito que eles tinham de pensar: o dom era só um suporte para as pessoas, todos sabiam viver sem ele.

– E, além de tudo isso, magia não é tão simples, ela traz muitos perigos e desastres. Antes de Andora, tudo era descontrolado, e, só depois que ela passou a governar, o mundo mágico começou a viver em sintonia.

Eu até gostava de saber que ela tinha sido uma excelente rainha para Denentri e todo o mundo glorioso, mas, a cada vez que ouvia um feito de Andora, ficava ainda mais nervosa. Se eu era semelhante a ela, como diziam, o que esperavam de mim?

CAPÍTULO 21

Não houve muito tempo para que a cerimônia fosse preparada e, ainda assim, tudo estava perfeito. Até os mínimos detalhes, como as flores que ficavam nos cantos do salão e que tinham cores e significados específicos. Havia flores que representavam o poder, a humildade, a sabedoria, a bondade...

Clarina tentou me explicar umas mil vezes o que eu deveria fazer, mas o meu nervosismo impedia que eu tivesse uma boa compreensão. Havia rituais, falas e sinais, mas eu só queria que aquela noite se passasse em um piscar de olhos.

Dan ficara perfeito com a roupa que Honócio havia escolhido. Estava elegante como nunca o tinha visto. Seu cabelo arrumado – um milagre divino – e sua pose bem nobre fizeram com que meus olhos criassem vida própria e, a todo momento, eu me pegava o avaliando.

Nina, Sol e Marco também esbanjavam beleza nas roupas que tinham sido feitas especialmente para eles. Com tanto tempo sem secador, Sol acabou aderindo ao volume natural, e as ondas loiras caíam em suas costas nuas; seu vestido era estilo frente única e – óbvio – amarelo. Nina sempre deixou seus crespos criarem o volume que desejassem, mas, naquele dia, eles estavam especialmente lindos e altos, e seu vestido era branco com traços pretos. Marco estava bem elegante com um suspensório e cabelo penteado para trás, e sorri ao ver suas mãos entrelaçadas às de Nina.

E parecia que o modelo que as costureiras criaram para mim havia saído dos meus sonhos. Tinha pregas, era tomara que caia e dava ao meu corpo reto a impressão de ter algumas curvas.

Clarina e outras cuidadoras fizeram a maquiagem, um estilo diferente ao qual estava acostumada – mais forte e colorida –, e trançaram meu cabelo, deixando alguns fios soltos na frente; eu amava esse estilo bagunçado e arrumado ao mesmo tempo.

Uma coroa foi colocada em minha cabeça e, quando isso aconteceu, meu coração tomou ritmos descompassados.

Eu tinha uma coroa.

Era uma princesa.

E pertencia ao mundo mágico.

– Princesa Alisa. – Clarina tocou meu ombro, me tirando de todo o transe. – A cerimônia é para a vossa família, vossos amigos e vosso povo. Todos têm muita adoração e amor por vós. Não é vossa obrigação conhecer os rituais e a cultura de Denentri, isso o tempo há de ensinar-vos. Por enquanto, tudo o que precisais é de tranquilidade e se, porventura, algo sair errado, se uma taça ou um copo for derrubado por vós, todos hão de achar lindo!

Ela riu, me arrancando uma risada também. Por mais que parecesse exagero, não duvidei de suas palavras.

– O que fizerdes será a nova moda. Se Blenda hoje usar um vestido azul, amanhã todas as crianças estarão de azul. Imaginai como será com a princesa semelhante a Andora!

Aposto que as mocinhas desejarão uma trança como a vossa, um vestido vermelho e, daqui a alguns dias, todos hão de falar: "oi, tudo bem com você?".

Achei graça da imitação de Clarina, que havia mudado o tom de voz e forçado um sotaque que não tinha nada a ver com o meu.

— O que quero dizer é que sois a figura mais requisitada do momento! O povo está apenas curioso, não hão de julgar-vos com maldade, portanto, não vos inquietai.

— Obrigada, Clarina, você nem imagina o efeito de suas palavras.

— Fica fria, amiga. — Nina passou pela porta junto com o resto do grupo e me lançou um olhar tranquilizante. — Não tente ser a princesa perfeita, só seja você mesma que vai dar tudo certo.

— E se alguma coisa der errado também, você é que manda nesse negócio aqui, ninguém vai rir de você — brincou Marco.

— Sabe... tô aqui pensando... nós tivemos que dividir uma celebração pra receber nossa magia, agora a Lisa ganha uma exclusiva pra ela... que folgada! — disse Sol, com um falso tom de indignação, e todos rimos.

Meus olhos se detiveram mais uma vez em Dan, meu cérebro gritando o quanto ele estava charmoso com aquela roupa. Seu sorriso disfarçado com as covinhas à mostra deixava minha cabeça ainda mais atrapalhada. Ele sustentou meu olhar, e eu fiquei sem graça, desviando para as meninas.

— A família real já está no salão — um dos caras que organizavam a festa avisou.

Clarina indicou aos meus amigos que seguissem o homem. Dan se aproximou de mim com um sorriso no canto dos lábios, e tive vontade de rir – típico de situações em que eu ficava nervosa.

– Você vai se sair bem. – Ele piscou para, em seguida, abrir os braços para me receber.

Me senti confiante envolta por Dan e, por um segundo, tive a impressão de que tudo daria certo pelo simples fato de ele estar ali, me apoiando.

– Agora com licença, princesa Alisa. – Ele me reverenciou de brincadeira.

– Eu te odeio – falei, rindo, e Dan saiu da sala.

Assim que os meus amigos saíram, três mulheres surgiram lançando centenas de explicações e instruções. Tudo o que consegui entender foi que eu passaria por aquela porta de madeira, entraria no salão e iria em direção a Âmbrida e Honócio. Decidi que isso estava bom, o resto ia ser improviso.

– A celebração vai ser em tranto? – perguntei a Clarina quando ouvi algumas palavras diferentes.

– Nas duas línguas. Para que vós e todo o povo possam compreender. Se algo vos incomodar, fazei um sinal para mim, estarei no canto direito – ela disparou as palavras enquanto ajeitava meu vestido pela milésima vez.

– Obrigada, Clarina, não sei o que seria de mim sem você. – Me aproximei dela para dar um abraço e notei sua feição assustada. – No meu mundo a gente se abraça com muita frequência.

Ela riu, um pouco envergonhada, mas correspondeu ao carinho.

– Tudo certo, Alteza? – perguntou uma das mulheres.

Puxei o ar e assenti com a cabeça. Quando a porta se abriu, uma banda começou a tocar instrumentos que faziam sons fortes e diferentes. Gostei dos ritmos, mas logo precisei me concentrar na cerimônia, já que todos se ajoelhavam diante de mim. O que Clarina disse que eu deveria fazer mesmo?

Âmbrida e Honócio sorriam muito e me chamaram para se juntar a eles. *Ufa.*

— Estás maravilhosa, minha filha — elogiou Âmbrida, seus olhos cheios de lágrimas.

— Você também — falei, admirando seu cabelo cacheado preso, a coroa linda que ficava em sua cabeça e o vestido de várias cores; ela gostava sempre de representar todos os reinos.

— Finalmente vamos fazer o que deveria ter sido feito treze anos atrás — disse Honócio, alegre.

E, com um sinal do casal real, uma série de rituais começou a acontecer. Todas as luzes se apagaram e um refletor iluminou apenas o brasão de Denentri, as pessoas cantaram em coro o que deduzi ser o hino, e agradeci por ninguém ver que eu não sabia a letra — podia ser um grande passo para a desaprovação do povo.

Então a rainha e o rei fizeram um discurso em tranto, que era traduzido simultaneamente. Eles falaram sobre a alegria de eu ter retornado e que, apesar de ter sido criada em uma cultura diferente, minha atitude e minha personalidade eram como as de Andora. Nesse momento, aplausos explodiram em todo o salão.

Entre as pessoas presentes, havia todos os estilos de roupas, cores de pele, cabelos, características físicas, e senti as expectativas que depositavam em mim. Eu era semelhante à rainha mais amada e poderosa que já haviam tido, minha presença representava segurança e tranquilidade — ainda que tudo andasse bem em Denentri —, e senti a responsabilidade de nunca os desapontar.

Encontrei os olhos dos meus amigos, que estavam na primeira fileira e me senti especial por tê-los comigo. Os quatro eram o verdadeiro significado de amizade para mim, e eu teria uma dívida eterna por tudo o que fizeram e arriscaram em busca da minha origem.

Um homem trouxe uma caixa de vidro e se ajoelhou em frente ao casal real, tirando minha atenção da plateia. Âmbrida a abriu, sorriu e me encarou. Dentro da caixa, uma coroa um pouco maior do que aquela que eu já usava.

– Estás pronta? – ela perguntou.

Por uma fração de segundo, não pude mais sentir as pernas. Encarei aquele objeto na mão da rainha pronto para ser colocado em minha cabeça e busquei em meu cérebro a resposta para sua pergunta.

Eu estava pronta? Pronta para ser coroada? Para receber meus poderes? Para ser princesa de um lugar que tinha acabado de conhecer? Para aceitar que eu não possuía uma personagem e sim que eu *era* uma personagem do mundo mágico?

Muitas coisas haviam acontecido com aquela menininha de 2 anos que estava habituada a viver nesse mundo como integrante da família real. Eu havia me tornado outra pessoa, com outros sonhos e perspectivas de vida, e Denentri significava um bombardeio de novidades que ainda não havia conseguido aceitar. Embora quisesse, não tinha jeito: eu *não* estava pronta.

Respirei fundo e fechei os olhos para assumir o controle das minhas emoções. Assim que o fiz, a cena do dia da celebração do Ruit me veio à mente. Eu poderia ter criado milhões de hipóteses para tentar compreender por que meu nome estava escrito no papel amarelo e por que havia um livro rasgado e em branco dentro da minha caixa, mas jamais passaria pela minha cabeça o motivo real.

Abri os olhos e vi toda a minha covardia refletida na coroa que Âmbrida segurava. Desde o dia da cerimônia, descobrir a verdade sobre mim mesma passou a ser o meu foco, mas, naquele momento, o medo de enfrentá-la me dominava.

Âmbrida e Honócio me encaravam à espera de um sinal para que eu finalmente pudesse ser coroada – como deveria ter acontecido treze anos atrás. Os olhares do povo mostravam a ansiedade e a alegria por aquele momento. Clarina tinha uma feição aflita, e eu poderia jurar que ela havia prendido a respiração. Nina segurava firme a mão de Marco com um olhar ansioso e Sol estava agitada e mordia o próprio dedo.

A única pessoa que parecia estar com outro estado de espírito era Dan; sua expressão calma e concentrada deixava um recado de "eu confio em você" e, assim que nossos olhares se encontraram, meu coração se acalmou.

"Tá tudo bem" – Dan moveu os lábios, e eu sorri. Como ele era capaz de me deixar tranquila em uma situação como aquela? Me lembrei dos conselhos que ele havia me dado mais cedo: Dan estava certo, eu deveria me sentir grata por ter descoberto um fato tão importante sobre a minha vida. Decepcionar o povo de Denentri não era uma opção, assim como não poderia viver fugindo da realidade. Balancei a cabeça, tentando me livrar da Alisa Febrero que tinha sido por treze anos para assumir o papel de Alisa Guilever que todos esperavam.

– Estou pronta – respondi à rainha, na esperança de que aquelas palavras se transformassem em verdade.

Âmbrida e Honócio trocaram a coroa que eu usava pela maior, e foi quando isso aconteceu que algo mudou. Olhei para as minhas mãos e senti que não havia mais limites. De repente, meu cérebro me contava que eu poderia fazer o que quisesse no momento em que desejasse. Quis experimentar a magia que surgiu em meu corpo no mesmo instante, mas talvez não fosse apropriado fazer isso com tanta gente me olhando.

As outras famílias reais se aproximaram, se ajoelharam à minha frente e me entregaram colares com suas respectivas cores. Agradeci a todos, e a música voltou a tocar. Âmbrida e Honócio seguiram para fora do salão, me trazendo à lembrança a instrução de Clarina: assim como tinha acontecido no dia do "meu aniversário", nós iríamos cumprimentar o povo que esperava fora do castelo.

Não foi a melhor coisa que já fiz, afinal sempre odiei público, mas também consegui passar por aquilo sem muitos esforços. As pessoas sorriam para mim, e eu tentava devolver toda a simpatia. Não era capaz de compreender como podiam ter tanta adoração por mim sem nem me conhecerem direito, mas agradeci mentalmente a boa vontade em me acolher.

Clarina tinha razão: eu poderia fazer qualquer coisa errada e, ainda assim, eles teriam rostos alegres para mostrar.

***

De volta ao palácio, Âmbrida deu início à festa, e todos começaram a dançar no meio do salão.

— Tu és agora dona de um poder grandioso, usa-o com sabedoria – aconselhou a rainha.

— E esta festa é tua, minha Alisa, aproveita com teus amigos e sinta-te à vontade – completou o rei.

— Obrigada, gostei muito do que prepararam pra mim. Ainda é difícil me acostumar com o fato de que sou uma princesa, mas a forma com que fui recebida fez eu me sentir bem melhor.

Os dois colocaram a mão no coração e tive um impulso de perguntar o que aquilo significava, mas me segurei – teria que me lembrar de perguntar a Clarina depois.

Os reis pediram licença quando Dan se aproximou, e eu fiquei feliz por ter algum tempo com ele.

– Como você se sente? – ele quis saber.

– Bem... – respondi, ainda checando cada detalhe de sua aparência; eu não ia conseguir parar de olhá-lo naquela noite. – Cheia de magia – acrescentei.

Aqueles instrumentos que eu havia adorado começaram a criar um ritmo lento, e uma voz feminina maravilhosa cantava em tranto. Não eram exatamente piano e violino que a acompanhavam, mas, se tivesse que usar algo do meu mundo para comparar, seriam esses. Apesar de não compreender nada, a canção me arrepiou.

– Quereis dançar, minha princesa cheia de magia? – Ele sorriu, mostrando aquelas covinhas que eu tanto amava.

Se eu não havia nascido para ser princesa, Dan era o oposto. Era uma pena não termos descoberto que *ele* era o garoto perdido do mundo mágico – faria muito mais sentido. Observei sua pose um pouco curvada para mim, seus joelhos levemente flexionados, sua mão esquerda nas costas e a direita com a palma para cima, requisitando a minha. Seus olhos não me contavam que aquilo era uma brincadeira; Dan queria mesmo uma dança. E eu também.

Ao redor, as pessoas estavam curiosas, olhavam para nós dois e, apesar de tentarem ser discretas, todos esperavam minha reação diante do convite. Dan sempre foi introspectivo, e eu poderia ter apostado com qualquer um que ele jamais me convidaria para dançar no meio do salão da cerimônia, mas, ao que tudo indica, a vida seguiria me surpreendendo em vários aspectos.

Ofereci minha mão em resposta e seu sorriso se tornou mais evidente. Não pude deixar de perceber o ritmo que meu coração tomou ao sentir suas mãos em minha cintura. Nossos rostos estavam bem próximos, mas não achei um incômodo em momento algum, muito pelo contrário, estranhamente *gostava* daquilo.

Seus braços firmes iam me conduzindo no ritmo lento da música e nossos olhos não se desconectaram em momento algum. Não houve palavras, mas, por uma música inteira, Dan e eu conversamos por olhares. Nunca imaginei que ele soubesse dançar, seu jeito desajeitado escondeu muito bem essa habilidade. Era impressionante a leveza dos nossos passos.

Quando a cantora terminou, notei que havia me transportado para outro mundo – talvez Dan tivesse acabado de criar um quarto só para nós dois, como se três mundos já não fossem suficientes – e o sangue subiu para o meu rosto quando me dei conta de que os convidados haviam se afastado, nos deixando sozinhos no centro do salão. Eles tinham olhares que misturavam choque e admiração. Desejei sumir, mas, como não podia fazer nada, escondi o rosto no peito de Dan, bastante envergonhada.

– Eles continuam te olhando – provocou Dan. – A diferença é que agora riem.

Dei um tapa leve em seu ombro.

– Quer fugir? – ele ofereceu e lançou um olhar travesso.

Colocando em um balanço geral, eu havia me sentido bem melhor do que esperava em meu primeiro evento real, mas todo aquele foco de atenção por causa da dança me provou que ainda não era tão boa com o público. Sair dali me faria tão bem que não pude resistir.

Quando uma música mais alegre começou a tocar, fui salva por Blenda, que conquistou todo mundo com sua dancinha graciosa e fez com que o espaço fosse novamente ocupado pelos convidados.

Segurei a mão de Dan, grata pela deixa que a pequena tinha proporcionado, e ele me conduziu para fora do salão.

Dan me explicou que, enquanto eu me arrumava para a cerimônia, ele tinha feito um *tour* pelo castelo por conta própria e havia descoberto um lugar tão lindo que estava morrendo de vontade de me mostrar.

Passamos por alguns corredores grandes, até Dan abrir uma porta de vidro com um jardim maravilhoso do outro lado. Havia flores coloridas espalhadas em canteiros que faziam pequenos labirintos e, no meio, uma fonte de água iluminada. O jardim era enorme e parecia ter muito mais atrás das árvores coloridas que ficavam em volta do lugar.

— Meu Deus! — Foi tudo o que consegui dizer e, de soslaio, vi Dan concordar.

— Do que eu já conheci, acho que esse é o meu lugar preferido.

— De acordo.

Ele entrelaçou nossos dedos, me convidou a andar e fechou a porta de vidro, deixando o som da festa se perder atrás de nós. Cada flor, cada detalhe daquele chão e cada iluminação faziam com que tudo parecesse irreal. Eu não me assustaria se a qualquer momento alguém me acordasse de um sonho.

— Primeiro você me convida pra dançar na frente de todo mundo, depois me traz a esse lugar perfeito. O que mais falta pra Sol confessar que me colocou em uma ilusão? — brinquei. — Dan, eu te conheço há muitos anos, você nunca quis fazer nada que envolvesse plateia... o que aconteceu hoje?

— Acho que o mundo mágico transforma a gente. — Ele deu de ombros.

— Às vezes mais do que queremos... – reclamei, e Dan ficou sério.

— Lisa, você precisa conhecer o lado bom de ser princesa. Sinto que tá tensa e pressionada por todos. Você despreza coisas que muitas pessoas amariam! – ele argumentou como se eu fosse muito estranha. – Tipo escolher roupas novas, ser servida, morar em um castelo...

— Não importa o que digam sobre toda a minha semelhança com Andora, eu não nasci pra ser princesa, Dan.

— Aí é que você se engana! Queria que pudesse ter se visto hoje na celebração. Sua pose, seu olhar pro povo, sua humildade... tudo é de muita nobreza.

— Só tá dizendo isso porque é meu melhor amigo. – Apontei o dedo e ele revirou os olhos, ofendido.

— Claro que não.

— Então por que você tá falando isso? Quer que eu fique aqui no mundo mágico pra sempre?

— Não.

— Não consigo me imaginar governando um reino daqui a uns anos, Dan!

— Você também não precisa pensar nisso agora. Eu só queria que parasse com essa sua mania de se rebaixar. Você é incrível, Lisa, e sei que seria uma excelente rainha.

— Obrigada. – Dei um sorriso fraco.

— E aí? O que você consegue fazer?

— Com o meu dom? Não tentei nada ainda...

— Então vamos lá! – Ele se animou. – Parece que a realeza não possui um dom específico, né? O que quer dizer que você pode fazer *tudo* com a magia! Consegue entender isso? É como se tivesse todos os dons juntos!

Dan levou as mãos ao rosto, em um misto de choque e admiração.

— Juro que, se reclamar mais uma vez sobre ser uma princesa, eu não respondo por mim! — Dan fez cócegas na minha barriga com uma expressão brincalhona no rosto, e eu ri tentando me defender. — E agora eu preciso muito ver sua magia em ação!

— Sinto que posso mover montanhas, voar, fazer coisas desaparecerem ou surgirem, mas eu não sei *como*. Minha magia não veio com manual de instruções.

— A de ninguém, sua boba! — Ele bateu no meu ombro de brincadeira. — Eu não faço ideia de como isso funciona pra você, mas deu certo comigo, Nina, Marco e Sol. Vamos tentar.

Olhei-o com desconfiança: aquilo era seguro?

— Vamos, fecha os olhos. Concentra no seu dom, em toda a magia que você recebeu hoje — ele pediu usando um tom sério e concentrado. Decidi seguir as instruções. — Agora, faça a primeira coisa que vier à sua mente.

Sempre tive a imaginação fértil como a de uma criança e nunca consegui me desgrudar das visões infantis. Para mim, magia ainda era questão de brilhos e luzes que pipocavam no ar quando algum feitiço era feito. Assim que Dan terminou de falar, essa foi a primeira coisa que passou em minha cabeça, mas percebi que nem tudo eram flores quando fogos de artifício explodiram tão baixo que quase nos atingiram.

Gritei com o estrondo e Dan me abraçou, nos afastando do perigo.

— Cuidado, Lisa! — Ele deu a gargalhada mais fofa e me contagiou.

— Não tenho controle nenhum disso! — falei, encarando minhas mãos, como se fossem as culpadas de tudo.

— Acho que vou deixar alguém mais experiente te ensinar. Senão, você destrói o castelo e eu vou preso... — ele brincou.

– Tá certo, vamos só relaxar.

Puxei-o para se deitar na grama comigo, ignorando nossos trajes, e seu braço passou por debaixo de mim, nossas peles com diferentes tons de marrom se misturando.

– Será que vou demorar muito pra conseguir nos levar pra casa? – perguntei, olhando para o céu; era uma noite bem agradável.

– Acho melhor você não colocar tanta pressão em si mesma, sabe... pode ser pior. E ambos sabemos que você é péssima em agir sob pressão. – Dan me cutucou, e eu concordei, rindo.

– O que será que vai acontecer? Você entende que nós descobrimos algo grandioso? O terceiro mundo sempre duvidou da existência do mundo mágico e, de repente, eu sou a prova de que ele existe!

– Lisa, mais importante do que provar que o Sul sempre esteve certo é a sua segurança. Se os nortistas têm medo da gente, do mundo *meio*-mágico, imagina quando descobrirem que é daqui. Se nós somos "meio" das trevas, você é das trevas por completo – ele brincou, mas suas palavras tinham um tom sério. – Eu não acho que valha a pena se arriscar tanto assim, você poderia acabar sendo um alvo para o Norte! E se resolvem fechar as fronteiras de vez?

Gelei com a possibilidade. Eu sabia aonde Dan queria chegar. Com as fronteiras fechadas, eu não iria conseguir mais ver a minha família.

– Eu sei que há anos ninguém nota que você viola o contrato, mas já pensou no que o Brasil se transformaria se a sua origem viesse à tona? O contrato deu tão certo pra todo mundo que não há ninguém que queira mudar... Lembra da professora Olívia contando sobre a época em que não havia divisão entre o Norte e o Sul? Isso não faz muito tempo, talvez nossos avós possam nos dar relatos da confusão. Havia gente que *caçava* os bebês meio-mágicos! – ele contou, horrorizado. – E sabe que os nortistas ainda acham que nós temos ligações malignas, afinal você viveu lá por anos! Nós somos muito poderosos juntos, mas me imagine andando numa rua do Norte... se algum normal resolvesse me matar, o que poderia me salvar? Guio Pocler? Não. O contrato trouxe liberdade pra todo mundo, ninguém invade nenhum lado.

– Será que não tem nenhum jeito de mudar a mentalidade do Norte e do Sul? Será que a gente nunca mais vai viver no mesmo espaço?

– Eu não sei, talvez isso funcione por sua causa. A rainha não vive dizendo que você é dona de um poder enorme? Imagina se conseguir instaurar uma paz entre os outros dois mundos... – ele idealizou. – Mas também há chances de dar errado e acontecer o que eu falei: maior intolerância entre as regiões, além do medo que os dois mundos teriam de você.

– Não dá pra prever o que vai acontecer. Apesar de eu desejar muito que exista uma boa convivência entre normais e meio-mágicos, não quero pagar pra ver. Como você disse, pode ser perigoso...

A incógnita sobre o futuro me deixava angustiada, tudo estava incerto demais. O que eu faria quando voltasse? O que diria à escola? Como contaria quem eu era e onde estivera? A única coisa que tinha certeza era de que Dan tinha razão: lidar com pressão não fazia parte das minhas melhores aptidões; precisava me manter calma para aprender a controlar meus poderes.

Um passo de cada vez, Alisa, pensei. E o primeiro era: descobrir como usar meu dom para voltar para casa.

— Tudo vai se encaixar... — Ele afagou minhas bochechas, analisando minhas feições preocupadas. — E eu estarei sempre com você.

Nós continuávamos abraçados e deitados na grama, e ele me olhava com tanta admiração e carinho que senti meu coração palpitar de novo. Desde a nossa dança, um clima diferente tinha se instaurado entre nós. Não cansava de admirá-lo com aquela roupa e, naquele momento, estava começando a enxergá-lo de uma maneira diferente. Pela primeira vez, vi Dan como um garoto e não só como meu amigo *nerd* de sempre.

— Você tá muito bonito — falei mais por impulso.

Sabia que, se parasse um segundo para refletir, não teria dito aquilo, e fiquei grata por tê-lo feito; era a mais pura verdade.

— Você também tá linda.

Dan continuou acariciando a minha bochecha sem tirar os olhos dos meus. O que estava acontecendo na minha barriga? Por que sentia um calafrio?

— Quero dizer... — Ele se embolou com as palavras seguintes, me deixando sem entender nada. — Não é que você não seja bonita no cotidiano, mas é que...

Ele parou. Parecia refletir sobre como faria para sair daquela situação. Comecei a rir quando entendi o que ele tentava consertar.

— Você é tão... — consegui dizer entre as risadas, e ele esperou que eu terminasse a frase.

Dan me encarava de um jeito tão intenso que parecia querer me hipnotizar. Perdi o fio da meada e não sabia mais o que estava prestes a dizer.

Então, desejei algo que jamais pude imaginar querer ao ver seus olhos semicerrados, suas bochechas levemente coradas, os óculos no lugar certo – mas que ainda assim foram corrigidos – e sua boca entreaberta, convidativa demais para que eu pudesse ser capaz de me segurar.

Não entendia o que estava acontecendo. Em um dia, eu sofria com o fato de não conseguir corresponder aos sentimentos do Dan e, no outro, eu o via de uma maneira completamente diferente e desejava *beijá-lo*?

Eu estava fora de mim.

Talvez fosse o rebuliço que aquela noite havia criado, talvez a magia tivesse um efeito colateral bizarro ou aquela coroa tivesse atrapalhado meu cérebro de pensar racionalmente. O fato era que eu não seria capaz de brincar com os sentimentos do meu melhor amigo por causa de uma insensatez.

Assim que encontrei uma alternativa de não fazer nada que pudesse me causar arrependimento depois, minha mente agiu e deu comandos para que saísse dali. Me levantei de repente, dei meia-volta e passei pela porta de vidro, correndo, antes que alguma besteira fosse feita.

– Lisa? – Ele ficou sem entender, mas eu não me virei para explicar.

CAPÍTULO 22

Clarina estava do outro lado do corredor quando corri em direção à porta que me levaria de volta ao salão. Ela colocou suas mãos no rosto, desesperada, e veio ao meu encontro.

– Princesa! – suspirou Clarina, aliviada. – Sumiste da festa!

– Só fui ao jardim tomar um ar, mas já tô voltando. – Tentei sorrir.

– Posso ver! Deitaste na grama? – Ela tirou algumas folhas do meu vestido e ajeitou meu cabelo. – Estás bem?

– Sim – respondi, enquanto olhava para trás para ter certeza de que Dan não me alcançava. – Vou pro salão, não se preocupe comigo.

A expressão em seu rosto não me deixava dúvidas de que ela estranhava cada atitude minha.

– Tá tudo bem – reforcei, mas ela não pareceu acreditar nem por um segundo.

– Teus pais te procuram – disse Clarina, por fim.

– Obrigada, vou encontrá-los. – Forcei um sorriso e abri a porta com pressa. Levei um tempo para me adaptar à luz do salão. Assim que meus olhos permitiram, procurei

Âmbrida e Honócio, que conversavam com uma das famílias reais do outro lado do espaço.

Não escolhi um caminho muito inteligente ao passar pelo centro do salão, pois vários convidados me pararam para elogiar meu vestido, meu penteado, minha "graciosidade", minha "beleza", meus passos de dança "muito bem ritmados" e qualquer outra coisa que pudessem inventar. Consegui sorrir, agradecer e ser simpática com todos, mas minha atenção estava mesmo em Dan, que tinha acabado de entrar pela mesma porta pela qual eu entrara e vinha em minha direção.

— Ah, minha princesa! — exclamou Âmbrida, alegre, assim que consegui chegar até eles. — Finalmente encontrei-te.

— Princesa Alisa! — Um rei com roupas vermelhas abriu um sorriso e me reverenciou.

— Tu já conheces o casal real de Amerina — apontou Âmbrida, e eu assenti.

A verdade era que me lembrava vagamente. Sabia que estavam hospedados no palácio para o "meu aniversário" e ficaram para a celebração, mas não havia feito nenhum esforço para decorar seus rostos, quiçá os nomes — minha cabeça já estava confusa o suficiente.

— Porém ainda não conheces o príncipe e as princesas, que chegaram hoje para a cerimônia... — continuou Âmbrida.

Tentei parecer grata por conhecê-los, mas naquele momento só me importava saber onde Dan estava para poder evitá-lo.

— Sou Sária — disse uma princesa baixa, de cabelos anelados e pele negra clara, como a minha. Ela tinha um sorriso simpático e aparentava ter a minha idade. Sária se curvou e sorriu para mim.

– Prazer, princesa Sária – falei me curvando também, o que a assustou.

Eu estava um pouco cansada de tantas reverências, então resolvi que começaria a devolvê-las. Quem sabe uma hora eles parariam.

– Sou Glina. – Uma menininha pequena, com a mesma cor de pele da outra princesa, cabelo curto e liso, me cumprimentou, e repeti a cena.

– Sou Petros – disse o príncipe de Amerina.

Ele parecia ter no máximo uns 20 anos, era alto, negro da pele escura, tinha o cabelo crespo e curto, olhos cor de mel e uma voz bonita como a de um locutor de rádio.

– Meu irmão mais velho pede desculpas por sua ausência. Ele não pôde vir, pois viu-se obrigado a organizar algumas questões de seu casamento, que será em breve – ele falou e assenti, dando a mínima. – Meu irmão se casará com uma das princesas do reino de Euroto.

– Hmm... – Foi o que consegui comentar, deixando a situação estranha.

Era possível que eles estivessem esperando algum comentário mais interativo do que um simples "Hmm", mas eu não estava preocupada em fazer média.

– Adorei vosso vestido, princesa Alisa – comentou Sária na tentativa quebrar o gelo que se instaurara.

– Alisa escolheu vermelho em homenagem ao reino de Amerina – contou Âmbrida, o tom de voz de uma mãe que queria exibir seu filho. Talvez estivesse tentando fazer com que eu parecesse mais carismática. – Ela adora o reino, assim como Andora.

Bem, eu queria mais homenagear a América do que o reino de Amerina, mas vi que esse era o momento certo para ficar calada e não estragar a tentativa da rainha.

– Vós me dais a honra de uma dança? – pediu Petros, a voz de veludo, e aceitei no momento em que Dan me alcançou.

– Lisa... – ele chamou, mas caminhei com o príncipe em direção ao centro do salão, onde todos dançavam.

– Dan, meu querido, por que não danças com a princesa Sária? Aposto que ela ficaria honrada... – propôs Âmbrida, e senti raiva.

Quando alcançamos um espaço vazio entre os convidados, Petros fez o movimento que eu conhecia como "olá" e uniu nossas mãos. Como havia percebido, a forma de dançar em Denentri era diferente, o que me deixava desconfortável. Se eu já não era a melhor dançarina no meu mundo, imagine ali.

– Desculpa, Petros, mas eu não conheço esses passos.

– Será uma honra ensinar-vos. – Ele sorriu de um jeito charmoso, e não tive como negar.

Observei Dan e Sária tendo problemas com os passos também. A princesa tinha ficado bastante constrangida quando ele colocou a mão em sua cintura, e então os dois riram juntos.

Minha garganta se fechou, e soube reconhecer aquele sentimento em dois segundos: ciúme. Fiquei irritada quando vi que aquilo tinha me incomodado ainda mais do que a tal menina do terceiro ano do Ruit. Quis imediatamente trocar os pares e ter o braço do Dan circulando minha cintura de novo.

– Parece que nossos estilos de dança são mesmo bem distintos – disse Petros, logo depois de encontrar o que tanto detinha a minha atenção.

– Sim – respondi, fria.

– Não estais apreciando, princesa Alisa? – Ele se preocupou, e me senti culpada por fazê-lo pensar aquilo. Não era culpa dele.

– Imagina. – Forcei um sorriso.

Decidi me concentrar no príncipe e nos ensinamentos que me passava. O jeito de dançar envolvia bastantes giros, que deixavam a saia do meu vestido bem rodada, e uma forte união entre as mãos, que não se desgrudavam nem por um momento. Enquanto Petros me rodopiava, sua mão se fechava na minha, mas, quando estávamos um de frente para o outro, nossas palmas se encontravam como se tivesse uma folha de papel no meio. Em nenhum momento havia contato entre nossos corpos, o que me levou a pensar que a atenção que Dan e eu havíamos recebido mais cedo poderia ser pelo nosso estilo de dançar: talvez achassem íntimo demais.

– Sois muito graciosa e bela, princesa Alisa – ele me elogiou, e agradeci com sorrisos.

Talvez fosse de bom-tom elogiá-lo de volta, mas havia deixado qualquer "bom-tom" de lado ao ver a princesa Sária e Dan se divertindo.

Cheguei à conclusão de que a possessividade e o ciúme eram meus piores defeitos. Eu não queria conversar com Dan, mas fiquei irritada quando ele começou a interagir com outra pessoa! Que direito eu tinha de querer estar no lugar de Sária quando, minutos antes, fugia dele?

– Vós o cortejais? – perguntou Petros.

– Ahn?

– Pergunto se tendes algum envolvimento amoroso com o senhor que está dançando com a minha irmã.

– Ah, não! – respondi assim que entendi. – É só um amigo.

– Ah... – Ele pareceu não acreditar. – Vós o olhais com tanta adoração e carinho que eu não diria se tratar apenas de uma relação fraterna.

Encarei Petros, esperando que explicasse seu ponto de vista.

— Perdoai-me se estou sendo invasivo, princesa Alisa — ele disse rapidamente, mal interpretando minha expressão.

— De modo algum, mas o que você quer dizer?

— Ambos têm expressões tão intensas... pude perceber enquanto vós dançáveis. Um não tirava os olhos do outro, e vós parecíeis fazer declarações entre os passos.

A voz de veludo de Petros e seu modo formal de falar deixavam aquela conversa com um ar literário. Ele parecia me contar uma história de amor proibido do século XIX. Seus olhos iam longe, ele devia estar se lembrando da cena, e sua emoção e sua pose me fizeram rir.

— Vós achastes engraçado? — Ele saiu do transe da história e me fitou.

— É só que... é tão poético. Tudo bem que Dan e eu trocamos alguns olhares, mas talvez você tenha criado algumas fantasias.

— Sou apenas um observador atento, princesa Alisa. Escutai o que digo: há algo intenso entre os dois; espero que não deixeis de perceber isso. — Ele me girou pela última vez, e a música acabou. — Obrigado pela dança.

Petros se ajoelhou à minha frente, e eu continuei intrigada com as suas palavras.

— Foi um prazer — respondi.

CAPÍTULO 23

— Aonde você foi quando sumiu do salão? – questionou Nina quando estávamos deitadas em minha cama e Sol tomava banho.

— Fui dar um tempo dessa coisa de ser princesa – expliquei, e ela revirou os olhos. – Tava com o Dan no jardim que fica nos fundos do castelo.

Então seu olhar passou a ser sugestivo, e eu queria cortá-la, dizendo que não havia acontecido nada de mais, mas isso não era uma verdade completa.

— Nina, eu quis beijá-lo – disse de uma vez, antes que acabasse a coragem, e foi só quando falei aquilo que me dei conta da gravidade da situação.

— E aí?! – Ela levantou a cabeça e apoiou o queixo na mão.

— Eu corri de volta pra cerimônia.

— Por quê? – se indignou Nina.

— Porque fiquei assustada! Nunca tinha olhado pro Dan daquele jeito, sabe? Hoje eu o achei tão bonito com aquela roupa que toda hora me pegava o analisando! Aquela dança... aquele braço me segurando firme pela cintura...

– Suspirei. – E depois, no jardim, quando estávamos deitados na grama...
Nina ia sorrindo mais a cada declaração – ela parecia estar vendo seus sonhos se realizarem.
– Meu coração palpitou, fiquei nervosa em vários momentos. E, pra completar, tive ciúme quando ele começou a dançar com a princesa de Amerina.
– Mas você também tava com um príncipe bem gato!
– Eu sei, e durante a minha dança com ele tive que escutar Petros falando que eu olho de uma "maneira diferente" pro Dan, e que nós temos um "envolvimento amoroso"! Nina, Dan sempre foi o meu melhor amigo, e nunca senti nada dessas coisas. Será que a minha cabeça pifou agora?
– Que pifou o quê, garota! Você só achou Dan atraente. Isso é normal. Só não entendo por que não se deixou levar e o beijou.
– E se isso for alguma coisa de momento? E se amanhã eu voltar a ver o Dan apenas como um amigo? Imagina só o quanto eu o magoaria!
– Tudo bem, eu vou te dar razão – ela disse, e agradeci por ser compreendida. – Mas você sabe que isso tudo também pode significar outra coisa...
Quis perguntar o quê, mas não tive coragem. Eu já sabia o que Nina tinha para dizer e ouvi-la concretizar as palavras deixaria tudo ainda mais real. Precisava me segurar, controlar esses sentimentos estranhos e me certificar de que nada atrapalharia minha relação com Dan.

***

Pedi a Clarina que me acordasse cedo no outro dia; eu iria começar a treinar minhas habilidades com uma mestra.

Deixei Sol e Nina na cama e fui até o salão das refeições, onde encontrei Âmbrida, Honócio e Blenda.

Fui recebida com sorrisos, muito carinho e uma enxurrada de perguntas sobre o que eu tinha achado do dia anterior, como me sentia com meus poderes, o que já havia tentado e avisos sobre ter cuidado com o que fazia.

— Tu és mais poderosa do que imaginas, e isso pode ser perigoso — disse Âmbrida, e senti medo. — É por isso que precisas praticar muito.

— Começo daqui a pouco — falei, tentando demonstrar tranquilidade. Se para mim ou para ela, eu não saberia dizer.

— Daqui a pouco não, agora.

Uma senhora branca, baixa e de cabelos brancos e longos surgiu no salão de refeições.

— Querida, essa é a mestra Louína, uma mulher incrível, dona de muitos saberes e a única capaz de te ensinar — apresentou Honócio, sorrindo para ela, que fez uma reverência comedida.

Me lembrei do que tinham me explicado sobre sabedoria *versus* poder e concluí que uma velhinha seria ideal.

Me levantei mesmo sem ter terminado o café; estava ansiosa demais para começar. Juntas seguimos para uma sala isolada e silenciosa — as paredes eram cinza; o chão, branco; e não havia um só objeto além de duas cadeiras no centro. O teto era alto e com desenhos pretos. Louína estava calada e apenas indicou uma das cadeiras com a mão. Obedeci, me sentando, e ela fez o mesmo.

— Esqueça teu objetivo, Alisa — ela falou, de repente, rompendo o silêncio. — Tu não estás aqui para aprender a fazer o tal portal para o outro mundo.

Eu me assustei com seu rosto sério, quase bravo, e sua voz ríspida. Ela agia como se repreendesse uma criança que fizera malcriação.

– Eu fui chamada para ensinar-te a lidar com a tua magia e é isso que farei. Cada um tem um tempo, cada um tem um ritmo, e, se eu sentir que tens pressa para chegar aonde queres, eu desisto de ti, compreendeste?

Fiz que sim, ainda sem coragem de pronunciar qualquer coisa.

– Quando falo contigo, tu deves me responder – ela recriminou. – Compreendeste ou não?

– Sim, senhora.

– Mestra Louína – corrigiu.

– Sim, mestra Louína.

– Agora vais fechar teus olhos, ignorar qualquer pensamento que possa desconcentrar-te. A única coisa em que deves pensar é em teu dom.

Meu coração se acelerava, o medo tomando conta de mim. Minutos antes, ela era a salvação em pessoa, mas agora parecia uma bruxa prestes a me jogar aos leões.

– ALISA! – ela gritou, e eu abri meus olhos, assustada. – Se não aprenderes a seguir minhas instruções, será impossível! Não penses em *nada*, exceto em tua magia!

Será que não existia pedagogia no mundo mágico? Nunca acreditei que gritos e grosserias pudessem ensinar qualquer coisa a alguém. Mesmo estressada – e preferindo mil vezes aprender aquilo com o professor Alceu –, resolvi obedecê-la, afinal, era a única forma de voltar para casa.

Apesar de ter dito que cada um tinha um ritmo, Louína parecia ignorar sua própria frase, exigindo que eu fizesse coisas impossíveis para uma primeira aula. E nenhum avanço parecia suficiente. Consegui mudar a cor das paredes e do chão, mas, quando falhei em tentar fazer minha cadeira flutuar, ela ficou bem irritada. Também fiz algumas frutas aparecerem, mas, quando pediu que eu ficasse invisível e só consegui fazer isso com metade do meu corpo, Louína revirou os olhos, muito impaciente.

– É a primeira vez que faço algo com meus poderes! – Tentei justificar.

– E o que eu tenho a ver com isso?

Ela me olhou com desprezo e mordi a língua para não dar uma resposta malcriada.

– Chega por hoje, cansei – suspirou Louína. – Amanhã quero que consigas fazer o que não fizeste hoje, porque é o mínimo, Alisa. Portanto, treina.

Ela foi em direção à porta, e eu comecei a segui-la. Mas, antes de sairmos, a mestra parou e se virou para mim:

– A aula acabou por hoje, mas ainda tens uma lição. Tu apenas sairás desta sala se conseguires fazer isso por ti mesma.

Olhei-a, sem entender, e ela levantou uma chave.

– Você vai me trancar aqui?! – perguntei, chocada.

– Não, apenas darei a oportunidade de aprenderes a abrir portas.

– Não pode fazer isso! – falei, firme, e seus olhos demonstraram fúria.

– *Eu* sou tua mestra, és *tu* que me obedeces – disse Louína, indignada. – Agora, senta-te na cadeira e levanta apenas quando essa porta se abrir.

E, como se não fosse nada, Louína saiu, me deixando presa.

Estava tão brava com aquela situação que nem consegui tentar nada nos primeiros momentos. Por que Louína precisava ser tão dura comigo? Será que pensava que só assim eu aprenderia?

Coloquei o rosto entre as mãos e encarei a porta. Como eu faria para abri-la? Tentei fazer a tranca rodar, imaginei um buraco se abrindo no meio, fiz um esforço mental para derrubá-la, mas, a cada tentativa, ela permanecia intacta e tão trancada quanto antes. Por quase uma hora alimentei a esperança de que uma saída milagrosa fosse surgir em minha mente. Mas não rolou. Talvez a única maneira fosse bater até alguém escutar do outro lado, mas me detive quando me lembrei de que Louína havia mandado eu me levantar apenas quando a porta estivesse destrancada. Não fazia ideia se ela seria capaz de descobrir se havia seguido suas ordens ou não, mas arriscar não era uma boa opção.

Tentei trabalhar com o que era possível ser feito, ou seja, com o que já havia conseguido. Fazer aparecer as frutas não havia sido tão difícil, e sorri ao me lembrar da chave que Louína tinha exibido antes de me trancar. Me concentrei em fazer aquela chave aparecer na minha mão e fiquei surpresa com a rapidez. Pensei se poderia ou não levantar para abrir a porta, mas, por via das dúvidas, era melhor fazer a chave flutuar até a fechadura – estava mais de acordo com as regras que ela havia me passado e, assim, minha mestra não teria nenhuma desculpa para me xingar.

Quando a porta se abriu, tive vontade de esfregar na cara de Louína que eu havia conseguido – utilizando expressões e verbetes não muito recomendados. No fim das contas, tinha ficado mais de uma hora agonizando naquela sala vazia. Aquele não era o primeiro dia que eu tanto esperara para usar meu dom.

CAPÍTULO 24

— Oh, meu Deus, ela maltratou a princesa Alisa, descendente de Andora?! – zombou Sol enquanto estávamos deitadas no meu quarto.

— Vamos mandá-la ao calabouço! Chamem os guardas! – Nina entrou na brincadeira.

— Queria ver vocês duas presas naquela sala por mais de uma hora.

— Mas você não é tipo "a superpoderosa" do mundo mágico? – Nina fez aspas com os dedos. Mostrei a língua para ela.

— Não adianta nada se eu não sei fazer muita coisa com todo esse "superpoder"... – reclamei.

— Por que não conta pros reis? Afinal isso é i-na-cei-tá-vel. – Sol continuou fazendo graça, e eu respirei fundo.

Âmbrida e Honócio até tinham me perguntado sobre a aula, e usei alguns eufemismos como "minha mestra é bem rígida", "achei um pouco difícil cumprir as primeiras tarefas", pois Honócio já tinha dito antes que ela era a única que poderia me ajudar. Tudo indicava que, se quisesse voltar para casa, teria que obedecer às suas regras.

— Para, Sol, ela tá ficando brava de verdade, olha a carinha dela. — Nina apertou minhas bochechas.

— Não tô entendendo! Tava ruim ser mimada por todo mundo, e agora tá ruim também? Se decide!

— Eu vou ignorar vocês duas — falei.

— Bora dar uma volta pelo jardim pra você se animar um pouco e esquecer essa aula chata, vem. — Nina se levantou da cama e tentou me puxar.

— Isso! — concordou Sol, empolgada.

— Não, eu tô de boa, acho que vou ficar aqui treinando, mas podem ir.

— Ela ficou brava — Sol cochichou para Nina como se fosse um segredo, mas alto o bastante para eu ouvir.

— Que saco! — Joguei um travesseiro nela e começamos a rir.

— Qualquer coisa, grita. — Nina deu um sorrisinho antes de saírem.

Quando fecharam a porta, inspirei profundamente tentando conseguir o máximo de concentração possível. Primeiro, tentei fazer alguns dos meus brinquedos infantis flutuarem do berço para mim e consegui muito mais rápido do que esperava, o que atribuí à tranquilidade e à falta de pressão.

No entanto, ficar invisível custou muito mais tempo, pois parecia impossível fazer isso acontecer com mais da metade do meu corpo! Não foi fácil nem rápido, mas, ainda assim, consegui, e foi nesse momento que Dan bateu à porta. Meu coração gelou: queria evitá-lo o máximo que eu conseguisse. Não tinha trocado nenhuma palavra com ele depois do nosso lance no jardim e não me sentia preparada para explicar o que tinha acontecido — ainda mais quando nem eu mesma sabia. Meus sentidos não haviam voltado ao normal, e meu coração ainda palpitava quando se tratava de Dan.

Permaneci quieta e pude ouvir Clarina confirmando que eu estava ali dentro. Dan, então, abriu a porta.

– Não tá, não, Clarina – ele disse.

– Como assim? A princesa Alisa não saiu daqui em momento algum! – Ela se assustou.

Eles foram até o banheiro conferir, e Clarina ficou ainda mais assustada. Me senti culpada por vê-la se preocupando, mas não tive coragem de reaparecer. Os dois decidiram sair à minha procura pelo castelo, e eu permaneci ali, covarde demais.

Não sabia o que fazer, por isso me joguei na cama e fiquei encarando meus brinquedos infantis. Me esforcei para tirar o foco da situação, tentando me lembrar de qualquer cena da minha infância com aqueles objetos. Desisti quando nenhum empenho surtia qualquer efeito. Precisava encarar os fatos: não me lembrava de quem eu era.

Esperei mais um tempo dentro do quarto e saí de mansinho para ninguém me ver. Quis muito saber mandar mensagens telepáticas a Clarina e avisar que eu estava bem, mas ainda não dominava minhas habilidades a esse ponto.

– Princesa Alisa! – ela gritou assim que me viu. – Estive procurando por ti! Sumiste do quarto!

– Clarina, desculpa por te deixar preocupada, eu tava no quarto treinando minhas habilidades e, quando entraram, eu tinha acabado de conseguir me tornar invisível – expliquei com vergonha, e ela se chocou. – Eu não quero conversar com o Dan agora, por isso fiquei quieta.

– Desculpa a minha intromissão, mas ele te fez algum mal?

– Não, não! É só que...

– Lisa! – Dan gritou do outro lado do corredor. – Onde você tava?

– Só dando uma volta... – gaguejei para dizer, não tinha planejado uma desculpa coerente.

– Mas a Clarina falou que você não tinha saído...
– Eu devo ter me confundido – ela o cortou. – Aliás, princesa, quando passei pelo salão de refeições procurando-te, pediram que te chamasse para a sala de reuniões reais.

Clarina piscou, discreta, e vi que estava me ajudando a evitar uma conversa com Dan.

– Você me mostra onde é? – pedi, e ela concordou.
– Lisa, eu queria falar com você... – começou Dan.
– Te vejo no almoço, tá? – falei, apressada, e segui Clarina.

Agradeci mil vezes por ela ter me salvado e prometi que contaria depois o que estava acontecendo – era uma longa história.

Mesmo que a rainha e o rei não tivessem me chamado de verdade, fui até a tal sala de reuniões. Era um lugar grande com uma mesa cheia de mapas. Papéis e livros flutuavam próximos à parede, e símbolos de todos os reinos enfeitavam o ambiente.

Âmbrida e Honócio estavam sentados junto a outros senhores e analisavam um papel qualquer. Conversavam em tranto e pareciam discutir algo sério. Fiquei um tempo ali à porta, observando-os, e consegui encontrar algumas semelhanças físicas entre mim e os dois com o auxílio de um espelho que ficava ao fundo da sala. Meu sorriso e o formato de meu rosto se pareciam com os de Honócio, e meu nariz e meu cabelo com os de Âmbrida. Ainda não havia encontrado algum aspecto parecido em nossos jeitos de ser e me lembrei de vovó Angelina, que costumava repetir o quanto eu era parecida com a minha mãe Catarina no quesito teimosia. E do meu pai Rodolfo havia pegado a determinação. Eu era uma mistura dos quatro e me senti confortável quanto a isso. No início, sentia como se meus pais mágicos tentassem me fazer esquecer da família que me criara e do meu passado nos outros mundos, mas ali pude ver o que Dan tinha dito: eu havia ganhado mais uma família para me amar. E isso não podia ser ruim.

Quando os reis me viram à porta, ficaram felizes com a minha presença, interpretando como um interesse nas atividades políticas do reino – e estava longe de ser isso.

Os dois começaram a me dar várias informações, e eu apenas conseguia sorrir e balançar a cabeça. Cada minuto a mais naquela sala me fazia perceber que governar não era *mesmo* para mim.

Quando um homem que trabalhava no castelo veio informar que o almoço estava servido, Âmbrida e Honócio decidiram fazer uma pausa nas decisões do reino. Eu não conseguia entender o porquê de tanta preocupação se estava tudo em paz em Denentri e em todo o mundo mágico desde Andora, mas o rei disse que precisava ter um excelente controle para que tudo continuasse bem. Não discuti, afinal, quem era eu para opinar sobre algo?...

– Gostaria de saber se seria possível que eu conversasse com Denna por alguns minutos – mudei de assunto, e fui direto ao ponto.

Desde que havia descoberto tudo, eu não conseguia parar de pensar sobre como uma garota de 15 anos teve coragem de pegar sua própria irmã e abandoná-la em outro mundo, fazendo seus pais e todo um reino sofrerem. Sabia qual era a motivação, mas me faltavam peças a serem encaixadas que só poderiam vir da boca de Denna. Precisava conhecer esse lado da história que definiu toda a minha vida.

Mas talvez conseguir permissão para aquilo não fosse tão fácil, diante da expressão de susto dos dois.

– Por que queres isso, minha filha? – perguntou Âmbrida.

— São só alguns minutos. Eu preciso entender por que ela me odeia tanto.

— Minha Alisa, acho que isso não seria saudável, só te traria sofrimento... — opinou Honócio.

Insisti mais um pouco com eles: eu já havia decidido que precisava olhar no rosto da minha irmã e escutar a história. Não foi fácil convencê-los, já que, para os dois, qualquer um que fizesse algo contra o reino merecia apenas desprezo, e eles não viam mais Denna como filha. Sei que isso pode parecer frio, mas se havia compreendido uma coisa sobre governar o mundo mágico era que o amor pelos reinos e pelo povo deveria estar acima de tudo.

***

Durante o almoço, eu tagarelei sobre qualquer assunto na intenção de evitar Dan — sabia que ele não começaria nossa conversa ali, mas percebi que estava se esforçando para chamar a minha atenção.

— Lisa... — Dan tocou no meu ombro quando todos se levantaram da mesa. — Será que nós podemos...

— Desculpa, Dan, eu tô indo conversar com a Denna.

— Você o quê?! — Ele se apavorou.

— Consegui uma permissão da rainha e do rei e vou logo, antes que eles mudem de ideia.

— Quer que eu vá com você?

— Obrigada... mas acho que essa deve ser uma conversa apenas entre mim e ela — respondi, tentando não soar indelicada, e ele concordou.

— Será que depois...

— Sim, depois a gente se fala. — Cortei-o e segui um dos guardas que Honócio tinha chamado para me levar até a prisão.

– Eu acho que estás cometendo um grande erro, minha filha – pontuou Âmbrida. – Mas não te impedirei.

– Obrigada – sorri, tentando passar qualquer tranquilidade.

O homem me guiou e descemos por incontáveis escadas. A cada andar que descíamos, eu sentia mais frio e mais pânico. As luzes fracas nos corredores mal iluminavam o ambiente.

– Vós não mereceis estar aqui, princesa Alisa. – O guarda me encarou.

– Já estive em lugares piores.

Ok, era uma mentira, mas foi a primeira resposta que me ocorreu para tentar deixá-lo mais calmo.

Havia apenas seis celas ocupadas e o guarda apontou para uma delas. Denna me olhou receosa e sustentei o olhar. Ela usava trajes velhos e rasgados, seus cabelos estavam bem embaraçados e o lugar onde dormia era sujo e bagunçado. Tudo ali contrastava com o luxo que a vida no castelo oferecia. Se Denna nunca tivesse feito o que fizera, ela estaria lá, aproveitando o mesmo conforto que eu.

– O que fazes aqui? – ela perguntou, e eu gelei.

– Você pode soltá-la? – pedi ao guarda que me acompanhava.

– Lamento, mas...

– Eu não consigo conversar com ela desse jeito, por favor, são só alguns minutos.

– A princesinha tá mandando! – ironizou Denna. O guarda refletiu por um tempo e depois decidiu acatar. – Tu vieste fazer graça comigo, é? Rir por eu estar aqui, enquanto desfrutas do melhor do castelo?

– Não – respondi, firme.

Ela me encarou, aguardando por mais explicações, mas custei a fazer com que as palavras saíssem:

— Denna, eu vim aqui porque, desde o dia em que descobri o que você fez comigo, não consigo entender *como* foi capaz de chegar a esse nível. E isso não sai da minha cabeça, preciso entender tudo.

Seu rosto era desconfiado. Denna analisou minha expressão, encarou o guarda e ficou alguns segundos decidindo o que faria.

Com os olhos semicerrados, ela se aproximou. Pude ver com mais detalhes seu vestido marrom rasgado e cheio de remendos. O cabelo tinha uma trança que estava quase se desfazendo, e seu rosto tinha algumas manchas escuras, além de olheiras.

— Alisa, eu sempre te detestei — ela falou, repentinamente e com a maior naturalidade. — Tu vieste aqui para saber o porquê e como fiz tudo aquilo, então eu vou te contar. Eles já roubaram todas as minhas memórias para me colocar na cadeia, então que diferença faz te contar ou não?

Ela deu de ombros, e suspirei quando me dei conta de que não escutaria uma boa história.

— Nasci sabendo que governaria Denentri, eu era adorada por todos e passei a aprender, desde pequena, como era governar. O povo me idolatrava e via em mim a imagem da próxima rainha. — Ela contava com um olhar distante e um ar nostálgico. — Mas tu vieste e acabaste com tudo. De repente, um homem disse que tu eras "a nova Andora" e que o trono deveria ser teu, e todo mundo resolveu acreditar nisso. Nesse dia, eu decidi que *acabaria* contigo, sem me importar com meus esforços. Pesquisei modos de te matar, mas descobri que não conseguiria fazê-lo porque temos o mesmo sangue e é impossível conseguir fazer qualquer mal a um irmão. Nem mesmo mandar amarrar-te àquela árvore estúpida eu consegui... — O tom de Denna ia ganhando cada vez mais ódio, e meu estômago se embrulhou com suas declarações. – Tentei com as minhas próprias mãos, com truques que li em livros ocultos... tudo o que esteve ao alcance de uma garota de 15 anos eu fiz, Alisa. Mas tu não saías do meu caminho de maneira alguma!

Soltei um suspiro, nervosa, imaginando o que ela tinha tentado contra mim quando eu ainda era um bebê. Enquanto isso, Denna tinha um sorriso diabólico no rosto.

– Só que um dia antes de tua cerimônia, encontrei na biblioteca das grandes mestras um livro sobre um outro mundo e como criar um portal até lá... Não pensei duas vezes: rasguei o livro de tua vida para que ninguém soubesse o que aconteceria contigo, peguei aquele livro tolo que tu amavas sobre a aventura de Andora, criei nele um dos portais que havia aprendido a fazer e joguei-te lá dentro com a parte em branco do teu livro rasgado. Foi a melhor coisa! Sabia que não permitiriam que eu fosse a rainha porque começariam a dizer que "igual a Andora, tu ias voltar". – Denna fez uma voz irritante. – Como eu era o ser mais poderoso deste mundo, foi fácil não deixar qualquer rastro do que havia feito, e ninguém conseguiu descobrir onde estavam as "pobres princesinhas" de Denentri. Enquanto choravam a nossa falta, eu arquitetava um plano para tomar o poder. Levei alguns anos para unir forças com as outras princesas, mas, de reino em reino, fui conseguindo apoio, e juntas iríamos conquistar o mundo glorioso. Era só esperar mais um pouco até Âmbrida e Honócio ficarem mais velhos e menos poderosos...

Denna parou um segundo e me olhou, raivosa.

– Mas tu resolveste aparecer! – gritou. – Como fizeste isso? Como conseguiste voltar a este mundo?!

Ela esbravejou, me fazendo recuar mais um passo. O guarda estava prestes a intervir, mas neguei com a cabeça.

– De algum modo, o portal no livro ficou aberto e caímos dentro da floresta, em Amerina... – respondi sem saber por quê.

– Que ódio! Como fui tola! Devo ter feito algo errado... – ela refletiu, indignada. – Não era para isso ter acontecido! Tu atrapalhaste tudo! Mas, ainda assim, quando apareceste em Amerina, bem no momento em que firmava minha aliança com a última princesa que faltava, eu me lembrei de que há alguns anos ouvi falar sobre uma maneira de acabar contigo definitivamente. Um veneno especial que poria fim à tua vida.

Me lembrei do que tinha acontecido na floresta. Então era isso que ela me obrigava a beber, afinal de contas.

– Mas eu precisava fazê-lo! Não estava esperando que virias e, por isso, mandei teu grupinho para o meio da floresta. Tudo estava perfeito, em dois dias eu vos surpreenderia e acabaria contigo para sempre. E de novo fizestes questão de atrapalhar meus planos. Sois tão estúpidos! – esbravejou Denna, aproximando-se de mim, e o guarda deu um passo para impedi-la.

– Você é tão perversa! – eu consegui dizer.

– Se vieste aqui esperando que eu implorasse teu perdão e tua benevolência, estás enganada. Se pudesse voltar no tempo, faria a *mesma* coisa. Na verdade, seria mais habilidosa e não cometeria o erro de ter deixado o portal aberto, mas tentaria dar fim a ti de qualquer jeito, Alisa. Tu acabaste com a minha vida, eu era feliz antes de nasceres... – Seu olhar de ódio era tão profundo que não consegui mais encará-la.

– Em momento nenhum você pensou em Âmbrida, Honócio ou no reino? – perguntei, e ela bufou.

– Para o bem de todos, eu deveria governar, você não acha que isso é pensar neles?

Tentei buscar qualquer ironia ou brincadeira, mas ela falava sério.

— Isso não pode ser normal, Denna. Tudo isso que você tá me dizendo...

— Bem-vinda ao mundo real, Alisa — ela zombou.

— Mas, com uma intenção horrível, você possibilitou que eu conhecesse pessoas maravilhosas, e não te odeio como você me odeia. Só espero que um dia possa se livrar dessa sede de poder que sempre te dominou.

Denna ficou calada, com uma expressão impaciente. Encarei mais uma vez a decadência do lugar em que estávamos. Nas outras celas, tão precárias quanto a de Denna, as princesas observavam a cena.

— Peço que deem às princesas materiais de limpeza e roupas melhores. Nenhum ser humano merece viver em um ambiente como esse — pedi e o guarda concordou.

— Como és caridosa, Alisa! — ironizou Denna. — Não estou nem aí para isso, *irmãzinha*. Você sabe muito bem o que eu quero. E o terei.

Era uma ameaça.

O guarda deu fim àquele encontro e levou Denna de volta à cela. Ela não ofereceu qualquer resistência, apenas me encarava com um sorrisinho no rosto. Fosse lá o que estivesse pensando, não era bom.

***

Conhecer aquela parte triste da minha história havia mexido comigo. Passei meus primeiros dois anos de vida sendo odiada pela minha própria irmã. Tentei me imaginar tendo esse sentimento por Bia, Bê, Beatrizinha ou até mesmo Blenda, mas jamais seria capaz de fazer qualquer mal aos meus irmãos.

De volta ao castelo, Âmbrida e Honócio me esperavam na sala. A rainha avaliou meu rosto e uniu as sobrancelhas, com pena. Eu estava um caco, Denna tinha conseguido me quebrar em vários pedacinhos e, sem pensar muito, busquei conforto nos braços de Âmbrida. Aquela história era dura e sabia que, se existiam pessoas capazes de me entender, eram eles, que vinham sofrendo com o acontecido havia anos.

A rainha se surpreendeu com o contato de um jeito positivo e me apertou um pouco mais ao me ouvir chorar. Honócio também se aproximou e tocou meu ombro, deslizando os dedos para me oferecer conforto.

– Foi horrível... – consegui dizer entre lágrimas. – Ela me odiava, me odeia... Você precisa ver as coisas que me contou...

Âmbrida puxou o ar para falar algo, mas desistiu.

– Ela falou pra você também? – perguntei quando me dei conta de que o que eu estava dizendo podia não ser uma novidade: talvez Âmbrida também tivesse ido vê-la.

– Não estive com Denna, mas... – Ela desviou o olhar, desconfortável. – Vi suas memórias. Ou a parte que consegui.

Imaginei Âmbrida assistindo ao *show* de horrores que deve ter se passado na mente de Denna e me solidarizei. Eu só tinha escutado a história e já me sentia mal, imagina *vê-la*?

– Não imaginas o quanto me culpo por não ter percebido o desafeto de Denna. Eu poderia ter evitado o que ocorreu se...

– Não te culpes, minha rainha, nós não podíamos imaginar – interveio Honócio.

– Não tinham como saber, ela é ardilosa, enganou todo mundo.

– Quantas vezes Denna se ofereceu para cuidar de ti, levar-te ao jardim, e nós permitíamos sem que as cuidadoras as acompanhassem... – lamentou Âmbrida.

– É por isso que você mandou Clarina grudar em mim?
– Tentei fazer uma piada para aliviar o clima e até que funcionou, considerando o riso fraco que deixaram escapar.

– Nunca mais ninguém fará qualquer mal a ti, minha filha. Não enquanto eu viver – ela declarou antes que lágrimas escorressem por seu rosto.

Âmbrida voltou a me abraçar forte e Honócio encontrou espaço para si. Não sei por quanto tempo ficamos assim, em silêncio, compartilhando a dor de uma traição, lamentando tudo o que não vivemos por causa de uma mudança brusca da rota. O momento me trouxe uma proximidade doída, mas profunda. Senti que tínhamos laços de verdade, construídos por momentos dos quais não me lembrava, mas que marcaram a minha história. Aquela foi a primeira vez que olhei para Âmbrida e Honócio e senti que estava diante dos meus *pais*.

CAPÍTULO 25

Minha rotina no palácio se resumia a: ir às aulas de Louína e treinar sozinha no meu quarto. Ela ficava cada dia mais exigente; umas duas vezes – no máximo – consegui arrancar um ensaio de sorriso de sua boca. Nunca havia ganhado qualquer "parabéns, Alisa, muito bem!", mas comecei a interpretar que os dias em que minha mestra não me xingava eram dias honrosos.

No fim das contas, minha pressa em criar o portal tinha ficado em segundo plano. Aprender a lidar com a minha magia era tão gratificante que passei a me dedicar a isso. Além de tudo, era o modo que eu havia encontrado para evitar Dan.

Ainda me sentia estranha e sem compreender o que estava acontecendo. Pensei que um ou dois dias seriam suficientes para me trazer de volta à razão e me fazer olhar Dan apenas como um amigo. Mas a verdade era que meu coração ainda não tinha parado de pular a cada vez que o via ou me lembrava de algum momento da cerimônia. Nina, como sempre, tentava me fazer encarar meus sentimentos e ser honesta com ele, mas eu ainda não conseguia.

Mudanças simbolizam riscos e eu não estava pronta para enfrentá-los.

Por isso, focar nos meus treinamentos era um excelente refúgio e, fazendo isso, conseguia certa "aprovação" da minha mestra e uma sensação de esforço recompensado.

Tentava passar os momentos de pausa com a minha família – sim, eu me esforçava para vê-los como família e vinha alcançando bons resultados. Ainda não conseguia chamá-los de "mãe" ou de "pai" em voz alta, mas confesso que a cada dia ia adquirindo maior grau de intimidade, e talvez o momento em que me sentiria confortável para fazer isso não estivesse muito longe.

Minha relação com meus pais mágicos só havia melhorado quando passei a sentir que eles tentavam mesmo me ajudar a voltar para o outro mundo. Inclusive, eu tinha descoberto o significado de colocar a mão no coração e passei a repeti-lo. Clarina me explicara que isso simbolizava respeito e carinho entre pais e filhos, e, na primeira vez que o fiz, os olhos dos meus pais mágicos se encheram de lágrimas.

Honócio e Âmbrida conseguiram encontrar o livro que falava sobre o portal. Eu o li repetidas vezes e sabia que não demoraria a conseguir criá-lo.

Nesse tempo, passei a aprender muito sobre a cultura de Denentri e até consegui pronunciar palavras em tranto – o que era bem difícil. Li sobre os feitos de outras gerações da família Guilever, uma dinastia que vivia no palácio havia muito tempo, e conheci os rostos de outros reis e rainhas que entraram para a História.

No mundo mágico, não havia a obrigação de o primeiro descendente homem governar. Independentemente do gênero, a primeira criança a nascer assumiria o cargo.

Âmbrida era a filha única dos últimos reis, que haviam morrido poucos anos antes, e Honócio era um professor de uma das escolas de Denentri. Eles haviam se apaixonado em uma das visitas que ela fizera à escola e, como a rainha conta, depois que o conhecera, passara a criar motivos para ir vê-lo. O dom do meu pai mágico era o de ensinar, mas, depois de ter se tornado rei, passou a ter o poder da realeza.

Depois de tanto conviver no palácio, o fato de ter aceitado a minha origem só tornou tudo mais fácil para mim, e a única coisa difícil de lidar era a expectativa que vinha de todos os lados. Ser semelhante a Andora ainda era um grande peso, e às vezes sentia medo de ser eu mesma e decepcionar a todos. Se havia uma coisa que não tinha mudado era a minha certeza de não ter nascido para governar – não importava o que dissessem.

***

Eu havia desenvolvido o hábito de ir ao jardim a que Dan me levara no dia da cerimônia para praticar as lições e para estudar o livro sobre os portais para o outro mundo.

Numa tarde ensolarada em Denentri, encontrei uma sombra agradável para começar a treinar as tarefas que Louína havia me passado naquela manhã, mas acabei me distraindo quando peguei o livro sobre a história da minha vida.

Ali estava cada momento que tinha vivido até os 2 anos de idade, e depois havia um salto para o início da minha aventura no mundo mágico. A história, com seus diálogos e momentos de tensão, era escrita pela voz de um narrador-observador. Os parágrafos contavam sobre meus sentimentos de medo, confusão e alegria. Reli sobre o instante em que fiz as pazes com Dan; depois, sobre quando entramos na clareira e encontramos aquele animal; passei por Denna e sua tentativa de me matar e, mais uma vez, sorri com a astúcia de Sol ao criar duas ilusões em conjunto; logo mais, li sobre a mistura de tudo o que senti ao descobrir a respeito dos meus pais mágicos e depois caí no dia da cerimônia. Me demorei mais na narrativa desse dia, pois era uma das minhas melhores lembranças.

Reconheci que o trabalho das costureiras e das cuidadoras para me arrumar tinha sido de fato muito bom; eu estava muito bonita naquela ilustração que mostrava a minha dança com Dan. Ri mais uma vez dos convidados, que espiavam, curiosos, e depois tentei encontrar nos nossos olhares as tais "declarações de amor" que o príncipe Petros comentara.

O narrador contava que eu me sentia confusa sobre meus sentimentos e que tive vontade de beijar meu melhor amigo. Desejei encontrar algum parágrafo explicativo como: "Alisa pensou por um momento que estivesse apaixonada por seu amigo, no entanto, era apenas uma insensatez passageira" ou "Alisa descobriu-se perdidamente apaixonada por Dan e eles viveram felizes para sempre". Ok, não precisava ser tão lindo assim, mas tudo o que desejava era compreender aquilo que eu sentia. Infelizmente, parecia que o livro sobre a minha história não iria me dar dicas que pudessem influenciar as minhas decisões, ele apenas descrevia os fatos.

Voltei para a primeira parte, a que contava sobre o início da minha vida, e procurei mais informações sobre meu passado. Já tinha lido e relido algumas páginas, mas outras ainda eram desconhecidas. Encontrei o momento em que ganhei o livro sobre a aventura de Andora, o mesmo que

Denna usara para me enviar ao outro mundo e que depois nós utilizamos para chegar a Denentri. O mesmo homem respeitável que havia contado aos meus pais mágicos sobre a minha semelhança com Andora foi quem me presenteou:

— É um livro-guia — o senhor contara à rainha. — Está enfeitiçado e ajudará a princesinha a encontrar seu lar, caso ela precise um dia.
— Estás dizendo que ela sumirá assim como Andora? — questionou a rainha enquanto aninhava Alisa em seu colo.
— Não, rainha Âmbrida, é apenas uma prevenção — ele respondeu. — Não deixeis que a princesa se desgrude disso nunca, está bem? Talvez este livro seja mais importante do que aquele que conta a história de Alisa.
— Estás me assustando.
— Não vos inquieteis, o futuro de Alisa é grandioso — ele sorriu. — E não deixeis de contar que ela deve sempre seguir os passos de Andora de forma precisa, senão poderá perder algumas informações do final. Esse é o preço do feitiço que torna esse livro um guia.
— E, antes que a rainha pudesse dizer qualquer coisa, o senhor completou: — Repito: não estou a dizer que Alisa sofrerá o mesmo que Andora, mas a semelhança entre as duas me fez criar este presente para ela, me entendestes? Não é certo que ela vá precisar, mas é uma forma de resguardar-nos.
— Tudo bem, darei as informações à princesinha. — Ela abriu um sorriso fraco, sem conseguir esconder o medo de perder a filha.

Então era isso! O livro da aventura sobre Andora possuía um feitiço especial para servir como guia! Por isso nós podíamos nos localizar com aquele pontinho vermelho no mapa, mas, como o senhor havia explicado, existia um preço: eu não poderia sair da rota.

Em algumas das páginas seguintes, pude ver que minha mãe mágica me dizia: "deves seguir esse caminho de forma precisa, compreendes, Alisa?", mas eu era apenas um bebê e não conseguia assimilar o que minha mãe dizia. Eu havia sido preparada para retornar a Denentri sem que o livro se queimasse, mas não fora capaz de me lembrar no momento certo.

Peguei o livro da aventura de Andora, o tal presente do senhor, e desejei vê-lo inteiro de novo. Aquela história era uma peça importante do quebra-cabeça da minha vida. Durante alguns segundos, as páginas foram se reconstituindo pouco a pouco e, quando toquei o livro de novo, a aventura de Andora até Denentri estava toda ali.

— Não é possível! — exclamei, surpresa. — Tô ficando boa nisso!

Bati palmas por não ter precisado me esforçar tanto para realizar aquilo; Louína ficaria orgulhosa. *Haha*. A quem estava tentando enganar? Ela, no máximo, diria que eu não estava fazendo mais que a minha obrigação.

Corri para o final da história, a parte que se queimara antes que pudéssemos vê-la, e li tudo sobre o que Andora sentiu ao descobrir a sua origem e sobre como fora enganada por anos.

— Eu te entendo... — falei como se ela pudesse me ouvir.

Não havia muito além disso; ao que tudo indicava, se quisesse saber mais sobre Andora, eu deveria pegar o livro original da sua vida. Era o que faria na primeira oportunidade.

Olhei para meu livro em branco, dividido em dois pedaços, e me lembrei da minha mãe mágica contando sobre cada um escolher o título da própria história. Ela havia dito que ainda não tinha vivido o suficiente para saber o que escrever e, apesar de eu ter vivido bem menos, percebi que já tinha um.

Peguei uma caneta e sorri quando comecei a escrever a primeira letra.

– *Entre três mundos* – li em voz alta e gostei de como tinha ficado; não havia algo que me caracterizasse mais.

EPÍLOGO

Em uma das minhas habituais idas ao jardim, após conseguir fazer tudo o que Louína havia me passado, fiquei com minha autoestima bem alta e algo me trouxe a esperança de que estava pronta para criar o portal. Não custava nada tentar.

Peguei o livro da aventura de Andora que tinha reconstituído dias antes. Através dele, Denna me mandara para o terceiro mundo e, por causa dele, retornara a Denentri. Não existia maneira melhor de voltar para a escola que não fosse usando o mesmo livro.

Apaguei qualquer pensamento da minha mente e me concentrei apenas no que desejava fazer. Denna tinha tentado criar o primeiro tipo de portal que o livro descrevia – o que se fecharia logo após o uso –, mas acabou fazendo o segundo – com uma passagem de volta. Eu fui mais ambiciosa e tentei o terceiro: um portal que me permitisse ir e voltar quantas vezes quisesse.

Segui as instruções e não sabia se tinha dado certo até que uma luz forte atingiu a capa do livro. Por um minuto inteiro, permaneci imóvel, fitando-o. Senti medo de abri-lo

e voltar para casa sozinha. E se eu fosse e nunca mais conseguisse voltar?
— Lisa. — A voz de Dan surgiu atrás de mim, se misturando ao som dos pássaros no jardim.

Recolhi rapidamente os livros espalhados pela grama e os guardei em minha mochila.
— Dan, eu preciso...
— Não... — ele me cortou. — Chega de me dar desculpas de que precisa ir ali ou fazer aquilo! Quero saber *agora* por que tá me evitando desde o dia da sua cerimônia! O que eu fiz de errado com você, Lisa? O que eu falei naquele dia que te fez fugir? Não consigo parar de pensar em como consegui te machucar tanto a ponto de me evitar desse jeito...

Os olhos de Dan se encheram de lágrimas e senti meu coração esmagado.
— Eu disse pra você que posso lidar com o fato de ser apenas seu amigo, não disse? Deixei claro que não queria que se afastasse! Prefiro mil vezes olhar pra você e ver que não corresponde ao que sinto a ser tratado como um conhecido distante.

Me aproximei dele e encarei seu rosto por alguns segundos. Dan havia entendido tudo errado: eu o evitava por medo de encarar meus sentimentos, medo de bagunçar tudo entre a gente. E, com esse medo, acabei criando uma bagunça ainda maior...

Precisava deixar de ser tão tola e agir com mais maturidade. Nina tinha razão — como sempre! —: eu deveria ser sincera comigo mesma e com ele. Era o que nós dois merecíamos.

Toquei seu rosto, o sol dando ao tom terroso de sua pele um brilho encantador; com a outra mão, afaguei seu cabelo preto, liso e bagunçado, e sorri quando Dan corrigiu os óculos. Levantei um pouco os pés para unir nossos lábios. Mesmo confuso com o ato repentino, Dan correspondeu, colocando as mãos em minha cintura. Sentir aquilo fez com que eu me lembrasse da nossa dança na cerimônia, a forma como ele me conduziu pelo salão.

Não havia mais como tentar me enganar: *eu estava apaixonada por Dan*. Perceber isso foi difícil e demorado, mas senti, naquele instante, que negar e prorrogar aquele momento só nos causaria mais dor.

Dan segurou firme minha cintura e fez nossos corpos ficarem ainda mais unidos. Perceber seu coração batendo forte, enquanto eu passava a mão nos cabelos dele e o beijava, fazia com que me sentisse a garota mais especial do mundo – dos três na verdade.

Nos últimos meses, eu tinha conhecido o pior sentimento, o ciúme, mas também o melhor: o amor.

Quando nos afastamos, Dan segurou meu rosto e encostou sua testa à minha, rindo.

– O que foi? – eu quis saber.

– Eu que te pergunto! Como você me ignora por dias e hoje me *beija*?

– Dan, eu só fugi no dia da cerimônia porque me senti confusa. Naquela noite, eu te vi de um jeito diferente, e toda aquela dança, aquele momento aqui na grama... – suspirei, me lembrando – criaram um clima entre a gente, e me peguei desejando te beijar...

Seus olhos se arregalaram com a minha confissão.

– Eu não sabia se estava muito afetada pelos últimos acontecimentos ou se era real, foi difícil entender meus sentimentos e senti medo de acabar com a nossa relação, que é uma das coisas mais importantes pra mim – falei, e ele sorriu, mostrando as covinhas que eu tanto amava. – Me perdoa por ter te magoado com as minhas atitudes cruéis, por ter feito você pensar bobagem, mas precisei de um tempo pra organizar as coisas dentro da minha cabeça e compreender a mim mesma.

– Mal posso acreditar no que eu tô ouvindo. – Seu sorriso se abriu ainda mais, e eu pisquei para expulsar algumas lágrimas que se formaram em meus olhos. – Você não tem ideia do quanto sonhei em ouvir isso...

Dan colocou as mãos em meu rosto e olhou no fundo dos meus olhos.

– Eu não devia ter sido tão burra... – falei, arrependida.

– Não fala assim... – ele censurou.

– Mas é que eu...

– Isso não importa mais e olha... a nossa relação também é uma das coisas mais importantes pra mim, e senti o mesmo medo quando percebi que tava apaixonado por você, achei que fosse estragar tudo – ele falou, me compreendendo.

– Não quero mais deixar o medo impedir a gente.

– Não vai – garantiu Dan, selando nossos lábios de novo, e meu coração bateu mais forte.

Eu só queria pausar aquele momento para sempre e me esquecer de qualquer problema, mas algo apitou em minha mente; precisava ser realista e colocar os pés no chão. Contra a minha vontade, interrompi nosso beijo.

– Quando você chegou ao jardim e eu disse que precisava de algo, mas não ia dizer que era ir embora e te deixar aqui. O que precisava e ainda preciso é te contar uma coisa.

– Outra? – Ele riu.

– Dan, eu acho que consegui criar o portal... – falei de uma vez e seu queixo caiu de surpresa.

– É sério?

— Eu não tenho certeza, não testei, fiquei com medo de fazer isso sozinha. Acho melhor avisar aos meus pais mágicos e só tentar voltar pra casa com Nina, Sol e Marco juntos.

— Claro, então vamos!

Dan se animou com a possibilidade de voltarmos, beijou minha mão e me conduziu para dentro do palácio, sorrindo. Nossos dedos se entrelaçaram, e ansiei imensamente viver o que o futuro reservava para nós.

Quando passávamos pela porta de vidro, encarei minha imagem refletida e pensei sobre como tudo havia mudado. Quando tinha 6 anos, tive que abandonar o Norte; aos 15, me dei conta de que também não era igual aos sulistas. Mas ali, naquele momento, eu sabia quem era: uma mistura dos três mundos.

Era como se o mundo mágico fosse a última peça do quebra-cabeça. A peça que me permitiu, pela primeira vez, encarar a minha imagem e não me sentir uma incógnita.

Sabia quem eu era agora — e gostava disso.

AGRADECIMENTOS

Escrevi a primeira versão de *Entre 3 mundos* aos 12 anos, com o pé machucado, usando um computador antigo emprestado pela minha madrinha Simone e com os pitacos insubstituíveis da minha prima Lorena. Hoje, mais de dez anos depois, há tantas pessoas envolvidas nesta história que mal posso acreditar...

Obrigada a cada um dos meus leitores, ou melhor: "Meus meninos", vocês me transportam para mundos incríveis e me motivam a continuar *sempre*! Obrigada a todos os professores, bibliotecários e funcionários das instituições onde já estive, vocês arrasam! Obrigada a minha família, em especial a meus pais, Luciene e Valentim, por tanto amor e apoio, e ao Lucas, amor da minha vida! Aos meus alunos, que me inspiram todo santo dia e aos meus amigos, que me dão suporte sempre; em especial ao Quilombinho, Lorrane Fortunato, Solaine Chioro e Olívia Pilar, com quem divido as dores e as alegrias de ser uma escritora negra no Brasil.

A minha agente Taissa Reis e a todos da Agência Três Pontos, sou muito grata por todo suporte e carinho. Ao

Grupo Autêntica, por acreditar no meu trabalho, em especial à Flávia Lago, com quem queria trabalhar há anos! E a todos os escritores, blogueiros e apoiadores da literatura nacional, há um longo caminho a seguir, mas sou mais feliz por caminhar com vocês.

Com todo amor do mundo
(dos três, na verdade),

Lavínia Rocha

Este livro foi composto com tipografia Adobe Garamond Pro e impresso em papel Off-White 80 g/m² na Formato Artes Gráficas.